난장별곡

난장별곡 亂場別曲

사람의 무늬를 읽다

강상규 지음

어문학사

겨울이 빠른 걸음으로 와서 나목裸木의 살갗에 시퍼런 칼날을 들이댄다. 우두벌판과 산자락을 휘감는 바람에 냉가슴이 된다. 가을에 떨어지는 이파리에 우리는 운다. 눈물 한 점이 칼바람에 하늘로 불려가 붙박이별이 된다. 차디 찬 허공에 눈물의 칼날이 선 채 방황자의 하얀 눈물의 은하수가 된다. 그대 가슴에 희뿌연 성에가 되어 늑골 속까지 저미어 진혼의 흰 가루를 뿌린다. 눈물 한 점이 싸늘한 주검으로 그대 늑골에 무서리로 내려앉는다. 그대도 떠나가고 해도 떠나가고 날도 떠나간다. 모든 게 덧없이 휩쓸리어 떠나간다. 그대들이 부여잡고 있는 부질없는 욕망만은 주위에서 서성거리며 주먹을 불끈 쥐게 한다.

그대들 가슴에서 떠나지 말아야 할 그리움은 저 멀리 벌판을 서성이며 방랑의 노래를 부른다. 식은 머리로 따뜻한 가슴을 부둥켜안을 수 있는가. 자잘한 생각의 미련을 버리고 가슴의 포자胞子 주머니를 열어라. 손은 무엇을 집으려고 있는 게 아니라 놓을 준비가 되어 있어야 한다. 그대들이 쥐려고 애쓰면 달음박질친다. 손과 발을 보려하지 말고 가슴을 보아라. 신이 인간을 만들 때 최대로 실수한 것은 바로 마음을 보지 못하게 하였다는 이야기가 있다. 그 무한한 그리움이 쌓이고 싹트는 곳은 가슴이다. 그대들 손은 무주공산無主空山의 터이며 그리움이 싹틀 수 없는 불모의 땅이다. 메마른 가슴에 흙 한 삼태기를 부어 칼바람에 휘둘리지 않으며, 냉가슴이 되지 않을 따뜻한 마음의 동산을 만들어라. 공수래공수거空手來空手去라고 한다. 꽉 잡은 손을 놓아라. 손이 먼저 가는 것보다 마음이 먼저 가야 이 누리가 따뜻해질 것이다. 빈손의 무게와 따뜻한 가슴의 질감으로 이 누리의 저울대를 가늠해 보는 것이다.

무질서와 폭력, 사기, 매춘, 노름, 투기, 싸움꾼, 건달패, 거지, 행려병자, 되모시, 깍짓동 등이 모여드는 난장亂場이 벌어지고 있다. 규범이 무너지고 사기 행각이 벌어지고 몰상식한 언어가 판을 치는 곳이다. 우리네 삶이 이런 걸까? 처진 어깨

위로 내면의 욕망이 스멀거리며 짓누른다. 국가 권력에 의한 부정과 비리, 주인인 국민을 상대로 한 정치 모리배들의 파렴치한 부정 선거 및 세금 탈루와 자녀의 위장전입 등 꼬리를 물고 일어나는 부도덕성이 낭자狼藉하게 만연해 있다. 한마디로 비열한 거리의 파열음이 들리고 추악한 어둠의 자식들이 몰려드는 파렴치한들의 아수라장이기도 하다. 이곳에서 과연 우리는 사람다운 고결하고도 순수한 무늬를 만날 수 있는가? 욕심으로 뒤발한 사람의 무늬는 어떻게 우리들 가슴속에 아로새겨져 있을까? 동양학에 비추어 이 뒤죽박죽이 되고 난장판인 이 누리의 삶을 좀 더 들여다보고자 오늘도 긴 밤을 물어뜯는 적막감 속에 사색에 묻혀있다.

2018년 3월
충주에서
不二堂 쓰고 손 곧추다.

목 차

✖ **맺는 말** 355

마음의 풍경

산

산! 더없이 커 보이는 산! 그 자락에 얹혀살면서 그 푸근함과 넉넉함을 모른다. 어린 시절 집 뒤에 떡하니 버티어 우뚝 솟은 산에 대한 두려움에 늘 겁을 먹고 멈칫멈칫 뒷걸음을 친다. 집 뒤란에서 바라본 산은 늘 어린 나를 주눅 들게 하고 더욱 겨울 산은 흰 눈으로 덮인 채로 그 삭기[1] 어린 바람에 휘날리는 눈 싸라기로 볼때기를 사정없이 갈기며 눈물을 쏙 빼게 한다.

봄의 산은 겨우내 벗은 몸에다 치레를 하기 시작한다. 온몸에 종기가 돋아나듯 땅위를 헤집고 올라오는 무수한 움들, 나뭇가지에 엷고 가녀린 움을 틔우고 곧 싹의 얼굴을 살포시 드러내는 새색시의 수줍은 미소를 지어낸다. 늦봄이면 한걸음

---

1 北風(북풍).

바투[2] 도랑에는 갯버들이 드리우고 복사꽃잎이 내려 흩어져 실개천은 이내 연분홍 향연을 이룬다. 뫼에는 도라지, 더덕, 원추리, 달래, 고들빼기, 다래 순, 홑 닢 순, 참나물, 취나물, 잔대 싹 등이 보인다. 산소山所가 또는 그 위에 피어 있는 할미꽃은 어린 시절의 기억의 편린을 더듬게 한다. 할미 꽂은 늘 꽃봉오리가 땅 아래로 박고 있어서 허리가 잔뜩 휘어있다. 다른 꽃들처럼 얼굴을 오롯이 하지 못하고 허리를 구부린 채로 시선을 땅에 던지고 있다. 그래서 등이 구부러진 우리네 할머니를 닮아서 할미꽃이라 하는가? 봄의 산은 새색시가 화장을 한 산과 같다. 마치 그리는 이를 기다리는 여인의 모습을 지닌 채 말이다.

　여름의 산은 때때로 희붐한 얼굴을 하고 있다. 잦은 비에 장마를 더하여 얼굴이 마를 날이 없는 한 많은 여인의 몰골이다. 그래도 여름의 뫼는 성장盛裝한 매혹적이고 잔뜩 부푼 여인네의 몸매를 지어내고 있다. 그해 봄의 풋풋한 색시의 수줍음을 푸르고 푸른 옷으로 갈아입어 속내를 들키지는 않는다. 여름날 비오는 게 싫다. 밭을 매러 깊은 산중에 들어가 비를 만난다. 겹겹이 산으로 둘러싸인 비탈진 밭을 매다 여름 한낮에 소나기 아닌 부슬부슬 나리는 비를 만나면 먼 산에서 들리는 기분 나쁘게 음산함이 묻어나는 울음소리가 산자락을 휘감는다.

----

2 정도.

바로 이무기가 승천하지 못해서 우는 소리라고 한다. 머리끝이 쭈뼛 서는 느낌이 인다. 여름의 뫼는 구름이 산허리 내지는 꼭대기까지 마치 비단을 풀어놓은 듯 에두르고 있다. 여름날의 뫼는 반갑지 않다. 풀쐐기에 쏘이고 뱀에 물리고 엉겅퀴에 살갗이 쓸리고 이리저리 벌에 쏘이기 때문에 여름날의 추억은 상처투성이다. 하지만 폭염에 반항이라도 하듯이 그악하게[3] 울어대는 쓰르라미의 합주곡에 여름날은 그다지 무료하지는 않은 셈이다.

가을의 뫼와 들은 늙은이를 연상케 한다. 젊은 시절 열정과 노력으로 이루어낸 부산물들이 여기저기에 널려있다. 밭가와 집 뒤란에 죽 늘어서 붉은 열매를 달고 가지가 휠 정도로 오달지게[4] 감이 익어 있다. 늦가을의 들과 밭에는 수확이 끝난 수숫대와 옥수숫대 그리고 콩 바심[5]을 끝낸 뒤의 콩깍지가 달린 콩대 등이 다도해의 섬이 나열된 듯 여기저기 밭에 수북이 널려 있다. 가을은 무엇이든 거두어들이는 때다. 옛살라비[6]의 뫼는 보리수 열매며 밤이며 도토리를 가득 담은 큰 광주리의 미덕美德으로 우리의 배를 한껏 따사로이 배부르게 한다. 만찬을 즐기

---

3 모질고 사납게.
4 야무지고 실속이 있음.
5 타작.
6 고향.

게 하는 그 무엇을 준다. 가을은 어버이의 품에 안기는 듯한 느낌을 준다. 뫼에 흩날리는 낙엽에 다음 해의 봄날의 자양분滋養分을 보태주는 기미를 볼 수 있어 좋다.

벌거벗고 누운 자에게 매섭게 내리치는 바람과 흰색의 눈발에 여지없이 내동댕이쳐진 그대! 그래도 툴툴거리지 않고 적이 참아내는 그대는 과연 네 형제 중 막내(?) 아니 첫째인 가장 미쁜[7] 있는 이가 아닌가? 그 삭기 어린 나날에도 오상고절傲霜孤節의 국화보다 더 춥고 시린 날을 버텨 매화를 피워내 일지춘심一枝春心을 알리는 그대가 아닌가. 겨울 뫼의 우금[8]에 자리한 흙벽을 바른 초가집 방에 몸을 움츠리게 하고는 그 보답으로 지게를 지고 골짜기를 극터듬어 올라 나무를 하여 아궁이에 불을 지피게 하는 미덕을 지닌 겨울의 뫼는 군자를 키워내는 도량道場이 아니던가.

썰매

호미 날과 호미자루처럼 생긴 동네의 중간에 패인 연못에

---

7 믿음성이 있다.
8 가파르고 좁은 산골짜기.

아이들이 집에서 만든 외날 또는 양날이 달린 스케이트를 탄다. 무지하게 추운 겨울날 아이들은 내복을 안에 껴입고 점심 무렵 어느 정도 겨울 햇살이 오르면 꽁꽁 언 연못으로 하나둘씩 모여든다. 산에서 나무를 잘라 부지깽이 정도로 짧은 막대기를 만들어 그 끝에 굵은 못을 박는다. 특히 외날 스케이트는 지게 작대기만 한 크기로 잘라 그 끝에 굵은 못을 박아 넣는다. 스케이트 창이 되는 것이다. 이게 스케이트 위에 올라타며 얼음을 지치는 아주 대모한[9] 것이다.

아침나절의 빙판은 그 위에 서리가 앉은 듯 설상가상雪上加霜의 지경을 이룬다. 앞서거니 뒤서거니 서로의 썰매를 모는데 열중한다. 이러는 중에 썰매끼리 부딪히며 스케이트 창끼리 부딪히기도 한다. 점심을 잊은 채 얼음지치기에 골몰한다. 오후가 되면 따뜻한 날이 되면 얼음이 서서히 녹기 시작한다. 얇게 언 곳부터 녹기 시작하면 벌써 빙판의 색깔이 달라져 보이며 이곳저곳에서 아이들이 물에 빠지기를 연거푸 한다. 속옷이 귀하던 시절이라 물에 빠지면 며칠을 내복을 입지 못하고 말려야 한다.

어느 날 나는 썰매를 지치다 그만 물에 빠지게 되었는데, 물에 빨려 들어가는 순간에도 어쩌지 못하고 신고 있던 신발

9 중요하다.

이며 몸 전체가 물에 빠져 홀딱 젖어버렸다. 그 겨울 추운 날에 물에 빠지니 몰골도 몰골이려니와 추위에 몸을 곤추세우지 못하고 햇볕이 잘 드는 남의 집 처마 아래에 오그려 앉았다 일어서기를 반복하면서 저녁 먹을 시간까지 버텼다.

어머니께 야단맞을 게 겁이 나서 그렇게 몇 시간을 버디는 치룽구니[10]같은 짓을 하였으니 지금 생각해도 웃음 아닌 비애悲哀를 느낀다.

그때만 해도 지금과 같은 좋은 스케이트가 흔치 않아 모두들 용케도 넓적한 쇠붙이를 숫돌에 갈아 날을 세우고 나무판자를 구해 만들었으니 스케이트를 만드는 일은 어린 우리들에게는 엄청 신나고 흥분되는 일이었다. 이리저리 궁리를 하여 다른 아이들보다 더 잘 얼음 위를 미끄러지는 스케이트를 만들기도 하여 서로 자랑을 해보이는 아이들도 있었다. 지금 아이들에게는 스케이트를 만드는 것보다는 사서 타는 시대이니 골똘히 생각하는 일이 좀 적을 것이다.

---

10 바보.

겨울의 서정抒情

　문풍지에 다다른 바람의 소리에 눈을 뜨니 밤새 흰 눈이 봉당을 오르는 계단이며 마당에 수북이 쌓였다. 누구의 방문도 받지 않은 청초한 모습이다. 다만 그날의 정적을 일깨우는 건 참새 몇 녀석일 뿐 고요에 휩싸였다. 고개를 들어 앞산이며 뒷산을 보니 봉우리마다 흰색의 옷을 입었다. 채 뽑지 않은 배추와 무가 말라 비틀어져 널브러진 채로 밭에 누워 겨울의 앙상함을 보여주고 있다. 집 뒤란의 늘 푸르던 측백나무는 흰 고깔을 쓴 듯 머리는 세어 수척해진 노인을 연상케 한다. 겨우내 눈은 봄, 여름, 가을에 약동하던 숨 탄 것을 사라지게 한 것에 대한 진혼곡鎭魂曲인 양 그 차고 희디 흰 서러움을 토해내고 있는 듯하다. 집 오른쪽의 미끈하게 쭉 솟은 향나무는 마치 석가탑을 떠올리게 한다. 아버지께서 늘 전지가위로 손질을 하여 켜켜이 층을 만들어 놓으셨다. 층층마다 쌓인 눈 밑은 상록常綠의 푸름을 안고 위는 백설기를 얹은 듯하다. 집 앞 실개천은 여름날의 장맛비를 거두어 먹은 것을 토해내 듯 흐르더니 이 겨울에는 배고픈 듯 바닥을 드러내어 자갈과 돌부리만 보이며 여윈 몸을 고스란히 누이고 있다.

　온 동네가 흰 비단을 덮어씌운 듯 하늘과 땅이 같은 색의

톤이고 눈으로는 가릴 수 없는 피안彼岸의 정토淨土에 온 느낌
이다. 눈이 오기 전 날의 그 형형색색의 아름다움과 황록의 빛
깔은 어디로 사라졌는지 도무지 알 길이 없다. 구름과 바람을
따라 눈발을 오르내리게 하며 어떤 것에 닿으면 모양을 지어
내고 땅에 이르면 사물에 따라 그 모습을 그려내는 것이 눈이
지닌 미학美學이다. 더러움을 좇으면 더러워지니 본연의 마음
을 따라 마음을 맑게 하는 것은 눈 내리는 밤에 더 확연히 보이
는 듯하다. 인간사의 흥망과 어두움과 게염도 눈의 그 희디 흰
고결함을 잠재울 수는 없을 것이다.

호롱불

수수깡과 작은 나뭇가지를 새끼로 엮어 볏짚을 흙에 이겨
흙벽을 바른 집이다. 지붕은 해마다 가을이면 볏짚을 엮어 지
붕을 이던 시골이다. 방안 벽은 대충 신문지로 벽지를 바른 허
름한 초가삼간이다. 앞산 머리 위로 뉘엿뉘엿 해동갑할 무렵
이면 방안에 어둠이 꿈틀대며 기어든다. 마치 서서히 내리는
밤안개와 같이 검은 빛의 편린片鱗이 조합을 이루어 하나 둘 몰
려든다. 봄과 여름의 해는 그나마 길다. 하지만 가을과 겨울의

해는 짧아 금방 어둠이 깔린다. 낮의 해는 사람의 길동무를 해 주며 산과 들과 수풀 그리고 냇물을 뚜렷이 볼 수 있게 눈의 피로를 가시어 준다. 그러나 해가 지면 사람의 시신경은 더욱 예민해지고 낮에 잘 보이던 온갖 자연이 이루어놓은 것들을 잘 보지 못하는 청맹과니로 만든다.

밤이면 방안 굽도리[11]에 늘 그 자리를 지키는 것이 있었다. 사기로 만들어진 호롱이다. 마치 자라 주둥이처럼 위로 솟아 가운데 구멍이 나 있는데 그곳에 닥종이를 비벼말아 올려 심지를 끼운다. 닥종이 심지를 통해 석유를 빨아올려 밤을 밝혀주는 것이다. 전기가 들어오지 않던 70년대 집집마다 밤을 밝혀주는 것은 늘 호롱불이다. 부엌과 방에서 가물거리며 타오르는 가녀린 빛이 문풍지 사이로 비어져 나오는 것이었다. 겨울의 칼바람이 문을 여닫을 때마다 호되게 몰아치는 통에 호롱불은 외마디 비명도 없이 숨을 놓으면 어두워져 방안은 고요하며 적막감마저 준다. 여름날 마당에 멍석을 깔고 저녁을 먹으려 하면 호롱 불후리[12]에는 모기와 나방이 모여드는 그야말로 불놀이의 광장을 이룬다. 밭일을 하다 돌아오신 어머니의 손을 어루만져 밥을 짓게 하는 것도 우리들의 잠자리 채비를 거

---

11 방안 벽의 아래 가장자리.
12 바람을 막기 위해 촛불의 한쪽을 가리도록 부채처럼 해 다는 물건.

들어주는 것도 저녁밥을 코로 들게 하지 않고 바로 입으로 가게 하는 것도 호롱불이다. 겨울날 밤에 뒤꿈치가 헤어진 양말과 베갯잇과 이불을 기우는 일을 거드는 것도 이들이다. 농사일에 쓰이는 새끼는 낮에는 꼬지를 않고 늘 밤에 특히 겨울밤에 꼬곤 한다. 눈이 소담스럽게 내리는 긴긴 겨울밤에 우리네 아버지들은 다음 해 농사에 쓰일 새끼를 꼬며 호롱불과 무언無言의 독대獨對로 문풍지로 들리는 눈의 교향곡을 들으며 벗을 삼는다. 이따금 집안 뒤란에 떨어진 갈잎이 바람에 밀리어 문창호를 두드리며 지나가는 나그네인양 노크를 한다. 아무 말 없이 호롱불은 그 자리에 서서 아버지의 일을 지긋이 바라보며 졸리는 듯 가물가물한 눈짓을 보낸다.

이제는 호롱불의 시대가 아닌 전기불로 살아가는 세상이다. 어릴 때의 호롱불 아래서 책을 읽고 이불과 베갯잇을 기우며 새끼를 꼬던 감상感想은 나의 코흘리개 때를 떠올리게 하는 노스탤지어의 한 단상斷想에 지나지 않은 것이리라.

달팽이 뿔

는개[13] 내리고 소나기 한바탕 퍼붓던 여름날 앵두나무 아래 물기 있는 곳이나 잡풀 사이를 기어 다니는 녀석이 보인다. 껍질을 덮어쓴 채 보기에도 무거운 발길을 옮기고 있다.

굽바자[14] 아래에 까칠한 호박잎 뒷면에 달라붙어 있거나 조금 큰 잎사귀에 붙어 연체軟體의 머리 위로 가는 촉수를 더듬이 삼아 내놓고 길을 간다. 어릴 적 달팽이를 잡아 머리에 난 촉수를 건드리면 움츠러드는 것에 재미를 붙이기도 하였다. 이 녀석은 따가운 여름날의 햇볕을 싫어하여 그늘진 작은 나무나 큰 잎사귀 밑 또는 물기가 축축한 곳만 골라 다니는 습성을 지녔다.

달팽이의 두 뿔 사이는 매우 좁고 미끄러워 그 곳에 선다는 것은 생각지도 못할 일이다. 그런데 그 위에 서서 싸우려는 이들이 있다. 드넓고도 드넓은 우주 얼안[15]에서 한 점 조각에 지나지 않는 이곳 땅별[16]에는 서로의 이해관계로 싸움을 벌이고 있다. 국가마다의 이해, 개인마다의 이해를 둘러싸고 이 누리

---

13 이슬처럼 가늘게 내리는 비.
14 작은 나뭇가지로 엮어 만든 얕은 울타리.
15 테두리의 안.
16 지구.

의 한 쪽 모롱이에 사는 우리네는 정말 무슨 일에라도 동티[17]를 내어 서로 싸우는 삶을 살고 있다. 아귀다툼에 휘말려 자발없는 짓과 악다구니를 쓰며 사는 게 삶인 줄 알고 본래의 삶의 갈피를 잡지 못하고 어섯^{갈래}을 벗어나 호동가란한[18]몸짓과 말을 지니지 못하고 살고 있다. 울대 센 사람 이 앞서고 권세자루[19]를 아그려 쥔 사람이 땅불쑥[20]하니 일어서는 누리이다. 서로 더 뺏으려고 각다귀판[21]을 벌이고 있다. 당나라의 시인 백거이^{白居易}는 이러한 이 누리의 진흙 밭의 개싸움과 같은 머리 검은 인간의 게염을 「대주^{對酒}」라는 시에서 다음과 같이 질타를 한다.

蝸牛角上爭何事^{와우각상쟁하사}
달팽이 뿔 위에 싸워서 무엇 하리,

石火光中寄此身^{석화광중기차신}
부싯돌 번쩍이듯 찰라를 사는 몸.

隨富隨貧且歡樂^{수부수빈차환락}
부귀든 빈천이든 그대로 즐길 일,

---

17 빌미.
18 말없이 조용하게.
19 권력.
20 유달리.
21 泥田鬪狗(이전투구).

不開口笑是癡人 불개구소시치인

크게 웃지 않는 그가 어리석은 자.

먹

문방사우 가운데 살신성인殺身成仁의 으뜸을 이루는 것은 바로 먹이다. 직사각형의 긴 몸통에 소나무의 송진과 숯을 원료로 만들어져 단단한 듯하지만 물과 닿으면 이내 그 몸을 풀어 검은 빛의 호수를 이룬다. 묵향이 방안 가득 차게 되면 그 어떤 냄새보다도 좋다. 밖에 있다가 방안으로 들라치면 그 냄새에 코는 이내 다른 냄새를 얼씬도 못하게 한다.

먹을 갈 때면 늘 두어 시간 정도는 공을 들인다. 먹의 농도는 먹을 쥐고 어느 정도 힘을 주어 갈고 적정한 시간을 갈아야 제대로 고운 빛과 색깔을 내게 된다. 자신의 몸을 갈며 글씨를 이루게 한다. 먹으로 쓰여 진 글씨는 1000년 이상을 지난 오늘에도 번지거나 으깨어지지 않고 그 원래의 모습을 보여준다. 먹의 특성상 지금의 화학원료로 가공된 잉크나 볼펜으로는 이처럼 오랜 세월 문서를 간직하기가 어렵다. 단지 몇 년 지나도 공책에 쓰여 진 글자는 번지거나 퇴색되는 성질을 지닌 것이

잉크이다. 몸을 오롯이 하고 곧추 선 채로 자신의 몸을 누이거나 비스듬히 하지 않는 성질이다.

나는 먹에서 옛날 배우는 이들의 몸가짐과 꼿꼿한 기개를 엿본다. 퇴계 선생도 늘 책을 볼 때면 몸을 비스듬히 하거나 눕지 않고 바른 자세를 지녔다고 한다. 먹을 갈 때 옆으로 비스듬히 하거나 누이면 제대로 갈리지 않는다. 늘 곧추 선 자세로 자신을 갈며 글씨 쓰는 이의 마음을 바룬다. 자신의 몸을 갈아 어짊을 이루는 군자의 덕을 지닌 더없이 훌륭한 이다. 일찍이 소동파蘇東坡는 "사람이 먹을 가는 게 아니라 먹이 사람을 간다"라고 하였다. 비인마묵묵마인非人磨墨墨磨人. 먹을 갈며 마음의 수양을 쌓는다는 말이다.

먹을 수없이 소비하면서도 아직 그 어진 면을 보지 못하고 그저 먹만 써버렸음을 자책한다. 먹을 써버린 것에 대한 자책이 아니라 그 덕을 배우지 못함을 서러워한다.

화선지

11살 무렵 볏짚으로 엮은 초가집 지붕! 누런 흙벽 집에 천장은 보이지 않고 서까래로 가로지른 보꾹[22]이 드러나는 방에서 신문지 위에 붓글씨를 쓰시는 분이 있었다. 바로 아버님이시다. 호기심에 붓을 들어 쓴 것은 그저 신문에 보이는 몇몇 단어를 보고 써서 흉내 내는 정도였다. 늘 신문지 위에 개칠改漆을 하며 쓰는 것이었다. 무슨 뜻인지도 제대로 알지도 못하면서 그저 글씨가 아름다워 보이고 멋져 보여 객기를 부리며 썼던 것이다. 중학교에 들어가면서 전통 한지가 아닌 한지 모양만 흉내 낸 번지르르한 문창호지에 쓰기도 하였다. 하지만 그 종이는 먹물이 번져서 좀체 글씨 모양이 나지를 않는 것이었다. 고등학교와 대학을 다니면서 좀 더 질 좋은 화선지를 접할 수 있었다.

붓글씨를 배우게 된 동기는 초등학교 6학년 말 무렵 어느 날 아버지께서 나에게 말씀하시기를, "붓글씨 한 번 배워보지 않겠니? 붓글씨와 한학에 조예가 깊으신 분이 한 분이 계신데……"라고 말을 넌지시 던지셨다. 그래서 난, "네, 그러죠"라고 대답을 하였다. 그 다음날부터 나는 그분의 집에 쥐 풀 방구리 드나들 듯하였다. 단아하시면서 조용하신 성품을 지니신 분이란 생각이 들었다. 서재에는 직접 그리신 사군자 그림과 빛이 바래다 못하여 굴뚝에 발라놓는 흙에 그을음이 앉은

---

22 지붕 밑과 천장 사이의 빈틈.

듯 각종 고서古書들이 즐비하였다. 그 서재에 들어서면 나도 모르게 숙연해졌다. 그윽한 묵향에 빠져 한 두 시간 글을 쓰곤 하였다 그분은 늘 전통한지에 그림을 그리고 글씨를 쓰곤 하였는데, 임서臨書를 하실 때는 늘 날짜가 지난 신문지에다 쓰시곤 하였다.

그해 여름

그해 여름. 밭가에 오롯이 서 있는 수백 년은 됐음직한 대추나무 잎사귀는 허공을 가르는 바람몰이에 그저 힘없이 떨어져 둥그런 원을 그리며 곤두박질쳤다. 하지만 그 대추나무는 초등학교 3학년 무렵인가 그해 태풍으로 쓰러져 그만 숨을 놓아 시방도 못내 아쉬움이 남는다. 커다란 뿌리를 비스듬히 내보인 채로 발끝이 들린 채로 몸통은 밭 자락에 내동댕이처진 채로……,

그날의 바람은 몹시도 매섭게 몰아치고 비가 억수같이 퍼붓던 날이었다. 종일토록 비가 내리고 바람이 불던 그날은 하늘은 어두컴컴하여 사위가 밤인 듯하였다. 해마다 가을이면 대추열매를 서너 가마니를 거두던 그 나무도 모진 성상星霜을 견디지 못하였다. 가을로 향하는 어귀에 모진 바람을 견디나 싶었는데 동네에서 두 번째 큰 그는 외마디 비명을 지르며 저 누리에 갔다. 모진 바람과 벼락을 맞은 것이다. 몇 아름은 됨직한 덩치 큰 몸통을 누이고 발 자락을 거꾸로 드러낸 것이다. 삼손과 같이 무언가 그를 지탱해 줄 머리카락을 잃은 듯 힘없이 무너졌다. 주전부리 할 것이 퍽이나 적었던 그때 그는 우리네 입을 호사시켰던 일을 하곤 하였다. 시루떡을 하거나 제사상에 오를 때는 어김없이 빠지지 않는 몫을 해냈던 그이다. 넓디넓은 밭 가장자리에 늘 여름의 따가운 볕을 피해 우리가 숨어들거나 새참을 먹을 때 음지를 내어주던 그였다. 가을걷이가 끝나면 콩대며 수숫대, 그리고 고춧대가 덩그러니 밭 가운데 놓여있어 다도해의 섬을 연상케 하였다. 그가 있을 때에는 콩대와 수숫대와 더불어 그런대로 가을의 운치를 돋우었는데 그가 간 이후로는 가을 들녘의 음산함이 부르터났다.[23] 음산함을 감싸주던 그는 이제 볼 길이 없다. 하마 42년 전의 일이다.

---

23 감추어져 있던 일이 드러남.

향나무

집 옆 막대 빵 모양의 기다란 밭가에 오롯이 서있는 것이 있다. 그 밭에는 해마다 고추를 심는 일이 거반이었다. 밭가에는 조그만 웅덩이 하나가 있었다. 그 웅덩이에는 물이 많지는 않지만 봄이면 늘 올챙이와 붉은 색의 비상 개구리가 가득하곤 하였다. 척박한 밭가와 주위에는 너른 바위가 몸통의 삼분의 일만 내놓은 그 자리에 늘 푸르고 상큼한 한 그루의 향나무가 어디 하나 굽지 않고 곧게 서 있었다. 모진 비바람과 겨울의 매서운 눈보라에도 끄떡치 않고 수십 년 세월을 버티고 지금도 그 자리에 붙박여 있다. 오십년을 훌쩍 넘어 노년을 향해 가고 있는 중늙은이의 모습으로 버티고 있다. 해마다 몇 번씩이나 몸단장을 하며 치레를 게을리 하지 않는다. 전지가위에 어김없이 몸을 맡기며 그 고고하고 아름다운 자태를 드러내며 그 향을 멀리까지 풍긴다.

몇 해 전 가봤더니 덥수룩이 가시를 돋운 채로 육중한 몸을 드러내고 있었다. 38년이 넘게 제대로 돌보지 않은 탓인지 꼭 수염을 깎지 않은 사내처럼 몰골이 말이 아니었다. 삼십년이 넘게 전지가위를 대지 않은 채 그저 그렇게 누군가의 손길을 기다리고 있는 듯 비대해진 몸을 꼿꼿이 세운 채 서 있었다. 세월의 흔적이 고스란히 더께로 쌓인 채 검푸른 육신을 버티며 눈이라도 내릴 듯 희붐한 겨울하늘을 하염없이 올려다보고 있었다.

그 동네 누구도 그에게 무관심한 눈으로 바라보는 그 외로움을 어떻게 견디어냈을까? 향나무의 가시바늘도 힘없이 늘어진 듯하고, 그 곧던 몸은 무거운 이파리와 많이 자란 가지 때문에 약간은 구부정한 듯 보였다. 어릴 적 늘 눈을 호사시켰던 그는 이제 노년의 나이로 조금은 퇴색하고 힘없는 모습을 보인다. 밭 자락에 아무 보살핌도 없이 무관심한 눈길에 그저 그 속내를 드러내지 않고 무던히도 모진 성상星霜을 꾸역꾸역 견디어냈나 보다. 여름날에는 아마도 공연히 얼굴에 비를 맞으며 우수에 찬 모습을 보였을 것이며, 겨울날에는 공연히 눈을 맞으며 애처로운 모습을 보였을 것이다. 봄에는 여인네처럼 슬픈 기색을 띠었을 것이며, 가을에는 남정네처럼 가을의 슬픈 색조를 볼에 띠었을 것이다. 그가 선 자리에는 켜켜이 쌓였을 고독과 우수의 더께를 생각해 보며 그윽한 향을 맡고 싶다.

측백나무

　뒤란의 장독대 뒤를 에둘러친 울타리가 있다. 꽉 들어찬 측백나무 숲 울타리이다. 수십 그루는 됨직한 울타리는 사시사철 푸르른 모습이다. 늘 전지剪枝를 하여 방금 이발을 한 모습으로 다가온다. 겨울이면 된바람을 막아주고, 여름이면 비바람을 다소나마 사위어주게 하니 그 고마움은 더없이 크다. 울타리 중간에 길을 내어 뒷밭을 이어주어 종종 가을이면 밭가에 있는 감나무로 발길을 이어준다.

　어느 해 겨울밤 손전등을 든 채 측백나무 울타리를 뒤져 잠자고 있는 새들에게 전등을 바짝 들이댄다. 새들은 엉겁결에 당한지라 날지 못하고 그저 움츠러든다. 재빨리 손을 내밀어 새들을 잡아 무슨 개선병인 양 방으로 들어온다. 옛말에도 잠든 길짐승이나 날짐승은 잡지 않는다고 하였는데 어린 마음에 호기심에 잡아본다. 못된 마음이 있었나 보다. 측백나무의 따뜻하고 편안함을 믿고 찾아든 이들을 무던히도 괴롭혔나보다. 새들의 평온을 깨고 그들에게 불안감을 주었다. 집인 양 찾아든 그들은 나에게 무어라 불평을 했을까?

　그중 한 마리가 말하기를,

인간이란 뭐든 빼앗아가고 베푸는 게 아냐. 왜 가만히 자고 있는 우리를 잡고 그것도 모자라 구워서 먹기까지 하니 인간들은 잔인하단 말이야.

다른 한 마리가 또 맞장구를 치면서,

그래 맞아. 다른 나무도 그렇지만, 여기 우리가 매일 찾아 잠을 자는 공간을 마련해 준 이 나무들보다 못해. 나무는 남들에게 베풀기만 하고 받는 것은 없는데 말이야. 베풀지는 못하고 오히려 잡아먹을 궁리나 하니.

이런 생각을 하면서 다시는 새들을 잡지 않게 되었다. 모든 나무는 본래 뿌리며 가지며 대궁을 길짐승과 날짐승 그리고 우리 인간에게 거저 주는 아름다움을 지녔다. 여름에는 뙤약볕의 따가움을 덜어주고 겨울에는 된바람을 막아주며 자신의 몸을 살라 우리가 쓰는 종이나 불쏘시개가 된다. 그날의 새를 잡음은 나무가 베푸는 은덕을 빼앗아버린 것이니 어이없는 잘못을 한 것이다. 가녀리던 측백나무가 커서 어른이 되어 울타리를 만들어주는 그 고마움과 새들의 보금자리를 만들어 주는 베풂의 덕을 알지 못하였다. 푸르고 맑은 마음을 지닌 채 온갖 만물에 고마움을 더해 주는 이가 바로 나무이다. 게염과 걸태질에 휘둘리지 않고 자신의 몫을 다하는 나무의 아름다움을 익혀야 할 것이다.

보리밭에 가면

감나무 몇 그루가 서 있는 밭에 누런 물결이 일렁인다. 가을 들녘의 누런 물결을 제치고 가장 먼저 초여름 들녘을 치레하는 것이 바로 보리밭의 풍경이다. 늦가을 늦사리[24]가 끝나면 으레 심는 것이 보리와 마늘을 심는 것이다. 늦가을에 심어 겨울을 견디어 내는 보리의 질긴 생명력에 감탄한다. 1970~80년대의 겨울의 삭기는 엄청나며 웬만한 초목은 모두 이파리를 거두며 겨울잠에 들어간다. 휘몰아치는 바람과 늦가을이면 자심滋甚한 서릿발의 박해와 핍박을 무던히도 잘 견딘다. 겨울철 영하의 날씨와 숱한 눈보라와 적설積雪에도 몸을 넙죽 엎드린 채 바람과 눈발에 맞선다. 바삭바삭 언 땅거죽을 비집고 움을 틔워 얼굴을 내민 채 고스란히 눈보라를 맞는다. 뫼들이 내려다보고 뫼의 그림자가 밭을 어두컴컴하게 내려 눌러앉아 있어

---

24 가을걷이를 늦게 하는 일.

도 그저 음영陰影을 나그네의 발자취로 여기며 그해 겨울을 난다. 날이 해동解冬할 무렵에는 보리가 웃자라기 시작한다. 그때의 보리밭은 사람들의 발로 밟혀지며 웃자람을 방지케 한다. 따사로운 햇볕에 보리가 웃자라지 않도록 밟아주어야 하는 일이 농사를 짓는 이들에게는 퍽이나 대모한 일이다. 겨우내 추위와 눈보라를 견디자니 햇볕을 받아 너무 웃자라지나 않을까 하는 노파심에서 보리밟기를 하는 것이니 그 수모를 운명인양 받아들이는지도 모른다. 수모는 보리를 더욱 강하고 튼실하게 열매를 맺게 해주는 자양분인지도 모른다. 보리밟기를 한 뒤로는 보리가 쑥쑥 오른다. 그 수모와 아픔을 서러워하며 더욱 보릿대를 울세게 키워 올린다. 봄날의 보릿대는 그야말로 일취월장日就月將의 경지에 이른다. 뭇 새들이 날아들어 낟알을 쪼아 먹는 아픔을 맛보며 기세 등등 하게 이삭을 피우며 봄날이 지나며 여름 하지夏至에는 절정을 이루며 고개를 숙인다. 보리를 거두는 때가 온 것이다.

"벼는 익을수록 고개를 떨군다"라는 말을 먼저 실천하는 이가 보리이다. 수숙저두穗熟低頭의 원조인 듯하다.

목침木枕

방 굽도리[25]에 덩그마니 손때와 머리 피지선에서 나온 기름때가 엉겨 붙은 목침이 보인다. 수십 년은 되었을 세월의 더께가 내려 눌러 그 진한 삶의 눈물과 애환이 보이는 듯하다. 기나긴 겨울밤을 장죽에서 나오는 담배연기의 매캐함을 그저 고스란히 맞으며 그분의 고적孤寂함을 부르터나게 한다. 할아버지께서 늘 베고 주무시던 보물 1호의 모습이다.

목침은 나무가 단단하기가 이를 데 없다. 목침을 가지고 놀다가 발등이라도 찍는 날에는 "아야!"소리 한 번 못하고 그저 눈물이 핑 돌 정도이다. 큰집 문간방에 덩그러니 있는 녀석은 할아버지를 뵈러 방에 들라치면 늘 빛바랜 모습의 얼굴을 비친다. 목침의 나이는 수십 년은 되었을 것이다. 한국전쟁이 일어난 직후 할머니께서는 돌아가셨다고 한다. 그 후로 목침이 몇 번 바뀌지 않았을 것이란 생각이 든다. 겨울바람에 문풍지 우짖는 소리도 들었을 것이고, 여름날의 천둥소리와 비바람의 소리도 들었을 것이다. 늦가을 문창호지를 두드리며 가을이 다했음을 알리는 낙엽의 노크도 들었을 것이다. 봄철에는 앞산과 뒷산에서 울어대는 뻐꾸기 소리와 부엉이 소리 그

---

25 방안 벽의 아래 가장자리.

리고 소쩍새 소리도 함께 들었으리라. 수십 년 세월을 할아버지는 그렇게 목침과 함께 삶의 질곡을 헤쳐 나오시며 외로움과 그리움을 마음에 켜켜이 쌓아 오셨을 것이다. 그 차디찬 외로움과 뜨거운 그리움이 목침에서 부르터나오고 있다. 자식들의 애환哀歡을 삭이는 것도 손자들의 애환을 삭이는 것도 그 목침이었으리라. 어스름한 새벽에 "에혜!"하는 헛기침은 당신께서 깊이 잠들지 못하고 계시다는 것을 알리는 것이다. 이따금 일어나서서 담뱃잎을 말아 장죽 끝에 쑤셔 넣은 후 빨아올리는 한 모금의 담배 연기로 마음의 번뇌를 잊으셨는지도 모른다.

배게는 원래 베지 않은 성품이시라 늘 목침만을 애용하신다. 목침에 무슨 비밀이라도 있는 듯 베개는 늘 멀리하신다. 당신께서 살아오신 나날에 있어 괴로운 일, 슬픈 일, 즐거운 일 등을 목침은 읽어내고 있는 듯하다. 지금은 그 목침을 볼 수 없다.

고향

옹기종기 모여 있는 집들과 몇 겹으로 에둘린 깊은 산에 싸인 동네. 동네라 봐야 겨우 사십여 가구에 불과하다. 구메농사[26]로 근근이 몇 대를 이어오던 아주 작은 두메산골이다. 논이라고는 겨우 두어 마지기가 전부이고 거의가 언덕과 산을 개간하여 일군 밭뙈기 몇 마지기가 전부이다. 마을 모양이 호미같이 생겨서인지 호미실이라 한다.

봄이면 감나무 꽃, 돌배나무 꽃, 개복숭아 꽃, 밤꽃, 개나리, 진달래꽃이 흐드러지게 피고, 한 걸음 바투 실개천가에 버들가지가 물이 올라 지천으로 널려 있었던 곳. 작은 옹달샘에는 가끔 다람쥐나 새들이 몰려와 마른 목을 축이고 가곤 한다. 아이들은 들로 산으로 다니며 진달래꽃을 따먹기도 하고 개울가에 모여앉아 버들가지를 꺾어 호드기를 만들어 불기도 한다. 여름이면 뙤약볕이 내려 쪼이는 후텁지근함을 털어버리려고 집 앞의 작은 샘에서 엎드려 볏쳐 자세로 등목을 하곤 한다. 가끔은 동네에서 한참을 내려간 조금 큰 개울에 벌거숭이로 멱을 감곤 한다.

그런데 여름은 나에게는 고통스러웠다. 뙤약볕이 내리 쪼이는 가운데 밭에 가서 고추를 따거나 아니면 김을 매어야 했으며, 비가 부슬부슬 내리는 날에도 어김없이 들깨 모종을 해야 한다. 더구나 소까지 키우니 소꼴을 베러 매일 들이나 산으

───

26 작은 규모로 짓는 농사.

로 지게를 지고 다녀야 한다. 가을로 접어들면 시골의 일은 여름보다 곱절은 더 바빠진다. 그야말로 눈코 뜰 새 없이 허둥대며 콩, 수수, 벼, 고추, 배추, 무 등을 거둬야 한다. 가을에도 소꼴은 매 한가지로 베어야 한다. 저녁은 늘 어두컴컴해져 달이 오를 무렵에 먹게 된다. 늘 저녁은 보리곱살미[27] 아니면 보리반지기[28]가 일쑤였으며, 칼국수, 찐 감자가 대부분을 이룬다. 겨울이면 어린아이 키에 맞지도 않는 지게를 지고 산을 극터듬어 올라 솔가지와 솔 갈비 또는 고지박 내지는 손을 찔려가며 가시나무를 한다. 나무를 해서 오면 소에게 먹일 볏짚과 콩깍지를 고래 입만 한 가마솥에 넣고 소죽을 한 두어 시간 끓여낸다.

벌써 42년 전의 일이다. 어렴풋한 어린 시절의 단상斷想은 나를 그때로 다시 돌아가게 하고 싶은 욕구를 들이민다. 그 시절의 고향의 산과 밭 그리고 뫼는 나의 기억세포를 자극하여 망각의 늪으로 빠져들지 못하게 하고 있다. 지금의 놀랄만한 문명의 발전도 그 시절의 아련한 추억과 단상을 절단하지 못하고 있으니 우리는 아직도 그 시절을 그리워하는지 모른다. 고향의 뫼와 들이 우리의 감성을 아직도 일깨우는 것은 우리

---

27 꽁보리밥.
28 보리와 쌀이 반반 섞인 밥.

의 원초적 그리움이 그대로 남아 있다는 징표이다. 지금은 고향에 살고 있는 가구 수가 열 집도 안 된다. 곧 사라질 것 같은 불안감에 그리움만 하염없이 쌓여간다. 자연의 일부인 우리가 가야할 곳은 바로 흙인 것이다.

부추

억수같이 쏟아지는 장맛비에 뒤란의 부추는 파릇파릇 함초롬히 빗물을 머금은 모습이다. 뒤란 장독대 옆과 측백나무 굽바자를 지나 서 너 걸음 가면 밭 자락의 바위틈에 촘촘히 자리하여 가녀린 팔을 늘어뜨린 모습의 부추가 있다. 그리 길지도 않고 굵지도 않으며 알맞게 자란 고운 살결을 가진 모습이다. 나긋한 자태인데도 약간은 독한 향기에 진드기 같은 벌레들이 달라붙지 않는다. 부추는 반찬뿐만 아니라 음식의 맛을 내는 조미료 겸 향신료의 자리매김을 하는 다년생 식물이다.

매년 여름이면, 특히 장마철이면 어김없이 부추와 매운 고추를 넣어 적[29]을 굽는 분은 어머니이시다. 뙤약볕이 내리쬐는 날에 혹 소나기라도 내리는 때에나 장마철이면 늘 부추를 넣

---

29 부침개의 충청도 말.

어 구운 적을 아버지의 술안주로 내어 놓으시어 어린 우리의 입을 구쁘게[30]도 한다. 양동이로 부어대듯 내리는 비에 방 뒷문을 열어 놓으면 집 뒤란은 온통 프라이팬에 콩 볶는 듯 빗물의 오케스트라가 연출된다. 장독대위에 덮어놓은 뚜껑, 아니면 양은 쟁반 위를 내리치는 빗줄기에 합주곡의 가락이 된다. 그래도 부추는 세차게 내려치는 빗줄기에 아랑곳없이 고스란히 비를 맞으며 꿋꿋함을 잃지 않는다. 다음날 아침에 일어나보면 언제 비가 왔느냐는 표정으로 가녀린 팔을 털고 방긋이 웃는다. 오히려 싱싱한 얼굴과 화사하지는 않으나 정결한 몸으로 아침 햇살을 맞는다.

사람들이 잘 가지 않는 장독대 옆이나 바위 위 그리고 틈새에 살면서도 부끄러워하지 않는다. 사람들이 칼로 썩둑 그 몸을 잘라내어 반찬을 하거나 적을 굽거나 혹은 양념 및 향신료로 쓰더라도 그저 묵묵히 희생을 할 뿐이다. 그 오래된 체념, 아니 묵묵히 자신을 희생하는 마음에 우리는 그대의 후덕함을 본다. 모진 비바람과 불가마와 같은 더위에도 견뎌내면서도 다음해에 다시 싹을 틔우고 씨앗을 뿌린다.

___

30 허전하여 자꾸 무엇이 먹고 싶다.

거지

어릴 적 동네에 해마다 들르는 손님이 있었다. 얼굴은 까무잡잡하고 옷은 누더기를 거친 몰골이었다. 옷을 이중삼중으로 걸쳐 입은 모습과 퀭한 눈길을 보이며 늘 우리 마을을 들르는 거지였다. 고무신에다 손은 얼마나 씻지 않았는지 검은색 구두약을 발라놓은 듯 시커멓다 못해 윤이 나는 것이었다. 머리는 감지를 않아 새집 모양을 이루고 머릿니가 있는지 긁적거리기 일쑤였다. 이집 저집 다니며 먹다 남은 밥과 반찬을 구걸하며, 다행히 새로 지은 밥을 얻는 경우에는 그리 맛있게 먹는 것이었다. 그녀가 가지고 다니는 밥그릇은 늘 커다란 냄비 하나였으며 따로 반찬통이 없이 밥과 함께 찬을 섞어먹는 것이었다. 겨울날 동네 어귀에 들어서면 우선 그녀는 배가 너무나 고팠던지 이집 저집 다니며 동냥부터 하는 것이다. 동냥을 해서 얻은 밥을 다 먹고 난 뒤에 그녀는 어느덧 보릿단을 쌓아 놓은 곳 아니면 수숫대 쌓아 놓은 곳에 햇볕을 쪼이며 이를 잡기 시작한다. 어떤 때에는 볏단을 쌓아 놓은 메마른 겨울 논바닥에 쭈그리고 퀭한 눈을 들어 하늘을 바라보기도 하였다.

그런 그녀를 우리들은 미친 여자라고 부르며 작대기로 쿡쿡 찌르거나 아니면 조그만 돌을 들어 던지기를 하였다. 그러나 그녀는 좀체 반응을 하지 않거나, 때로 화가 나면 우리들을 쫓곤 하였다. 그녀가 화를 낸 이유는 보릿단은 그녀의 보금자리였기 때문이었다. 그녀는 우리들을 안중에 두지 않는 듯하였다. 하늘에 떠 있는 무심한 구름을 쫓을 뿐이었다. 눈썹 아래에 깊은 동굴과 같이 움푹 패인 그녀의 눈에는 어떤 빛이 흘러나오는 듯하였다. 공허한 느낌과 배고픔과 외로움이 뒤섞여 그녀의 몸은 우수와 비애를 담은 하나의 덩어리처럼 만듯 볏단이나 보릿단을 이불삼아 잠을 청할 뿐이었다. 하늘을 이불삼고 땅을 자리삼아 지내는 고단한 삶을 이어가고 있었던 듯하다. 모진 비바람과 눈보라를 무릅쓰고 우리 마을을 찾았던 그녀는 그렇게 몇 해를 오가더니 발길을 끊었다. 죽은 것일까? 그녀는 죽지 않았을 것이다. 그녀는 우리 어린 시절의 한 단상斷想에 머물러 웅숭깊은 마음의 텃밭을 만들고 있었는지도 모른다. 그리고 감성의 씨앗을 뿌리고 있는지도 모른다.

오늘 그녀를 위해 한 조각의 눈물을 그녀가 뿌린 감성의 씨앗에 거름으로 뿌린다.

모듬살이* 풍경

* 사회

글을 읽는다는 것

글을 읽는 것은 삶에 있어서 커다란 윤활작용이다. 암흑에 드리운 저 너머 우리네 삶을 곱씹는 길이기도 하다. 한 줄의 글에서 묻어나는 끈끈한 사람들의 정, 사색과 명상을 안겨주기도 하고, 때로는 벅찬 희망과 기대감을 부풀려 주는 정신의 세정작용을 한다.

장자莊子의 표현을 빌면, '아무도 찾아오지 않는 곳에 발자국 소리'같은 진귀한 보배를 가슴에 안겨주는 것이 예술과 문학일지도 모른다. 천둥과 번개를 몰아오는 하늘가에 문득 고개 들어 보면 하늘은 희붐하다. 그 요동치는 소리와 무질서함에서 우리는 무기력감을 느낀다. 일탈행동과 거짓, 위선, 아첨의 늪에서 우리를 진정 구원하는 것은 바로 글을 읽거나 그림을 그린다거나 글을 써 보는 것은 어쩌면 우리들 마음속에 도사린 천둥과 번개의 흐느낌과 망상을 제거하는 정신작용일 수 있다. 하지만 글을 잘한다고 처세술까지 다 잘하는 것은 아닌가보다.

중국의 역사서 『진서晉書』 「완적전阮籍傳」에 보면, 완적은 휘파람을 잘 불었으며, 노장老莊 사상에 심취 했다고 전한다. 그가 모친상을 당했을 때 혜희嵇喜가 와서 조문을 하자 완적이 눈의 흰 부분을 드러내고 그의 동생 혜강嵇康이 술과 거문고를 가지고 오자 크게 기뻐하여 푸른 눈동자를 보였다고 한다. 완적과 혜강 모두 이른바 죽림칠현竹林七賢으로 불린다. 백안시白眼視'라는 고사를 만들어낸 완적은 사람을 대할 때 이처럼 청백안靑白眼을 두루, 아니 적절히 이용하여 제 명대로 살다가 죽었다. 하지만 거문고를 잘 타고 시를 잘 짓고 그림을 잘 그렸던 혜강은 성격이 너무 강직하였다고 한다. 하루는 대장군 종회鐘會가 혜강의 명성을 듣고 찾아갔다. 혜강은 다짜고짜로 무례를 범하며, "어떻게 소문을 듣고 왔는가? 보았으면 어찌 가지 않는가!"라고 하였다. 그러자 종회는 불쾌하다는 듯 말하기를, "소문을 들었으니 왔고, 이제 보았으니 가야지!"라고 하였다. 그러나 종회라는 사람은 혜강을 진작부터 꺼림칙한 인물로 보아왔던 터였다. 후에 혜강은 어떤 사람이 한 여인을 보쟁이[1]는

1 부부가 아닌 남녀가 남몰래 친밀한 관계를 계속 맺음.

일에 증인을 서게 되어 무고죄로 몰려 죽게 된다.

두 사람의 예에서 완적은 유머와 위트가 섞인 청백안을 잘 구사하였지만, 혜강은 그 뛰어난 능력에도 너무 강직하여 제 명대로 살지 못하였으니 애석하다. 글과 예술 모두 '아무도 오지 않는 곳에 들려오는 발자국 소리空谷足音(공곡족음)'를 듣는 경지에 이르러야 비로소 마음의 평안을 이룰 수 있다.

글을 쓴다는 것

달이 반쯤 잘려나간 듯 이지러졌다. 달이 반은 소등된 채 새벽녘 하늘에 걸려 있다. 나뭇가지 사이로 더없이 옴팡지게 빛을 발산한다.

한 사나이가 달 아래 어디론가 휑한 밤길을 더듬고 있다. 밤새 숲을 보지 못하고 나무만 더듬어 고샅길을 가는 장님의 행색이다. 땟국이 줄줄 흐르는 차림으로 고개를 주억거리며 휘적휘적 걷는다. 휑뎅그렁한[2] 들판을 지팡이 하나에 몸을 부축하며 간다. 걸싼[3] 발걸음도 아니고 축 늘어진 모습이다. 이따

---

2 넓은 곳에 물건이 아주 조금밖에 없어 잘 어울리지 아니하고 빈 것 같다.
3 일이나 동작 따위가 매우 날쌔다.

금 짊어진 바랑의 무게를 이기지 못하고 기우뚱한다. 휴! 하며 숨을 가쁘게 뱉어내기도 하며 바랑의 무게에 벋대보려고 연신 고개를 주억거린다. 들을 거듭 지나며, 강을 건너며 야트막한 고갯길을 허위허위[4] 넘는다. 작은 숲을 지나며 나뭇가지나 삭정이가 얼굴을 후릴 적마다 손사래[5]를 치기도 하고, 분지르기도 한다. 나무와 나뭇가지 그리고 삭정이를 꺾고 분지르는 일련의 몸짓으로 여울과 고갯길과 야트막한 고갯마루를 넘기도 한다. 어떤 때에는 한 발짝 바투[6]로는 가늠하여 건널 수 없는 도랑을 만나면 그의 얼굴에는 여린 근심의 빛이 일렁거리며 힘담없이[7] 주저 안기도 한다. 다시 일어선다. 그리고 오던 길을 되돌아가 도랑 쪽으로 걸싸게 달음박질친다. 철버덩! 물에 빠진다. 서생원의 몰골이다. 후줄근히 젖은 몸과 바랑에 발자국은 더없이 소걸음이다. 그는 지금 숲을 보려고 이 밤길을 애오라지 터덕터덕! 물 먹은 행주와 같이 늘어진 몰골이다.

어느새 그는 숲의 초입에 성큼 들어선다. 긴장이 풀리고 잠이 맹렬히 덤빈다. 가로누울까. 아니다, 라고 이를 앙다문다. 곧 회붐하던 하늘이 열리고 새벽의 여명이 다른 아침의 것보

---

4 힘에 겨워 힘들어하는 모양.
5 어떤 말이나 사실을 부인하거나 남에게 조용하라고 할 때 손을 펴서 휘젓는 일.
6 정도.
7 풀이 죽고 기운이 없다.

다 동뜨게[8] 밝아온다.

사내는 곧 다시 깎아지른 듯 한 벽산劈山을 붓질할 것이다. 한 폭의 산수화를 그리는 고통을 잉태하면서⋯⋯, 정이박精而博이 아닌 박이정博而精의 붓질이 될 것이다. 글쓰기란 참으로 인내의 과정이다. 곧 창작의 과정이면서 고통과 외로움과 벋대는 고행의 길인 것이다.

약 1500여 년 전에 유협劉勰 쓴 『문심조룡文心彫龍』에 보니 "부작자왈성 술자왈명夫作者曰聖 述者曰明"이라고 적혀 있다. 이 대목은 애짓는 이[9]는 성스럽고 그냥 짓는 이는 성스러운 이가 지은 글을 밝힌다는 뜻으로 풀이된다. 『논어』에도 공자께서는 '술이부작述而不作'이라고 하였다. 그만큼 글을 쓴다는 게 어렵다는 뜻일 게다. 다만 공자는 성현의 글을 읽고 쓸 뿐 애써 짓지 않았다는 이야기이다. 공자 이전의 성현堯·舜·禹 임금들이 지은 글을 가감하지 않았다는 뜻일 게다. 늘 글을 쓰면서 이 말을 마음에 새기고 있다. 다만 옛 성인이나 문인들이 남긴 글을 새기며 나름의 글을 지을 따름이다

---

8 다른 것들보다 훨씬 뛰어나다.
9 창작자.

웅덩이의 물

물은 두 얼굴을 가진 것일까? 이 물음에 나는 단호히 '아니오'라고 말한다. 물은 그 모습을 짐작할 수 없고 어떻게 생긴 것인지 모른다. 우리네 삶에 늘 붙어 다녀서 그의 원래 모습과 성정性情을 알 수 없는 것이 물이다. 우리는 물은 으레 흘러가는 것으로만 알고 있다. 연못에 있는 물도 웅덩이에 고여 있는 물도 강의 물도 산골짜기의 석간수石間水도 늘 흐르는 성질을 지녔다. 고전古典을 보아도 물은 이 세상을 사는 이들에게 대한 경계 또는 허송세월을 하지 말라는 교훈의 잣대로 무언의 잠언을 쏟아내고 있다.

빠르게 돌고 도는 이 누리에 물의 미더운 구석을 보듬어 보는 것도 좋은 일이다. 어린 시절 집 뒤란으로 보이는 산에 조그마한 물웅덩이가 있었다. 땅바닥에서 솟아오른 샘물인지 어디선가 흘러들어오는 물이 웅덩이를 만들었는지 알 수가 없었다. 자그마한 그곳에는 어묵만한 부들이 피어 고개를 늘어뜨리고 있었다. 물위에는 이름 모를 수초水草가 갖가지 색채를 드리우고 있다. 너무 작은 웅덩이여서 산 그림자도 담지 못한 채 고요에 침잠沈潛하고 있다. 파도도 일지 않고 거센 폭풍우에 시달리지도 않고 비나 눈이 오면 모두 받아들이고 산짐승들의 목마름을 풀어주고 주위의 나무에게 물을 주는 그였다. 어느 날 그저 산중턱에 다소곳이 앉아 있다가 산 아래에 흐르는 물의 무리를 보고 말을 한다.

"물은 흐르면 나아가고 구덩이를 만나면 멈춘다. 그런데 너희들은 어찌하여 흐르기만 하고 멈추어서 뒤돌아보지를 않느냐."

그러자 산 아래의 물들이 말하기를,

"우리는 갈 길이 멀고 바쁘니, 흐르지 않고 앉아만 있는 자네보다는 세상구경도 많이 하고 보고 듣는 것도 많아. 그렇게 앉아만 있지 말고 내려오렴."

웅덩이의 물이 대답하기를,

"세상 구경을 많이 하지 못하고 듣고 보는 것이 많지 않아도 모진 비바람과 파도도 일지 않으니 몸이 고단하거나 괴로움은 너희들보다는 덜 당하지 않니."

산 아래의 물들이 고개를 끄덕이며,

"그건 그래. 하지만 우리는 더 큰 강과 바다에 이르는 꿈과 욕심이 있어. 그래서 이렇게 부지런히 고단함을 모르며 흐르고 있는 거야."

이에 웅덩이의 물은 빙긋이 웃고 만다.

물은 산골짜기와 작은 내 그리고 큰 강을 거쳐서 바다에 이르려는 게염[10]에 지칠 줄 모르고 흐른다. 웅덩이의 물은 자신의 분수를 알고 지키며 세상을 관조觀照하는 덕성을 지녔다. 배움과 몸닦달[11]에는 쉬지 말고 흐르는 물과 같이 하되 기쁨·노여움·슬픔·두려움·사랑·미움·욕됨을 누르려면 눌러앉아 고여 있는 물의 덕을 본받아야 한다. 물은 물살을 타면 흐르고 구덩이를 만나면 멈춘다, 라고 『주역』에서 말한다. 승류즉서 득감즉지!乘流則逝 得坎則止.

---

10 욕심.
11 수양.

마음은 콩밭에 있네

하늘의 정기와 땅의 포근함 속에서 큰 덕을 타고난 이가 바로 우리들이다. 하늘은 아버지요 땅은 곧 어머니이다. 여기에서 그 아들인 사람이 부모의 정기 곧, 하늘의 정기와 땅의 후덕함을 지니고 태어난다.

사람은 누구나 어느 정도의 거짓말은 하고 산다. 이른바 선의의 거짓말인 것이다. 어느 날 노스님과 동자승이 시냇가 다리를 건너다, 물에 비친 모습을 보더니,

"아이야."

"네, 큰 스님."

"저게 바로 아상이니라. 삶은 바람처럼 그림자와 흔적을 남기지 않는 것이니라. 그림자와 흔적은 바로 사람의 욕심을 그려낸 찌꺼기니라."

자신의 주관적 생각으로 사물과 사람을 바라보는 게 불가에서는 아상我相이라고 한다. 자신의 관점을 주장하다 상대방이 이에 동조하지 않거나 따르지 않을 경우에 사람들은 마지막 수단으로 회유와 거짓말 심지어 협박을 한다. 바로 사람의

욕심에 의해 거짓말은 나오게 된다. 대의를 품고 남을 존중할 줄 아는 이는 결코 거짓말을 하지 않는다. 조선 중기 때 대학자 남명南冥 조식曹植 선생은 평생을 학문에 뜻을 두고 벼슬을 하지 않았다. 선생은 늘 칼 한 자루를 곁에 두었는데, 마음이 해이해지면 이를 만지면서 해이해지려는 마음과 늘 드잡이를 하였다. 그 칼에 '속마음을 밝게 하는 것은 남을 우러름이요, 밖으로 자르는 것은 의로움이다"라는 글귀를 새겨 넣었다 한다. 내명자경 외단자의內明者敬 外斷者義. 이른바 책을 읽으며 수양을 하는 서검書劍이었다.

이해타산에 너무 얽매어 거짓으로 다른 이를 속이는 것은 바로 사람의 칠정七情중 욕심이 있기 때문이다. 춘추시대 위衛나라의 임금의 폭정에 시달려 도탄에 빠진 백성들을 건지기 위하여 공자의 제자인 안회가 위나라로 가려 하자, 공자가 말하기를,

길을 걷지 않는 것은 또한 쉽고, 길을 걷되 발자국을 남기지 않는 것이 곧 어렵다. 인욕人慾에 부림을 당하면 거짓을 저지르기가 쉽지만, 천리天理를 따르면 거짓을 저지르지 않을 수 있다. 너는 날개를 달고 날았다는 말은 들었어도 날개 없이도 날 수 있다는 이야기는 듣지 못했을 것이다. 너는 지식으로 사물

이치를 안다는 말은 들었어도 무지로 모든 것을 알 수 있다는 이야기는 듣지 못했을 것이다. 저 문 닫힌 집을 보거라. 방을 비워 놓아야 햇살이 잘 비친다. 좋은 일은 고요한 곳에 머무르는 것이다. 좋은 일이 찾아오지 않는 것은 마음이 고요히 머물지 않기 때문이니, 이것을 일러 몸은 여기 앉아 있지만 생각은 멀리 다른 곳으로 달려가는 좌치坐馳라고 한다.

『장자』의 「인간세」에 나오는 대목이다. 장자가 대부분의 사람들이 본연의 일에 힘쓰지 않음을 우화형식으로 비꼬는 말이다. 본래의 일에 생각이 머물러야 하는데 본래의 일은 제쳐 두고 다른 잇속을 챙기려는 이들이 있음을 꼬집은 말이다.

강구연월康衢煙月에 관한 단상斷想

인간의 가장 큰 욕망은 무엇인가. 수면과 식욕 그리고 성욕이라고 말할 수 있다. 수면은 동물이나 인간에 있어 주기적으로 되풀이되는 생리적인 의식상실과 유사한 상태라고 한다. 식욕은 특정한 음식물을 선택하는 욕구를 말하지만 단백질·탄수화물·지방 등의 특수한 영양소의 결핍에 의한 특정음식을 섭취하게 하는 욕구를 불러일으키게 한다.

수면욕, 식욕, 성욕, 재물욕, 명예욕 등을 흔히 인간이 지닌 오욕이라고 한다. 이는 절집에서 흔히 말하는 이야기이다. 이 가운데 재물욕과 명예욕은 인간의 의지대로 끊어버릴 수 있다. 그러나 나머지 수면욕, 식욕, 성욕은 끊기가 어려워 득도에 가장 걸림돌이 된다고 한다. 이 세 가지를 이겨내지 못하면 면벽참선面壁參禪 10년을 한들 지극한 도에 이르지 못한다.

그러나 동서고금을 막론하고 무던히도 재물욕에 혈안이 된 이들이 있어왔다. 재물과 먹는 것에 대한 욕심은 동양고전에서 최고最古의 역사서인『서경』「홍범」편에 백성을 다스리는 여덟 가지 정사를 말한 '팔정八政'에서 먹는 것食을 제일 첫 머리에 두고, 그 다음 바로 재물貨을 두고 있다. 기원전 1122년, 주周 나라 무왕武王은 은나라를 멸망시키고 기자箕子를 방문하여 나라를 다스림에 무엇이 먼저 해야 할 것인가를 묻는 대목에서 기자는 먹는 것이 먼저이고 둘째는 재물이 그 다음이라고 한다. 먹고 사는 것과 재물을 모으는 것은 임금으로써 백성을 배불리 먹여야 한다는 것을 말한다.

그 다음이 조상에게 제사를 지내고 땅을 다스리고 교육을 시키며, 범죄를 다스리며 외교를 다지며 군대를 다스리는 것이라고 한다. 먹고살 만하고 재물을 어느 정도 가지면 좀 더 더 가지고 싶어 한다. 그러다 보니 얄팍한 꾀와 모략으로 남을 속이거나 심지어는 물리력을 행사한다. 그래서 한 나라의 임금은 이러한 폐해를 방지하고자 백성을 교육시키고 범죄를 다스리려 온갖 예법과 제도를 만들어낸다. 그 아득한 옛날[12]에는 도둑이 없고 울타리가 없으며, 거지가 없으며 부랑자도 없던 이른바 대동大同의 세계가 있었다고 한다. 지금 인간이 만들어낸 모든 제도와 법과 예법 등속은 강구연월康衢煙月과는 거리가 먼 것이다. 대동의 세계에는 그야말로 '번화한 큰 길거리에서 달빛이 연기에 은은하게 비치는 모습'을 볼 수 있었다고 한다. 강구연월을 꿈꾸면서 윗사람들이 얄팍한 꾀와 중상모략으로 설쳐대면 차라리 '강구연월'을 올해를 대표하는 사자성어로 꼽아본들 가당하기는 하겠는가. 차라리 이율곡 선생께서 「의진시폐소擬陳市弊疏」에서 말씀하신 "있는 사람들의 것을 덜어 아랫사람들을 보태주는"것이 더 낫지 않을까 생각해 본다. 지금은 손상익하損上益下가 더 절실하다.

無以巧勝錢 무이교승전

얄팍한 꾀로서 돈을 구하지 말고

---

12 요·순·우 임금 시대.

無以謨勝錢^{무이모승전}

남을 속여서 돈을 벌지 말고

無以戰勝錢^{무이전승전}

남과 다투어서 돈을 취하지 말라

이 대목은 『장자』 「서무귀」에 보인다. 이 대목을 "얄팍한 꾀로서 사람을 구하지 말고, 남을 속여서 사람을 구하지 말고, 남과 다투어서 사람을 취하지 말라"고 바꾸면 훨씬 인간미 물씬 풍기는 삶이 될 것이다.

복숭아 · 오얏나무 아래에 길은 나고

역사에는 무수한 인물이 나고 이름을 남기고 죽어갔다. 역사는 이름난 이들에 의해 쓰이어진 기록의 산물이 아니다. 초개草芥와 같이 목숨을 버리며 이름을 남기지 않은 이들에 의해 오히려 역사는 이루어져 왔는지도 모른다. 중국이나 우리나라의 경우에도 숱한 인물들이 바람에 머리를 빗고 내리는 비에 머리를 감는 자세로 풍진 세상의 삶을 살아간 이들이 허다하다. 즐풍목우櫛風沐雨의 극명하고도 파란만장한 장강을 흐르는 드라마틱한 삶을 그려낸 이들에 의하여 역사는 늘 들메끈[13]을 조여 왔는지도 모른다. 전쟁터나 삶의 현장에서, 그리고 어느 분야에서거나 그 이름을 남기지 못하고 명멸明滅한 이들이 지금 우리가 사는 세상을 만들어 낸 밑거름이 되었는지 모른다.

한漢 나라 때 한 사람이 있었는데 그는 원숭이와 같이 팔이 길었으며, 키 또한 컸다. 늘 장졸들과 있을 때에는 땅바닥에 그림을 그리는데 유사시 군대의 진영을 그렸다. 그는 활의 명수였다. 어느 날 그는 사냥을 나갔다가 풀숲에 숨어 있는 호랑이를 보고 힘껏 활을 쏘았더니 명중하여 박혔다. 가까이 가보니 바위였다. 이에 그는 다시 제자리로 돌아가 연거푸 몇 번을 돌에 화살을 쏘았으나 박히지 않았다. 또 그는 전쟁터에 나가 마실 물을 보면 목마른 부하들이 물을 다 먹기 전에는 물 근처에 가지 않았으며, 배고픈 부하들이 밥을 다 먹지 않으면 그 또한 먹지 않았다고 한다. 성품이 너그럽고 또한 말은 어눌하여 말수가 적었다고 한다. 임금이 내려준 하사품은 휘하의 장수들에게 나누어 준 청렴한 그였다. 그는 일체 집에 축적해 놓은 재산이 없었으며, 죽을 때까지 집안의 먹고 사는 일에 대해서는 말을 하지 않았다고 한다.

기원전 129년 그는 흉노와의 전쟁에서 포로가 되었으며,

---

13 신이 벗어지지 않도록 신을 발에다 동여매는 끈.

그 후 다행히 탈출하였으나 그는 평민으로 강등되었다. 그 뒤인, 기원전 119년 그는 나이 60이 넘어 다시 흉노와의 전쟁에 참전을 한다. 그는 이때 대장군 위청衛青의 막하에 있었는데, 위청의 주력부대와 회합하는데 늦었다. 이는 위청이 일부러 그를 늦게 오게끔 술수를 쓴 때문이었다. 이에 대장군이 비난의 말을 쏟자, 그는 말하기를, "나는 성인이 되고 나서 흉노와 크고 작은 전투를 70여 차례 치렀다. 이번에도 대장군을 따라서 선우의 군사와 싸울 수 있을 기회를 가졌지만, 대장군이 나를 후방 부대로 돌렸기 때문에 길을 잃고 우회를 하는 처지가 되었다. 이것이 천명이 아니고 무엇이겠는가! 탁상 공론하는 이와는 상대할 수 없다"라고 하며 스스로 목을 베어 죽었다.

그의 죽음은 대장부로써 장렬하였다. 그가 죽자 그의 휘하 장졸들은 물론 남녀노소를 불문하고 크게 곡을 하며 울었다고 한다. 그가 살아 있을 때 흉노족은 그를 '날쌘 장군', 곧 '비장군飛將軍'이라 불러 그가 있는 곳엔 얼씬도 못했다고 한다.

사마천은 『사기』 권 109 「이장군열전」에서 그를 평가하기를 "그는 윗사람의 거동이 바르면 명령을 내리지 않아도 일을 수행하며, 윗사람의 거동이 바르지 않으면 명령을 내려도 일을 수행하지 않았다. 내가 보건데 그는 아랫사람처럼 자신의 허물을 깨달아 깨우치려는 바가 있었다. 그는 입으로 말을 꾸며내지 않았던 인물이다. 옛말에 '복숭아와 오얏나무는 말을 하지 않는데도 그 아래에는 저절로 길이 난다'桃李不言 下自 成蹊도리불언 하자성혜라고 하였다. 이 말은 별것 아닌 것 같지만 큰 뜻을 담고 있다"라고 한다. 이 대목에서 백의종군을 하며 수차례 모함을 받았던 한나라 무제 때 인물인 이광李廣, 기원전 ? ~119이라는 사람이 어떻게 이 시대에 비쳐질까 곱씹어 본다. 역사에 이름을 이처럼 초개같이 남긴 이는 드물다.

통발을 버리는 마음

목이 마르다. 목이 마르면 어떻게 하는가. 목마른 이가 샘물을 파듯 시원한 물을 마실 것을 고대하며 땅을 판다. 땅을 한참 파내려가다 콸콸! 용솟음치는 물줄기가 보이면 그 물을 마시게 된다. 그리고는 그 물을 판 것에 대해서 잠시 잊다가 다시 목이 마르면 이미 파놓은 샘물을 찾아가 또 마신다. 끊임없이 솟는 물에 우리는 물이 귀한지 모르고 산다. 그러나 어느 날 갑자기 그 샘물이 지독한 가뭄에 말라버리면 다시 또 다른 샘물을 얻기 위하여 다른 곳의 땅을 파서 물을 얻는다. 그래도 잠시 그 샘물의 고마움을 모르며 살아간다. 아울러 샘물을 얻기 위하여 쓰이던 도구인 곡괭이, 삽 등은 숫제 잊어버리고 만다. 왜 이들 연장은 쉽게 잊어버리는가. 이는 오직 목이 마른 까닭에 물만 얻으면 그만이라는 집착에서 연유한다. 목적을 이룬 인간은 그가 목적을 이루는데 쓰이던 연장, 곧 수단은 잊어버리게 마련이다. 그가 목적한 바를 얻었기 때문에 인간은 목적한 바에 쓰이던 연장을 곧장 잊어버리는 속성이 있다.

『장자』「외물」편에 다음과 같은 말이 보인다.

> 통발은 물고기를 잡는 도구인데, 물고기를 잡고 나면 통발은 잊어버리고 만다. 올가미는 토끼를 잡는 도구인데, 토끼를 잡고 나면 올가미는 잊어버리고 만다.

'물고기를 잡고 나면 댓가지로 엮어 만든 통발은 잊는다.' 득어망전得魚忘筌이라고 한다. 우물을 파는 데 쓰였던 삽과 곡괭이를 잊는다는 맥락과 유사하다. 통발은 물고기를 잡기 위한 방편 내지 수단에 불과하다. 목적은 물고기를 잡는 것이니 어부는 곧 통발을 잊는 게 당연하다. 어부의 행복은 물고기를 잡아 가족을 배불리 먹이거나 이를 저잣거리에 팔아 이문을 남기는 것이다. 그러니 물고기를 잡는데 쓰인 통발 따위는 안중에도 없는 것이다. 여기에서 목적을 이루니 수단은 무가치

한 존재로 전락을 하고 만다.

사람에게 있어서 제일 대모한 일은 무엇인가? 대부분 건강과 행복을 꼽는다. 우리네 삶에 있어 이보다 더 중요한 것은 없을 것이다. 건강과 행복을 얻기 위하여 사람들은 그야말로 불철주야 애쓰며 재물과 돈을 거머쥐려고 한다. 그런데 많은 재물을 가졌는데도 더 모으려고 하는 이들이 더 안달이다. 어느 정도의 재물이 없는 이들은 좀 더 모아도 된다. 어느 정도의 재물의 수준은 각자가 생각하고 있는 바일 것이다. 하지만 많은 재물을 가지고도 더 가지려하니 이게 문제이다. 없는 이들이 재물을 모으려 하는 것은 괜찮다. 그러나 충분한 재물을 가지고도 더 모으려는 것은 재물을 목적으로 삼고 행복과 건강을 수단으로 삼는 것이다. 우리네 삶의 최대 목적은 바로 행복이다. 행복을 이루는 수단은 곧 재물이다. 그런데 돈이 곧 행복이라는 의식이 점점 사회에 뿌리내리고 있는 듯하다. 결국 행복이라는 목적을 팽개치고 돈에 집착하는 결과를 낳는다. 자본주의 사회에서 돈은 필요불가결의 요소임에는 틀림없다. 그러나 지금은 돈에 집착하여 인간의 본성을 잃고 가족을 버리며 인륜을 저버리는 일들이 심심찮게 사회를 떠들썩하게 하니 그게 문제이다.

필자는 위의 고사를 보면서 차라리 고기를 잡는 어부의 심정으로 돌아가고 싶다. 물고기만 잡고 그 외에 통발을 잊어버리린다는 말이다. 어부의 목적이 오히려 눈물겹도록 감동적이다. 사람들은 재물에 집착하여 행복을 망각하는지도 모른다. 목적과 수단이 짜장[14] 전도되어가고 있다. 재물이라는 통발에 눈이 멀어 물고기를 잡는 행복을 버리는 일이 아닐런지……, 인간의 마음에 지닌 재물이라는 통발을 잊어버리는 마음도 가끔 필요한 덕목이다.

익살꾼 동방삭

한나라 무제武帝, 기원전 141~87 때 동방삭東方朔, 기원전 154~93은 대단히 유머러스한 인물이었다고 한다. 위트와 해학으로 한 무제의 사랑을 받았던 인물이다. 하지만 동료 고관들의 음해로 여러 번 죽을 고비를 맞이하나 그의 기지와 유머로 그는 죽을 고비를 넘긴다. 황제인 무제의 허락도 없이 무제가 하사한 고기를 집으로 가져가 부인에게 주었다는 일화도 그중 하나이다.

반고班固가 쓴 『한서』 권 65 「동방삭전」을 읽어보니 무제의

---

14 정말.

도량과 동방삭의 기지와 도량이 더욱 돋보이는 대목에 탄복한다.

오래전 복날 무제가 조정의 관리들에게 고기를 하사하였는데 다른 관리들은 모두 왔다. 그러나 대관 승일이 늦도록 오지 않았다. 동방삭은 홀로 옆구리의 칼을 뽑아들고 고기를 베면서 옆의 동료 관리에게 말하기를,

"복날은 집에 일찍 가야하는데, 대관께 잘 받아 간다고 전해 주시게"하고는 고기를 품은 채로 가버렸다. 대관 승일이 이를 무제께 아뢰더니 다음날 무제는 동방삭을 입조하라 하였다.

이에 동방삭이 다시 조정에 입조하니 무제가 이르길,

"짐이 어제 고기를 내렸는데 그대는 내 조칙을 기다리지 않고 칼로 고기를 썰어 집으로 갔소. 어찌된 일이오?"

이에 동방삭이 관을 벗고 사죄를 하였다. 이에 다시 무제가,

"그대는 스스로 반성하시오"라고 하니, 동방삭이 다시 절을 올리며,

"동방삭이 왔구나! 동방삭이 왔구나! 황제가 내리신 고기

를 받고도 조칙을 받지 않고 갔으니 무례하구나! 칼을 빼어 고기를 베어갔으니 씩씩하구나! 고기 썰어간 것이 많지 않으니 또한 어찌 이리도 청렴한가! 집에 돌아가서는 부인에게 고기를 주었으니 이 또한 어찌 어질다 아니할 것인가!"

이에 무제는 웃으며, "내가 선생 자신을 꾸짖게 하였으나 선생 자신이 도리어 이름이 빛나게 되었구나!"무제는 다시 술 열 말과 고기 100근을 내려 동방삭의 부인에게 보냈다고 한다. 삼천갑자三千甲子 동방삭! 그는 무려 18만 년을 살았다고 한다. 믿거나 말거나! 하지만 이는 도가道家들이 지어낸 이야기이다. 무제에게 거리낌 없이 바른말을 하고 사마 천의 아버지 사마 담과 같은 시대를 살았던 인물이다. 위트의 대명사로 알려진 인물이다.

필자는 『사기』 원문을 읽으며 그의 어짊과 위트에 다시 한 번 놀랐다. 임금의 역린逆鱗, 곧 용의 턱 아래에 거슬러 난 비늘을 건드리지 않고 당시 세계 대제국을 거느리게 한 무제를 배꼽 잡게 한 인물이다. 『한비자』「세난편說難篇」에서 한비자는 임금의 비위를 건드리면 임금의 분노를 자아내게 되어 화를 입는다고 하였다. 예로부터 임금은 용으로 인식되어 감히 근접할 수 없는 인물로 그려져 왔다. 지금의 정국을 보건대 누군가 임금의 거꾸로 난 비늘을 건드리고 있다. 정도에 맞고 합리적이면 비늘을 건드릴 수 있다. 그게 아니면 그만 두어야 한다. 동방삭의 지혜를 배울 수 있었으면 한다. 임금이 내려준 고기를 알맞게 썰어가고, 이를 아내에게 주었다고 자평을 하는 인물! 이런 동방삭의 민초를 웃기게 하고 임금의 심정을 헤아리는 지혜가 필요하다. 대립각은 세우면 세울수록 자신에게는 비수로 날을 세우며 박혀들 것이다. 어짊의 나라살림이 더욱 절실한 때이다.

도문대작屠門大嚼

허균許筠, 1569~1618은 과연 미식가이자 식도락가인가? 허균이 지은 『성소부부고惺所覆瓿藁』 권 25에는 「도문대작인屠門大嚼引」이란 글이 보인다. 399년 전에 쓰인 그의 「도문대작」이란 글을 대충 추리를 해 본다. 이 글은 광해군 3년1611년 에 쓰이어진 글이다. 전국 8도의 해산물, 과일, 기타 토속음식 등속에 대한 섭생법과 조리법이 담겨져 있다고 전한다. 허균은 다음과 같이 말한다.

우리 집은 가난하기는 했지만 선친이 생존해 계실 적에는 사방에서 나는 별미를 예물로 바치는 자가 많아서 나는 어릴 때 온갖 진귀한 음식을 고루 먹을 수 있었다. 커서는 잘사는 집에 장가들어서 산해진미를 다 맛볼 수 있었다. …… 내가 죄를 짓고 바닷가로 유배되었을 적에 쌀겨마저도 부족하여 밥상에 오르는 것은 상한 생선이나 감자, 들미나리 등이었고 그것도 끼니마다 먹지 못하여 굶주린 배로 밤을 지새울 때면 언제나 지난날 산해진미도 물리도록 먹어 싫어하던 때를 생각하고 침을 삼키곤 하였다. …… 먹는 것에 너무 사치하고 절약할 줄 모르는 세속의 현달한 자들에게 부귀영화는 이처럼 무상할 뿐이라는 것을 경계하고자 한다.

그는 "먹는 것과 성욕은 사람의 본성이다. 더구나 먹는 것은 생명에 관계되는 것이다. 선현들이, 먹는 것을 바치는 자를 천하게 여겼지만, 그것은 먹는 것만을 탐하고 자기의 이익을 추구하는 자를 지적한 것이지 어떻게 먹지도 말고 말하지도 말라는 것이겠는가!"라고 한다. 먹고 사는 것은 인간의 필요불가결의 요소이다. 그러나 음식에 너무 게염을 부리지 말라는 뜻일 게다. 필자는 「도문대작인」이란 글만 보았다. 이른바 책의 서문격인 셈이다. 『성소부부고』에는 「도문대작」 전편이 나와 있지 않다.『성소부부고』는 총 26권의 허균이 쓴 글인데, 성惺은 허균 스스로가 지은 호가 성성거사惺惺居士라는 의미로서 영리하다라는 뜻이며, 부부覆瓿는 장독 뚜껑을 덮다, 라는 뜻이니, 자신이 지은 글을 장독 뚜껑을 덮는 듯 지은 글에 대하여 겸손을 나타내는 말이다.

여하튼『도문대작』은 조선시대 서유구의『임원경제지』의 모태가 되지 않았을까 조심스레 의견을 피력한다.『임원경제지』는 조선 최고의 백과사전이라고 한다. 이 책에는 술 빚는 법 등 섭생과 조리에 대한 내용이 들어있다고 한다. 그래서 웬만한 학자들도『임원경제지』를 가장 읽기 어려운 글이라고 한다. 도문은 푸줏간이라는 뜻이며, 대작은 질겅질겅 씹다, 라는 뜻이다. 의역을 하면 '푸줏간 앞을 지나면서 입맛을 쩝쩝 다시다'로 풀이된다. 도문대작의 출전은 조조의 셋째 아들인 조식曹植, 221~300의「여오계중서與吳季重書」라는 글에서 비롯되며, 고려시대 이인로의『파한집』에 잠시 보인다. 조식의 글에는 "고기는 맛이 좋으니 푸줏간 앞을 지나면서 입맛을 다신다"肉味美 屠門而大嚼육미미 도문이대작라고 하였다.

아쉽구나! 원본은 아니더라도 필사본이라도 손안에 넣었으면 하는 바람이다. 허균의 또 다른 면목을 볼 수 있었으면 좋으련만……, 이곳 시립도서관에서도 검색을 하였으나「도문대작」의 필사본이나 관련도서는 찾을 수가 없다. 사대부인 허균이 음식에 관하여 적었다고 하니 그는 미식가 내지 식도락가임에는 틀림없어 보인다.

벼루 열 개를 구멍 내고

가녀린 손끝에 붓 대롱이 꼿꼿이 화선지 위를 가는 모습은 강철보다 강한 기운을 토해낸다. 붓은 조금만 삿된 마음을 지니면 천변만화千變萬化 고사하고 한 점, 한 획을 긋기가 여간 버거운 게 아니다. 아니 숫제 붓을 꺾어야 한다. 붓이란 참으로 오묘한 이치를 지니고 있다. 글씨는 쓴 사람의 마음을 담는 그릇인 것이다.

문방사우 가운데 붓을 들어 글씨를 쓴다는 것은 재주를 배우는 것이 아니다. 글씨를 쓰는 것은 바로 수양에 관한 길을 찾는 것이다. 무릇 서예는 글씨를 잘 쓰는 기교만 배우려면 이를 접어야 한다. 수많은 이들이 서예를 하고 있다. 글씨를 쓰는 것은 바로 글월과 글자에 향기가 나고 글씨와 책에 기운이 서려야 한다. 이른바 문자향 서권기文字香 書卷氣가 있어야 한다는 것이다. 이 두 가지를 동시에 하기 위해서는 뼈를 깎는 고통과 인

내가 뒤따른다. 이 도린곁[15]을 가는 이는 흔치 않다.

조선 후기 나이 70에 이르기까지 굳은돌이나 단단한 물질에 기록된 명문銘文을 연구하는데 일생을 바친 이가 있다. 그는 또한 그동안 내려오던 서체書體에 대한 일대 혁신을 꾀하여 독창적인 글씨체인 추사체秋史體를 일구어냈다. 추사 김정희金正喜, 1786~1856 선생은 당대에 내려오는 글씨 쓰는 풍속에 대하여 다음과 같이 말한다.

옛 사람들의 글씨는 간찰체簡札體라는 것이 따로 없다. 간찰은 바로 우리나라의 가장 나쁜 습관이다. 나의 글씨는 비록 말할 것도 못 되지만, 70년 동안 열 개의 벼루를 갈아 구멍을 내고 천여 자루의 붓을 다 닳게 하여 몽당붓이 되게 하면서 한 번도 간찰의 필법을 익힌 적이 없고, 실제로 간찰에 별도의 체식體式이 있는 줄도 모른다. 그래서 나에게 글씨를 청하는 사람들이 간찰체를 이야기할 때마다 못 한다며 거절한다. 승려들이 간찰체에 더욱 얽매이는데, 그 뜻을 알 수 없다.

필자는 어렸을 때부터 붓을 잡고 벼루를 대하였어도 글씨는 여전히 개칠改漆을 할 뿐이다. 어릴 적 보꾹이 드러나는 초

---

15 사람이 별로 가지 않는 외진 곳.

가집 아래 방에서 붓을 쥐기 시작하였다. 그때 쓰던 글씨가 곧 천자문을 흉내 내는 것이었다. 이른바 한석봉의 천자문을 두고 임서臨書를 했던 것이다. 얼마를 지난 뒤 쓴 것이 그 유명짜한 왕희지의 「난정서蘭亭敍」를 임서한 때가 중학교 1학년 때이다. 그 당시 필자는 경상도 풍기에 살았는데 그 고장에 한학과 서예의 거두巨頭이신 송여성이란 분의 집을 쥐 풀 방구리 드나들 듯 찾아가 글씨를 배우곤 하였다. 그분의 방에는 한적본漢籍本이 책시렁에 그득하였다. 모두가 굴뚝연기에 그을린 듯 거무튀튀한 빛을 발하고 있었다. 왠지 모를 경외심이 일었다. 늘 방을 들어서며 큰절을 올리고 글씨 배우기를 청하였다. 어떤 때에는 글씨를 써 가지고 가서 보여드리면 잘못된 획이나 운필運筆에 관하여 알려주시곤 하였다. 붓질이 잘못된 것을 바로 잡아주셨던 것이다. 스승님은 희끗한 머리칼에 꼿꼿한 기개를 지니셨다. 일체 바깥일에는 무심한 듯 오로지 학문과 짬짬이 농사를 짓고 계셨다. 한시와 수묵화 그리고 서예를 한뉘[16] 하시며 살았던 분으로 지금도 나의 기억 속에 각인되어 있다. 두루 능하셨던 분이시다.

　　마천십연 독진천호磨穿十硯 禿盡千毫, 벼루 열 개를 구멍 내고 붓 천여 자루를 몽당붓이 되게 하였다는 말이다. 추사 선생과

---

16 한평생.

같은 고집도 없고 상기도 붓방아를 찧고 글씨에 개칠을 하고 있으니, 이런 낭패가 어디 있는가! 무릇 글에는 향기가 서려야 함인데, 아직도 속세의 티끌만 날리고 있다. 단지 글씨를 수양의 지도리[17]로 삼을 요량이다.

책만 보는 바보

지금의 서울 남산 아래에 한 딸깍발이가 살았는데, 말도 어눌하고 성격은 좁고 바둑이나 장기 두는 것을 싫어하였다. 남들이 욕을 하여도 칭찬을 하여도 대꾸하지 않고 오로지 책보는 즐거움만은 누구에게도 뒤지지 않는 그였다. 딸깍발이, 아니 남산의 샌님은 추우나 더우나 방안에서 옛 서적을 보며 햇빛을 따라 방안 여기저기를 옮겨 다니며 책을 읽는다. 때로는 그가 보지 못한 책을 얻으면 얼굴에 화색이 돌아 웃으니, 그 집안사람들은 그가 기이한 책을 구한 것을 알았다.

두보杜甫의 오언율시五言律詩를 매우 즐겨 읽어 앓는 사람처럼 중얼거리고 깊은 뜻을 깨우치면 아주 기뻐하며 방안을 왔다

17 문짝을 여닫을 때 문짝이 달려 있게 하는 물건.

갔다 걸어 다니며 그 읊는 소리가 갈 까마귀가 우짖는 듯하였다. 때로는 조용히 아무 소리도 없이 눈을 크게 뜨고 멀거니 보기도 하고, 혹은 꿈꾸는 사람처럼 혼자서 중얼거리기도 하니, 사람들이 그를 일러 간서치看書痴라 하여도 웃으며 받아들였다.

이덕무가 쓴 『청장관전서』 권 4 「간서치전」에 나오는 대목이다. 이 대목은 실학자인 저자가 세상 물정에 어두운 남산골 샌님의 모습을 실제 전하는 이야기에 의거하여 쓴 글이다. 당시 실학實學이 당대를 풍미하던 때에 실학자인 저자의 눈에는 남산골의 딸깍발이는 어리석은 이로 비춰졌을 것이다. 저자는 이 대목을 통하여 무엇을 말하고자 함인가. 시대를 붙좇지 못하고 뒤떨어진 당시의 지식인의 그룹에 통렬한 펀치를 날리고 싶은 심정이었으리라. 같은 시대를 살면서 그 시대를 쫓지 못하는 백면서생白面書生의 아둔함을 꼬집으려 한 듯하다. 당시의 유학자儒學者들은 과연 가정을 등한시하고 글만 읽었던 것인가. 대부분의 유학자들이 그러하였다고 본다. 연암 박지원의 『허생전』을 보아도 10년 글 읽기로 작심한 허생이 아내의 바가지를 견디다 못해 장삿길에 나선다. 어느 정도 가산家産이 일자 허생은 다시 그 예의 가난한 독서인讀書人으로 돌아온다는 줄거리이다. 연암이나 청장관 두 실학자 모두 실학을 염두에 두고 위와 같은 글을 써서 선비들을 계몽하려 하였던 것이다.

실학實學은 바로 민중의 삶을 기름지게 하려는 취지에서 비롯되었다. 실학의 본래 뜻은 대단히 의미가 깊다. 먹고 사는 문제뿐만 아니라 옛것을 배우고 수양을 하면서, 실제의 삶에서 옳은 바를 찾는다는 의미이다. 『한서漢書』 권 53 「경십삼왕전景十三王傳」에서 비롯한 수학호고 실사구시修學好古 實事求是인 것이다. 요즘에는 이 대목이 누구에게 해당하는 것인가! 삶의 본질과 실제의 삶에서 시의時宜에 적절한 방안을 찾고자 하는 게 현대판 '실사구시'일 것이다. 배움이 앞섰다고 남보다 조금 나았다고 나서는 것보다 실제 민중의 삶을 제대로 알고 읽어내는 지혜가 필요한 것이다.

이 시대에 가장 필요한 것은 무엇인가? 아무리 학식이 많고 가진 게 많더라도 수양이 되지 않은 상태로 나서는 것은 지극히 위험한 발상이다. 지역을 좀먹고 나아가서는 나라를 무너뜨리는 일이 될 것이다. 제방의 둑에 생긴 개미구멍 하나가 저수지를 붕괴시키는 일을 초래할 것이다. 학벌이 좋고 글을 읽었다고 해서 그 사람의 지혜가 그에 비례하는 것은 아니다. 오히려 반비례하는 것을 자주 보아왔다. 차라리 허생과 같이 세상물정을 알고 난 뒤에 글을 읽듯이 세상에 나서는 것도 괜

찮다. 간서치는 필요치 않은 게 요즘의 세태이다.

소 오줌과 말똥을 버릴 것인가?

어린 시절 소 외양간과 소고삐를 매어놓은 마당 한 구석에는 늘 소 오줌과 똥이 범벅이 되어 널려있었다. 쇠똥에는 쇠파리가 들끓고 쇠똥구리가 소의 배설물을 굴리며 그 안에서 칩거 아닌 동거를 하고 있었다. 쇠잔등에도 쇠파리는 늘 붙어있고 진드기 또한 쇠 빗으로 훑어 내렸다. 쇠똥구리는 그렇게 늘 같은 안식처에 해망쩍은[18] 살림살이를 하고 있었다. 어둡고 앞이 보이지 않는 긴 터널 속을 헤집고 다니는 쇠똥구리는 늘 장난감 1호였던 것인지도 모른다. 쇠똥을 뒤집어 쇠똥구리를 못 살게 굴었던 것이다.

외양간이나 고삐를 매어놓은 앞마당에 엎질러놓은 쇠똥을 치우려면 여간 힘든 게 아니다. 쇠스랑을 들고 파고 찍어내야 비로소 그 육중한 배설물이 덜어지는 감이 온다. 이른 봄철과 여름철 그리고 가을에 필자는 늘 외양간 청소와 소 뜨물 먹이고 학교에서 돌아온 뒤에는 여지없이 소꼴 베러 다니던 기억

18 총명하지 못하고 아둔하다.

이 생생하다.

"쇠똥도 약에 쓸려면 없다"눈에 보이는 게 쇠똥이요, 밟히는 게 개똥이다. 시골에는 늘 밭이고 들이고 산이고 간에 보이는 게 쇠똥이었다. 소 오줌과 말똥은 하잘 것 없는 것으로 여긴다. 당나라의 문장가요 정치가인 한유韓愈, 768~824는 그의 「진학해進學解」라는 글에서 다음과 같이 말했다.

牛溲馬勃우수마발
소 오줌과 말똥과,

敗鼓之皮패고지피
찢어진 북의 가죽을,

俱收并畜구수병축
모두 거두어 모아놓고,

待用無遺者대용무유자
쓰일 때를 기다려 버리는 일이 없는 것은,

醫師之良也의사지양야
의사의 현명함이네.

소 오줌과 말똥 그리고 찢어진 북의 가죽은 일반인들이 아무리 보아도 쓸 곳이 없는 것으로 보인다. 하지만 만일 화타와 같은 명의^{名醫}를 만나면 반드시 쓰일 곳이 있다. 장강^{長江}을 도도히 흐르는 물은 온갖 시냇물을 받아들여 같이 대해^{大海}로 흘러든다. 태산^{泰山}은 땅의 모든 흙을 거두어 큰 산을 이룬다. 대의^{大義}에 죽고 사는 것은 절사^{節士}들의 몫이다. 소 오줌을 소 오줌으로 여기고 말똥을 말똥으로 여기며, 찢어진 북의 가죽을 그것으로 여기는 세태가 아직도 버젓이 거리를 횡행한다. 횡행^{橫行}은 바로 게걸음이다. 바닷게는 똑바로 길을 가지 못한다. 옆으로 기어간다. 그래서 게는 횡행거사^{橫行居士}라는 별명을 지녔다.

진시황 때 재상을 지낸 이사^{李斯, 기원전 280?~208}는 진시황이 각국의 유세객^{遊說客}이 진^秦나라로 들어오기만 하면 내쫓아 버리자 다음과 같은 대목으로 진시황에게 말을 한다.

泰山不辭土壤^{태산불사토양}

태산은 작은 흙덩이도 내치지 않기에

故能就其大^{고능취기대}

그처럼 큰 것이고,

河海不擇細流^{하해불택세류}

황하와 바다는 가는 물줄기도 가리지 않기에

故能就其深고능취기심

물이 깊어질 수가 있다.

진시황에게 이처럼 충심을 다한 이사도 결국은 진시황의 둘째 아들인 호해胡亥라는 임금에게 저잣거리에서 허리를 잘려죽는, 이른바 요참형腰斬刑을 받고 죽었다. 요즘 선량들의 변을 들어보면 "말로써 천하를 다스리는 형국이다"말세에는 입과 혀로써 천하를 다스린다고 한다. 유몽인柳夢寅의 『어우야담於于野譚』에 보이는 대목이다. 말세이구설치천하!末世以口舌治天下. 민초를 소 오줌과 말똥 내지는 찢어진 북의 가죽으로 여기지 말기를 바란다.

임금 잡는 호랑이

언로言路가 막힌 지경에 이르러서 직언을 서슴지 않은 것은 민초와 나라를 위한 충정의 발로이리라. 좋은 게 좋다하고 모든 일을 두루뭉술하게 어물쩍 넘어가는 일들이 우리네 삶에 있어 허다하다. 과거에는 한 나라 임금의 거꾸로 난 비늘을 거스르면 삼족三族을 멸하는 게 다반사였다. 심지어는 죽은 이의 관을 들어내어 시체를 난도질하는, 이른바 부관참시副棺斬屍를 하는 게 예사였다. 지금은 이러한 일은 없다.

진정 지조 있고 절개를 지닌 옛날의 절사節士들의 마음은 어떠했는가. 대의大義를 위해서는 친인척들도 버리는 게 절사들의 마음가짐이었다. 옛날의 선비들은 남을 이기는 승인勝人이 아닌 자신을 이기려는 극기克己의 몸닦달[19]을 하였던 것이다. 『논어집주』에서 '己'를 '자신의 사사로운 게염[20]'이라고 풀이를 하고 있다. 요즘 남을 이기려는 승인의 경지와는 다른 마음의 절대 내공을 쌓는 진정한 인격 내지 인성人性의 고수가 되는 과정을 담금질하는 일이다. 용의 목에 거꾸로 솟은 비늘을 건드리면 이게 용의 턱을 찌르게 된다. 이에 용은 화가 치밀어 곁에 있는 다른 동물들을 무차별적으로 해치게 된다. 이른바 역린逆鱗인 것이다. 절대 내공의 몸닦달을 한 고수는 용의 비늘을 건드리지 않고 용을 잘 이끌어 나라를 다스린다. 섣부르게 몸닦달을 한 이가 임금의 비늘을 건드린다. 몸닦달을 제대로 하지 않은 이가 나라 경영에 나서면 임금이 아닌 민초들의 거꾸로 난 비늘을 건드려 자충수自充手를 둘 수도 있다.

나라를 경영하려고 나서는 이들은 곧 옛날의 선비인 것이

---

19 수양.

20 욕심

다. 선비는 어떠해야 하는가? 고려 명종明宗 때 김양경金良鏡이란 이가 지은 글이 있다. 『동문선東文選』 권 11에 나오는 대목이다.

有石中含質 유석중함질
돌은 그 속에 바탕을 가져,

無人外奪堅 무인외탈견
사람이 밖에서 굳음 못 빼앗네.

鐵慙融作器 철참융작기
쇠는 녹아 그릇 됨이 부끄러운 일,

銅恥鑄成錢 동치주성전
구리 부어 돈이 됨도 창피한 것.

比若賢良士 비약현량사
절개 있는 선비가 바로 돌이니,

操心固莫遷 조심고막천
그 마음, 그 줏대를 누가 옮기리.

송나라 철종 연간에 간관諫官으로 직언을 서슴지 않은 이가 있었다. 간관에 있은 지 몇 해가 되어도 늘 바른 자세와 얼굴빛을 온화하게 하며 대궐에 들어가곤 하였다. 그는 임금이 심히

화를 내면 상소문을 지니고 임금을 우러러보면서 임금의 화가 풀리기를 기다렸다가 화가 풀리면 직언을 극력 토설하였다. 곁에서 있던 신하들이 멀리서 보면서 모두들 몸이 오그라들고 황송한 마음에 땀을 흘렸다. 직언을 하는 그를 보며 수군거리기를 "임금 잡는 호랑이!"라고 하였다. 전상호殿上虎였던 것이다. 그는 임금에게 직간하는 자리에 오르게 되자 그의 어머니에게 말하기를, "간관은 눈을 밝게 뜨고 담력을 길러 몸소 간관의 책임을 다하여야 합니다"라고 하였다. 명목장담 이신임책明目張膽 以身任責인 것이다. 『송사宋史』 권 345 「유안세전」에 보이는 대목이다. 그는 바로 송나라 때 전상호라는 별명을 지닌 유안세劉安世, 1048~1125라는 사람이다. 그는 자신을 이기고 수양을 쌓은 이였다. 남을 이기려는 마음을 지니지 않았던 것이다. 요즘에는 남을 이기려는 마음이 앞서 있다. 사사로운 게염을 버릴 수 있는 선비가 필요하다. 수신修身도 제가齊家도 못하는데 어찌 치국治國의 굿판을 벌일 수 있는가. 민초의 역린에 찔릴 수도 있음이여!

솔숲에 누운 벌거숭이

번잡하고도 시끄러운 이 누리에는 정신을 맑게 둘 데가 없다. 사람들은 눈의 호사를 즐기며 말초신경을 자극하는 무언가를 갈구하며 허덕이는지도 모른다. 꽃이 어우러진 정원에서 달을 맞으며 배중물杯中物 한 잔을 기울여 달을 감상하고 꽃을 그윽한 눈길로 보는 것도 심성을 맑게 할 것이다. 1300여 년 전 1000년에 한 번 나올까 말까한 천재시인 동진東晉의 도연명陶淵明은 술을 배중물이라고 표현하였다. 그의 호를 유심히 들여다보고 있노라니 '못 속의 밝은 달'이 문득 떠오른다. 도연명과 이백 그리고 두보 등이 일궈온 시심詩心은 술이라는 매개체와 온 누리를 비추는 달이 서로 응축되어 나온 것임을 알 수 있다. 자연은 그만큼 인간에게 아늑함과 마음의 평심을 찾아주는 촉매제이다. 한국학韓國學에서도 술과 문학에 관하여 쓴 시가 자못 한문학의 웅숭깊은 맛을 우려내고 있다. 풀 한 포기와 벌과 나비 그리고 꽃과 돌, 바위와 나무 등에서 우리는 우리의 거칠어지고 메마르고 버석거리는 심성을 매끄럽게 문지르며 닦아왔는지 모른다. 두보가 그의 문장을 두고 "남을 감동시키지 못하면 죽어도 그만 두지 않겠다."語不驚人死不休어불경인사불휴라고 하였다.

아파트에 사는 우리네는 담장이 없다. 옛날에는 사립문을 낀 북데기나 싸리 또는 댓가지로 엮은 울바자가 있었다. 울바자가 낮아 창호지로 바른 방문을 열면 앞산이 보이고 저 멀리 큰 산이 보였다. 아파트에서도 앞산과 먼 산을 볼 수는 있다. 콘크리트 벽과 유리창을 통해서는 예전의 그 정취는 맛볼 수 없다. 필자가 어렸을 때 바로 문을 열면 조그만 도랑이 집 앞을 흘렀던 것이 생각난다. 비록 비가 오면 물이 흐르는 아주 조그만 도랑이었지만 그곳에서 고기와 가재를 봤던 기억이 새록새록 떠오른다. 비가 그은 뒤 앞산에 자욱이 피어오르는 안개와 그 사이로 언뜻언뜻 보이는 초록의 나무 뭉텅이들이 엄청 산뜻한 모습으로 다가왔다. 손에 잡힐 듯 눈의 신경돌기에 진한 초록의 청량감이 투사되는 것이었다.

지금 아파트는 이러한 비 개인 뒤의 뫼에서 발산되는 청량감을 주지는 못한다. 산의 강한, 특히 여름의 초록은 남녘에서 올라오는 불의 기운을 누르는 강한 기운을 지녔다. 자연을 벗하지 않은 공간에서는 좋은 글이 나올 수 없다. 메마른 공간에서 나오는 글은 버석거리는 감을 주기 십상이다. 봄날의 녹작지근함을 달래주는 복사꽃 그리고 매화꽃, 여름의 초록, 가을의 벗어던지는 듯 나목, 겨울의 회디희게 비치는 달빛과 눈 아래 펼쳐진 대지 위에 덩그러니 앉은 초가집 한 채에서 감성이 부르터난다[21]. 초가집이 아니어도 **좋다**. 달빛, 구름, 비, 울바자, 앞산, 나무, 꽃, 나비, 벌, 도랑, 술 한 잔, 붓, 화선지, 벼루, 책 등등 있으면 좋을 것이다. 필자의 기호물품들이다. 『동문선』권 11에 있는 아래의 「유거幽居」라는 시에

栖息紛華外 서식분화외

일체의 번잡하고 시끄러운 것을 벗어나

優游紫翠間 우유자취간

짬을 내어 붉고 푸른 숲에 멋대로 놀며

松廊春更靜 송랑춘갱정

소나무로 만든 행랑은 봄날에 더 고요하고

竹戶晝猶關 죽호주유관

댓가지로 엮은 대문은 낮에도 늘 잠그는데

簷短先邀月 첨단선요월

추녀 끝이 짧으니 달 먼저 맞고

墻低不礙山 장저불애산

담장의 키가 낮으니 앞산이 훤희 보이고

雨餘溪水急 우여계수급

비 온 뒤에 시냇물은 급히 흐르고

---

21 숨기어 묻혀 있던 일이 드러나다.

風定嶺雲閑풍정령운한

바람 자니 고갯마루 구름 흐르네

谷密鹿攸伏곡밀녹유복

사슴이 엎드린 깊은 골짝에

林稠禽自還임조금자환

새가 절로 돌아오는 **빽빽**한 숲에

무더운 여름날 솔바람이 쾡한 나무 사이로 부는 언덕에 벌거숭이로 지내고 싶은 심정이다.

희한한 관상쟁이

어디서 왔는지 알 수 없는 어떤 관상쟁이가 있었는데, 그는 관상 보는 책을 읽거나, 관상 보는 규칙을 따르지도 않고서 이상한 상술로 관상하였다. 그래서 사람들은 그를 이상한 관상쟁이라고 하였다. 점잖은 사람, 높은 벼슬아치, 남녀노소 할 것 없이 모두가 앞을 다투어서 초빙도 하고 찾아도 가서 상을 보았다. 그 관상쟁이는 부귀하여 살집이 많고 번지르르한 사람을 관상하면서는,

"당신 용모가 매우 수척하니 당신처럼 천한 이는 없겠습니다."

하고, 가난하고 천하여 몸이 파리한 사람을 관상하면서는,

"당신 용모가 비대하니 당신처럼 귀한 이는 드물겠소."

하고, 장님을 관상하면서는,

"눈이 밝겠소."

하고, 달음질을 잘하는 사람을 관상하면서는,

"절름발이라 걷지 못하는 상이오."

하고, 얼굴이 잘생긴 부인을 관상하면서는,

"아름답기도 하고 추하기도 한 상이오."

하고, 세상에서 너그럽고 어질다고 일컫는 사람을 관상하면서는,

"모든 이의 마음을 아프게 할 상입니다."

하고, 세상에서 매우 모진 사람이라고 일컫는 자를 관상하면서는,

"모든 이의 마음을 기쁘게 할 상이오."

하였는데, 그의 관상은 거의 이런 식이었다. 이규보의『동국
이상국집』권 20에 보이는 대목이다.

부귀하면 사람은 남을 업신여기거나 우습게 본다. 가난하
고 보잘것없는 이는 자신의 뜻을 굽히고 두려워하며 몸닦달을
게을리 하지 않는다. 사람의 눈은 아름다운 여자나 진기한 보
배를 보면 홀리게 되어 가지고 싶어 한다. 차라리 장님이 되면
사물에 현혹됨이 없이 몸을 보전하고 욕됨을 멀리할 수 있다.
몸이 날래고 용맹스러우면 옥졸獄卒이 늘 지키는 감옥에 발에
차꼬가 채워지고 목에 형틀이 지워지는 것이 되니 달아날 수
없어 절름발이가 되는 것이다. 아름다운 여인은 음란한 이가
보면 아름다울지 모르나, 바른 마음을 지닌 이가 보면 개흙처
럼 추한 것이다. 어진 이가 죽으면 모든 사람들이 인자한 어머
니를 잃은 것처럼 엉엉! 소리 내어 울 것이므로 모든 이들의 가
슴 아프게 한다는 말이다. 모진 이가 죽으면 사람들은 그놈, 잘
죽었다! 라고 하며 손뼉을 치고 입이 찢어져라 좋아할 것이니
모든 이를 기쁘게 한다는 얘기이다. 이만하면 관상을 보는 게
아니고 심상心相을 꿰뚫는 게 아닌가.

사람들은 거의 자신에게 박혀드는 나쁜 말에는 눈을 흘기
거나 송곳눈을 뜨게 마련이다. 좋은 말이 오면 입이 귀에 걸리

도록 좋아한다. 세속의 사람들은 자기와 뜻이 맞으면 좋아하고 자신과 뜻이 맞지 않으면 싫어한다.俗世之人 皆喜人之同乎己 惡人之異於己也속세지인 개희인지동호기 오인지이어기야. 『장자』의 「재유在宥」에 보이는 대목이다. 좋은 말이든 나쁜 말이든 남의 이야기에 귀를 기울이는 것도 수양을 쌓는 방편일 것이다.

명품 인간

한창 나라 안이 떠들썩하다. 지독히도 열병에 들듯 머리가 지끈한 형국이다. 온통 이름에 매달리고 얽혀져 몸이 모두 명품이 되어야 직성이 풀리는가 보다. 몇 억 여자가 온통 나라를 시끄럽게 한다. 요즘 언론매체를 들여다보면 복불복福不福, 아니면 명품이라는 도가니로 융해되어가는 사람들의 마음을 본다. 얼짱, 몸짱, 엉짱, 뭐 그런 등속에 사람들의 머리는 휑뎅그렁한 의식의 공백상태를 보이고 있다.

상대적 박탈감을 누가 조장하였는가? 모두에게 책임이 있다고 본다. 무슨 유명 지갑이나 핸드백이지 의류니 하는 것을 몸에 걸치면 아주 '에지edge'있는 사람으로 돋보인다고 여긴다. 엄청난 착시와 착각현상이다. 지난 날 필자가 어렸을 때만 해도 검정 고무신에 책가방이 없어 보자기에 책을 둘둘 말아 반대편 어깨에서 겨드랑이 사이로 대각으로 책을 매고 다녔다. 그게 불과 42년 전의 얘기다. 뭐 호랑이 담배 먹던 시절 이야기라고, 아니다.

비가 내리는 날이면 질척거리는 진흙을 밟으면 고무신이 벗겨지고, 우산이 없어 비료부대의 밑 안 터진 부분을 동그랗게 오려 머리만 내밀고, 양쪽 겨드랑이 부분도 둥그렇게 구멍을 내어 팔을 끼워 넣고 비를 피했던 기억이 난다. 비오는 날 고무신을 신으면 그게 어디 신인가. 몇 발자국 가다 보면 벗겨지곤 하여 성가시고 짜증이 난다. 고무신은 뒤축이 다 딸아 찢어지고, 그걸 보고 어머니는 흰 실로 꿰매어 주신다. 그래도 며칠을 아니 한 일주일은 버틴다. 아마 근 한 달은 그렇게 신을 사 주실 때까지 버틴다. 실밥이 다 풀려도 그걸 내내 신고 다닌다. 종내에는 고무신이 옆도 터지고 아주 너덜너덜해지면 그제야 고무신을 사 주신다. 새 고무신을 사 오시는 날에는 얼마나 마음이 흡족한지 고무신을 초가집 방안에 들여놓고 댓돌에는 숫제 올려놓지도 않는다. 소꼴을 베러 가거나 뒷산을 극터듬어 올라갈 때에도 그 고무신을 신고 간다.

爲濁富不若爲淸貧 以憂生不若以樂死(위탁부불약위청빈 이우생불약이락사)라고 했던가! 300여 년 전에 쓰인 『유몽영幽夢影』

이라는 글에 보이는 대목이다. "부정한 방법으로 부를 쌓은 것은 가난하되 깨끗이 사는 것만 못하고, 근심에 얽매여 사는 삶이란 즐겁게 살다 죽는 것만 못하다." 도대체 얼마나 많이 몸치레를 해야 직성이 풀리는가? 옛 선현先賢들의 말을 되 뇌이지 않아도 알아들을만한 사람들이 바로 우리 어른들이다. 오히려 부를 자랑하고 명품을 좇고 지나친 몸치레에 사치와 향락을 일삼는 게 우리네 어른이 아니던가?

지금의 세대와 예전의 세대는 그 세월이 흘러온 길이 다르다. 시대는 시대를 반영하는 게 문명을 발전시키는 촉매제가 된다. 하지만 인성人性이 내동댕이처지고 인류이 바닥으로 가라앉는 데서 문명발전을 찾을 수 없다. 지금 벌어지는 불미스러운 일들은 문명이라는 줄기의 가지에도 못 미치는 비인소배非人少輩들의 치룽구니[22] 같은 헛되고 몰염치한 짓거리들이다.

도대체 이 나라의 인성교육은 아주 느자구[23]가 보이지 않는다. 사람이 명품이 되려면 어떻게 해야 하는가. 글을 배우는 것보다 바른 마음과 틀거지를 지녀야 한다. 이로써 나라와 민족에게 이바지할 능력과 품성을 지녀야 한다. 이게 바로 명품인간이다. 겉치레와 입에 발린 사탕과 같은 거짓말로 세상을 우

---

22 바보.
23 싹수.

롱하는 것은 이 나라에 좀 벌레나 좀도둑 내지는 불한당에 지나지 않는 것이다.

담바고

담배는 광해군 말에 들어온 것으로 알려졌다. 남쪽 바다 가운데 있는 담파국灆巴國이란 나라에서 들어온 것인 까닭에 속칭 담배灆巴라 한다는 것이다. 『성호사설星湖僿說』에 보인다. 스페인에서 1559년에 처음 심었다고 하는데 조선으로 들어오기까지 60년 정도의 시간이 걸린 셈이다. 상당히 전파속도 빠른 것이라 할 수 있다. 담배는 전 세계에서 약 11억 명이 피운다고 한다. 세계 인구 중 6분의 1의 사람들이 피우는 셈이다. 담배의 원산지는 중앙아메리카이다. 마야인과 아즈텍인들이 종교행사 기간 동안 피웠다고 한다. 그 후 콜럼버스가 아메리카 대륙에 상륙한 뒤 유럽으로 전해져 1559년 스페인에서 처음 심어졌다고 한다. 아시아에는 포르투갈에 의해 필리핀에 전해졌다고 한다.

담배를 피우는 법은 일본에 의해 우리나라에 전해졌다고 한다. 장유張維, 1587~1638가 쓴 『계곡만필谿谷漫筆』권 1에는 다음과 같은 내용이 보인다.

> 남령초南靈草(담배)를 피우는 법은 본래 일본에서 나왔다. 일
> 본 사람들은 이것을 담박괴淡泊塊라고 하면서, 이 풀의 원산지
> 가 남양南洋의 제국諸國이라고 말하고 있다. 우리나라에는 20년
> 전에 처음으로 이 물건이 들어왔는데, 지금은 위로 공경公卿으
> 로부터 아래로 가마꾼과 초동목수樵童牧豎에 이르기까지 피우
> 지 않는 자가 없을 정도이다.

여기서 '담박괴'는 영어의 'tobacco'를 음역한 것이다. 또
한 담배의 맛에 대하여서는 이렇게 말한다.

> 맛을 보니 매우면서도 약간 독기毒氣가 있는 듯하다. 그리고
> 이것을 복용하는 사람은 하나도 없고 그저 태워서 연기를 들
> 이마시곤 하는데, 많이 들이마시다 보면 어지럼증이 생기기도
> 하나 오래도록 피운 사람들은 꼭 그렇지만도 않다. 그리하여
> 지금 세상에서 피우지 않는 사람들을 찾아보면 100사람이나
> 1,000사람 중에 겨우 한 사람 있을까 말까 할 정도이다.

담배의 효능에 관해서는, 장유가 지난번에 절강성浙江省 자

計^{慈溪} 출신인 중국사람 주좌^{朱佐}를 만나 이야기한 내용이 나온다.

중국에서는 남초^{南草}를 연주^{煙酒}라고도 하고 연다^{煙茶}라고도 한다. 100년 전에 벌써 민중^{閩中}에 있었는데, 지금은 거의 모든 세상에 두루 퍼져 있으며, 술독으로 붉게 부어오른 코, 저비^{赤鼻}를 치료하는 데 가장 효력을 발휘한다.

이에 장유가 묻기를,

이 물건은 성질이 건조하고 열이 있어서 필시 폐^肺를 상하게 할 것인데, 어떻게 코의 병을 치료할 수가 있단 말인가.

장유는 담배가 폐를 상하게 할 것이라는 예견을 하고 있다. 상당히 예리한 분석이다. 아울러 그는 "지금 남초로 말하면, 세상에 유행된 지 겨우 수십 년밖에 안 되는데도 벌써 이처럼 성행을 하고 있으니, 100년쯤 지난 뒤에는 그 이익을 두고 차와 각축전을 벌이게 될 것이다"라고 한다. 이 대목은 지금의 상황과 딱 맞아떨어지고 있다. 담배는 우리나라에서도 전매하는 기관을 두고 있다.

조선시대에는 이미 4, 5세만 되면 담배를 피우고 어른들은 횡죽橫竹을 꼬나물고 연방 피웠다고 한다. 지금 담배는 병원, 학교, 지하철, 버스 안, 공공기관 등에서는 피우지 못한다. 수많은 이들이 흡연으로 인하여 사망을 하고 있다. 필자도 피우고 있으니 걱정이다. 백해무익한 것이 흡연이다.

이익李瀷, 1681~1763이 쓴 『성호사설』권 4 「만물문萬物門」에 담배의 해로움에 관하여 말하였다.

안으로 정신을 해치고 밖으로 듣고 보는 것까지 해쳐서 머리가 희게 되고 얼굴이 늙게 되며, 이가 일찍 빠지게 되고 살도 따라서 여위게 되니, 사람을 빨리 늙도록 만드는 것이다.

활줄처럼 곧으면

옆집에 장생張生이라는 자가 살고 있었다. 장차 집을 지으려고 산에 들어가 나무를 구하였는데 빽빽이 들어찬 나무들 모두가 구불구불하게 비틀어져 쓰임새에 맞지 않았다. 그런 가운데 산속에 있는 무덤가에 나무 한 그루가 서 있었는데 앞에서 보아도 곧바르고 왼쪽에서 보아도 쭉 뻗었으며 오른쪽에서 보아도 곧기만 하였다. 그래서 좋은 재목이라 생각하고는 도끼를

들고 그쪽으로 가서 뒤에서 살펴보니 슬쩍 구부러져 쓸 수 없는 나무였다. 이에 도끼를 내던지고 탄식하기를,

"아, 재목이 될 나무는 얼른 보아도 쉽게 알 수가 있어 고르기가 쉬운 법인데, 이 나무의 경우는 내가 세 번이나 다른 쪽에서 살폈어도 쓸모없는 나무라는 것을 알지 못하였다. 그러니 용모를 그럴 듯하게 꾸미면서 속마음을 숨기고 있는 사람의 경우야 더 말해 무엇 하겠는가. 그 말을 들어 보면 조리가 정연하고 그 용모를 살펴보면 선량하게만 여겨지며 사소한 행동을 관찰해 보아도 삼가며 몸을 단속하고 있으니 영락없이 군자의 모습이라고 할 것인데, 급기야 큰 변고를 당해 절개를 지켜야 할 때에 가서는 본래의 정체를 여지없이 드러내고 마니, 국가가 결딴나고 마는 것은 늘 이런 자들 때문이다."

장유張維가 쓴 『계곡집谿谷集』 권 4에 보이는 대목이다. 집을 짓는데 쓰이는 나무는 곧아야 쓰임새가 많은 법이다. 비뚤거나 뒤틀려지거나 구부러지면 별로 쓰일 곳이 없는 법이다. 한옥을 짓는 데 쓰이는 나무는 곧고 쭉 뻗어야 대들보나 서까래 또는 장여에 쓰일 수 있다. 게다가 나뭇결도 좋으면 금상첨화이다. 나무가 구부러지거나 뒤틀려있으면 먹줄을 긋기가 여

간 힘든 게 아니다. 아예 먹줄이 서지를 않는다. 숫제 이런 나무는 버리거나 적심[24]으로 쓸 수밖에 없다. 하잘 것 없는 나무는 목수의 대패질과 도끼질이 먹혀들지 않는다. 나무의 본성이 이미 구부러지고 외틀어졌기 때문이다. 목수는 이런 나무를 외면하기 마련이다.

먹줄이 서지 않고 대패질과 톱질이 먹혀들지 않으면 잡살뱅이[25] 자재로 밖에 쓸 수밖에 없다. 하지만 나무와 다르게 사람이 구부러진 허영심에 휘둘려도 쓰임새가 있다. 이리저리 세파에 휘둘리면 사람은 본래 수수하던 마음은 사라지고 그저 남의 비위나 맞추며 살려는 경향이 있다. 이때부터 마음은 게염에 사로잡혀 큰일을 그르치게 된다. 남이 하는 대로 휩쓸려 자신의 본마음을 잃고 잘못된 길로 들어설 수 있음이다. 이를 나무에 비유하자면 오른쪽에서 보아도 곧게 보이고 왼쪽과 앞쪽에서 보아도 곧게 보이기 십상이다. 하지만 뒤쪽에서 보면 다른 이미지가 잡혀 굴곡지고 외틀어진 모습을 보이는 경우가 많다. 본마음이 삿된 생각에 가려져 모진 마음이 똬리를 틀고 있음이다. 본마음을 가려 삿된 마음이 촉수를 내밀고 있음이다.

나무는 곧으면 좋은 목재로 쓰이고 구부러지면 잡살뱅이

---

24 지붕물매를 잡기 위해 산자와 서까래에 덧대는 잡목.
25 여러 가지가 뒤섞인 허름한 물건.

의 목재가 될 뿐이지만, 사람이 곧으면 남에게 시샘과 미움을 받고 구부러지면 남의 비위나 맞추어 좋은 자리에 오를 수 있다. 사람도 나무처럼 곧으면 좋은 재목으로 쓰이고 구부러지면 잡살뱅이 재료로 쓰이는 게 맞다. 하지만 어디 그런가! 그렇지 않으니 세상사 요지경속이다.

"활줄처럼 곧으면 길가에서 죽고 갈고리처럼 굽으면 공후公侯에 봉해진다."直如絃 死道邊 曲如鉤 封公侯직여현 사도변 곡여구 봉공후.『후한서後漢書』「오행지五行志」에 보이는 대목을 곱씹어 볼 따름이다.

이방과 사또

옛날 어느 고을 사또가 임기가 달음박질치듯 언뜻 찼는데, 이에 갈려나갈 참이라. 그래 동헌 아래 장[26] 모 꺾어 서서 알랑방귀를 뀌던 이방이라는 작자가 떠나가는 사또를 기리기 위해 빛 좋은 빗돌 하나, 송덕비를 만들었겄다. 아, 글쎄 사또가 고을 사람들의 인사치레를 받고 있는 가운데 이방의 아랫것들이 송덕비를 덮은 장막을 벗겨내니 이런 글귀가 떡하니 파임 글

---

26 늘.

자로 새겨졌더라.

今日送此盜금일송차도

오늘 이 도적놈을 보내노라.

　이거 분명 어느 먹물 그득한 이가 일필휘지한 것이었다. 평
사낙안平沙落雁의 휘필인데다 황소 힘으로 붓을 쥐어 쓴 듯 강
대나무[27]처럼 버럭버럭 뻣성을 부리며 빗돌에 파임 글자로 박
혀 서슬이 퍼런 것이었다. 어둑발이 깔린 새벽녘인지라 동구
밖 먼 산 위로 달빛이 괴괴하니 빗돌 비스듬히 비추어 글씨를
새긴지 얼마 되지 않은 파임 글자에 서리가 앉은 듯 성에가 낀
듯 섬뜩한 기운이 감돌고 있었다.

　아, 그런데 가만히 내용을 보아하니 바로 떠나가는 시방 사
또를 씹어대는 글귀가 아니던가! 이에 사또가 가슴이 뜨끔한
지라, 이를 거니챈 이방이 엉덩이를 졸밋거리며 다가와 부시
쳐 올리는 것이었다. 이에 사또가 자라보고 놀란 가슴 솥뚜껑
보고 놀란 낯빛이 되어 얼굴이 붉으락푸르락 언감생심 말도
못하고 타는 가슴을 쓸어내리느라 장죽을 몇 모금 빨아 뻐끔
뻐끔 입가로 흘리더니 이에 질세라 사또가 서너 구절을 외로

27　말라죽은 채 서 있는 나무.

치다가 바로 가는 붓질로 적어 내려가니, 이게 바로 지금 떠나가는 사또의 흠구덕[28]과 앞으로 걸태질[29]할 사또를 싸잡아 옭아 짓찧는 고양이소[30]를 읊어대는데, 왈,

明日來他盜명일래타도

내일은 다른 도적놈이 올 것이다.

此盜來不盡차도래부진

이 도적놈은 끝없이 올 것인즉

擧世皆爲盜거세개위도

세상이 죄다 도적놈뿐이네.

시늉만 네네! 하는 이방 놈이 백성들을 쥐어짜 해먹은 것이 열손가락으로 헤아려보아도 넘치고 넘쳤는지라 겉으로는 혀를 끌끌 차고 있었지만 속으로는 쾌재를 부르고 있었고, 갈려나가는 사또는 겉으로는 짐짓 태연한 척 하였지만 속으로는 상추 밭에 똥 눈 강아지처럼 안절부절 못하는 참이라. 오밤중에 이방 놈은 남모르게 갈려나가는 사또를 위해 시늉만의 네

---

28 남의 흠을 헐뜯어 험상궂게 말함.

29 탐욕스럽게 재물을 마구 긁어모으는 것.

30 욕심꾸러기가 짐짓 청렴한 체하거나 흉악한 사람이 겉으로 착한 체함을 비유적으로 이르는 말.

네! 하느라 송덕비를 세웠것다. 송덕비를 세우는 밑천도 이방 놈의 구린 쌈지 주머니에서 나왔을 리 만무하고 백성들의 코 묻은 앵이[31]로 한 것이라. 사또나 이방이나 백성들 피고름 짜기 는 마찬가지인데 사또는 또 다른 부임지에 가 걸태질할 궁리 만 하고, 이방 놈은 또 다른 도적놈을 기다리는 상황이었다.

송덕비도 이만하면 양심적으로 쓴 것이다. 모두 도적놈이 라고 일갈한 사또의 일필휘지가 가리사니[32] 없는 이들의 폐부 에 비수처럼 박힌다. 만구성비萬口成碑! 모든 사람의 입으로 사 또의 공덕이 기려지는 게 진정한 송덕비가 아닌가!

장마

밤새도록 비가 내리고 아침에도 계속 내리고 있다. 장마가 시작되었다. 후텁지근하고 불쾌지수 올라가는 철이다. 이 시 기가 되면 사람들은 '火'의 기운을 받아 자칫 기가 쇠할 수도 있다. 우리의 위나 장은 찬 음식을 즐겨 받기를 싫어한다. 여름 에 먹는 냉면은 과히 좋지 않다. 더운 날씨일수록 따뜻한 음식

---

31 돈.
32 사물을 분간하여 판단할 수 있는 실마리.

이 제격이다. 그래서 이열치열以熱治熱 아니던가? 냉면은 북한에서 겨울의 별미로 꼽고 있는 이유이기도 하다. 여름철 화기火氣를 다스림은 과일이나 채소가 제 격이다. 위나 장은 신체의 중심에 있다. 중심이 허虛하면 믿음이 없어지고 생기를 잃는다.

동양학에서 신信은 곧 사람을 지켜주는 버팀목이다. '신'은 흙이다. 흙이 자양분을 함유하면 곡식이 잘 자란다. 땅은 뿌린만큼 그 보답을 한다. 곡식은 웃자라지 않게 거름을 주고 가꾸어야 한다. 우리네 몸도 같은 이치다.

장마는 순우리말이라고 한다. 아니다. 장마는 산스크리트어에서 나왔다. '장jhan'은 'noise of falling rain', 'rain in large drops'라고 한다. '마ma'는 '장'을 명사화한 어미이다. 이 둘을 합하면 장마jhan ma이고, 이는 '비가 떨어지는 소리', '큰 방울로 떨어지는 비'라는 의미를 지니고 있는 것이다. 중국에서는 매우梅雨라고 하며 일본도 마찬가지이다. 곧 매실이 익어 떨어질 무렵에 장마가 시작된다는 말이다. 우리나라만 '장마'라고 한다.

무더운 여름을 이겨내는 방법은 火를 잘 다스리는 길밖에 없다. 『설문해자』에 화火는 "남쪽으로 가면 불꽃이 타오르는 것을 볼 수 있다."南方之行 炎而上남방지행 염이상이라고 한다. 남쪽 바다 멀리서 불꽃이 일어 우리네 사는 곳까지 와서 화기를 돋운다. 화기를 잠시 덮어주는 장맛비가 내리고 있다.

여름날 후끈한 화기를 다스리는 것은 고른 섭생과 독서 그리고 각자 좋아하는 바를 하는 것이다. 처마를 노드리듯 두드리는 빗소리는 일정한 가락을 마음에 심어준다.

아래는 당송팔대가의 한 사람인 유종원柳宗元이 쓴 「매우梅雨」라는 시이다. 여기에서 '매우'라는 말이 비롯한다. 처마에 떨어지는 낙숫물은 그다지도 가슴에 스며드는 회한의 눈물인가! 아으, 동동다리!

梅實迎時雨^{매실영시우}

매화 열매가 철에 맞는 비 맞아

蒼茫值晚春^{창망치만춘}

창망하게도 늦은 봄이 되었구나.

愁深楚猿夜^{수심초원야}

초나라 원숭이 우는 밤에 근심 깊어가고

夢斷越雞晨^{몽단월계신}

월나라 닭이 우는 새벽에 꿈이 깨어난다.

海霧連南極^{해무련남극}

바다의 안개 남극으로 닿아있고

江雲暗北津^{강운암배진}

강가의 구름에 북쪽 나루가 어둑하다.

素衣今盡化^{소의금진화}

흰 옷이 이제 다 변했으나

非爲帝京塵^{비위제경진}

황제 계신 서울의 먼지 때문은 아니어라.

『북학의^{北學議}』를 읽고서

무릇 학문은 실생활에 적용되어야 하는 것이다. 현실과 괴리감이 있으면 그 자체로 학문의 본질에서 벗어난다. 수년 전 나는 『북학의』를 읽었다. 초정^{楚亭} 박제가^{朴齊家}의 『북학의』를 다시 읽으며 당신 문인, 관료, 사회제도에 관하여 심도 있는 안목을 주고 있음을 느끼며, 아울러 사회와 제도를 예리하게 파헤치는 초정의 생각이 고스란히 녹아 있음을 볼 수 있었다. 사실에 입각하여 바른 것을 찾는다, 라는 말인 실사구시^{實事求是}를 제대로 보여준 게 바로 박지원의 『열하일기』와 『북학의』가 아닌가 생각한다.

『북학의』는 『서경書經』의 「대우모大禹謨」 편을 빌어 분석을 하고 있다. 정재양민 수화금목토곡 유수 정덕이용후생政在養民 水火金木土穀 惟脩 正德利用厚生이라고 하였다. "정치는 백성을 기르는보양하는데 있으니, 물, 불, 쇠, 나무, 흙 및 곡식들을 잘 다스리고, 또 덕을 바로 잡고 물건의 쓰임을 이롭게 하며 삶을 두터이 함이다"라는 말이다. 정치는 바로 임금이 덕을 오롯이 하는 데 있으며 바름을 기르는데 있는 것이다. 水·火·金·木·土·穀를 동양학에서는 이른바 육부六府라고 한다. 백성을 배부르게 하고 잘 기르는데 있어 이 육부를 잘 다스리면 된다는 게 초정의 생각이다.

- 水: 하천의 준설에 관하여 초정은 지세의 높낮이에 따라 하천 바닥을 끌어내야 한다고 하며, 수의의 높낮이를 측정해야한다고 한다. 중국의 강소, 절강 지방과 교역해야 함을 역설하고 있는데 육로 무역보다는 바닷길을 통하면 그 이문이 몇 갑절은 된다고 한다. 강과 바다를 이용할 것을 여러 차례 말하고 있는데 비단 중국만이 아닌 다른 나라와도 통상을 해야 한다고 한다. 우리나라는 삼면이 바다로 둘러싸여 있는 이점을 살리고 강과 하천을 통한 물품 운송 방법을 강구하여야 한다고 역설하고 있음이다.

- 火: 우리나라는 기와는 굽는데 벽돌은 굽지 못한다고 한다. 벽돌로 성을 쌓는데 있어 돌로 쌓은 성보다는 그 견고함이 있다고 한다. 우리나라에는 나무는 많은데 이를 불을 때서 벽돌을 굽지 못하고 있다고 한다. 돌로 쌓은 성은 그 무게로 인하여 한쪽이 침식되고 비로 인하여 지반이 무르게 되면 가라앉는 현상이 일어나니 회로 지반을 다져 그 위에 구운 벽돌로 쌓으면 가라앉을 우려가 없다고 한다. 수백 내지 수천 도의 불을 견뎌내는 가마를 만들어 각 군과 현에 벽돌을 구우면 그 이로움이 돌로 성을 쌓는 것보다 더 많다고 한다. 불을 이용하자는 초정의 생각이다.

- 金: 초정은 우리나라는 해마다 수만 냥의 은을 수출하여 반나절이면 소모되는 약이나 반년이면 썩어버리는 비단으로 바꿔온다고 한다. 한정된 자원인 은을 수출하니 이는 진흙으로 만든 소가 바다에 들어가는 것과 같다고 한다. 화폐는 돌고 돌아야 한다고 역설한다. 쇠를 녹이는데 중국은 석탄을 이용하지만 우리나라는 석탄이 나는데도 이를 이용하여 쇠나 구리를 녹일 줄 모른다고 한다.

- 木: 중국은 나무가 귀하나 재목은 많다고 하고 우리나라

는 나무는 많으나 재목은 귀하다고 한다. 중국의 재목은 한 자 한 치가 모두 정밀하게 가공되었다고 한다.

- 土: 초정은 거름의 중요성을 이야기한다. 중국의 농촌은 거름더미가 노적가리나 산더미 같다고 한다. 거름을 쌓더라도 한 편에 독을 묻어 거름에서 나오는 거름 물을 모아두어 이를 이용한다고 한다. 중국은 거름을 금같이 여기고 말똥을 잘 건사한다고 한다. 우리나라는 거름더미는 있으나 중국과 같이 해자를 파지 않아 거름 물이 그대로 도로에 흘러 우물로 들어가거나 도랑에 들어간다고 한다. 재도 그냥 거리에 버린다고 한다. 거름과 재 모두 토양을 비옥하게 하는 것인데 말이다.

- 穀: 씨감자의 보관 방법을 이야기하고, 우리나라는 곡식의 이름이 지방마다 다 다르게 불린다고 한다. 중국은 밭에 심은 곡식 세 줄 사이가 우리나라의 밭곡식 두 줄 넓이와 같다고 한다. 파종 방법이 잘못되었다는 말이다. 밭과 소와 사람과 농기구의 파종 간격을 고르게 하면 씨앗이 들쭉날쭉하지 않게 자란다는 말이다. 또 우리나라는 콩이나 보리를 심을 때 마음 내키는 대로 마구 뿌려 곡식이 더부룩하게 얽혀 바람과 볕을 고루 받지 못한다고 한다. 많이 뿌린다고 수확이 많다는 것이

아니다, 라는 말을 한다.

초정은 물이 물의 구실을 못하고, 불이 제 구실을 하지 못하고, 쇠가 쇠의 구실을 하지 못하며, 나무가 나무 노릇을 하지 못하며, 흙이 흙의 구실을 하지 못하고, 곡식을 미음 내키는 대로 뿌려 지실이 든다고 한다. 결국 육부를 제대로 다스리지 못하니, 물건의 쓰임을 이롭게 하며 삶을 두터이 할 수 없다고 하였다. 중농주의자인 초정 선생이 본 게 이와 같다.

그 식견이 이러하고 무릇 유교를 배우며 공자 왈 맹자 왈 하는 유생들은 도태시켜야 한다는 말을 내뱉는다. 『서경』에도 "하루 일하지 않으면 먹지도 말라고 하였다. 일일부작 일일불식一日不作 一日不食이라 하였다. 지금의 정부 관료나 공무원들인 이들이 이 도서를 읽으면 어떨까 생각한다. 경세춘추經世春秋는 곧 경세치용經世治用이 아닌가! 세상을 경영하는데 있어 봄볕과 같이 따뜻한 상을 내리고 가을에는 추상같은 벌을 내린다는 말 아닌가! 『장자』의 「제물론」에 나오는 대목이다. 경세는 고사하고 문벌과 학벌 그리고 혈연에 허덕이는 대한민국의 자화상이다. 초정은 과거제도의 맹점을 신랄히 꼬집는다. 과거에 오르기 위해 일정한 시험의 격식에 맞추어야 하는 폐단을 꼬집는다. 현재의 행정·사법·외무 고시제도를 꼬집는 듯하다.

가히 석학이라 할 만한 초정 선생이다.

비움은 또 다른 채움을 주는 곳간

一爲萬數之首 虛爲萬實之府^{일위만수지수 허위만실지부}
1은 모든 숫자의 으뜸수이고, 비움은 모든 것을 채울 수 있는
곳간이다.

靜爲萬化之基 貞爲萬事之幹^{정위만화지기 정위만사지간}
고요함은 만물을 생성시키는 기초이고, 곧음은 모든 일을 이
루게 하는 기둥이다.

淸爲萬物之高 謙爲萬益之柄^{청위만물지고 겸위만익지병}
맑음은 모든 몬^{사물}의 고아함을 이루게 하고, 겸손함은 모두
에게 유익함을 주는 사자어금니^{要諦(요체)}이다.

儉爲萬福之原也^{검위만복지원야}
검소함은 만복의 근원이다.

조선 중기 도덕정치를 주장하고, 이색적이고 독창적인 학
설을 낸 장현광^{張顯光, 1554~1637}을 기리는 『귀암집^{歸巖集}』권 9
「여헌장선생행장^{旅軒張先生行狀}」에 보이는 대목이다. 1이라는

숫자는 만물의 근원이다. 으뜸수인 것이다. 하늘과 땅이 아직 열리지 않았을 태고에는 태극太極이 있었다. 태극이 갈라지며 곧 음과 양이 생겨났던 것이다. 지금은 디지털 시대라고 한다. 디지털은 무엇인가? 바로 십진수의 근간이 되는 0과 1의 조합으로 된 수의 개념이다. 그렇다면 지금 우리는 태고의 시절로 가는 것인가? 아니다. 우리는 아직도 0과 1이라는 숫자의 조합에는 길들여지고 있지는 않은 듯하다. 동양의 사고방식은 디지털이 아닌 아날로그적 사고의 틀에 놓여있다.

곳간은 차면 비워야 한다. 꽉 찬 곳간의 곡식은 썩게 마련이고 쥐가 드나들게 마련이다. 사람들은 채우면 채울수록 더 채우려 아우성에다 아등바등한다. 늘 비운다 비운다 하면서 더 채우려는 게 사람의 계염이다. 자신은 비우질 않고 남에게만 비우라고 말한다. 사람들은 이런 식으로 늘 비우라고 하면서 자신은 정작 비우질 않는 이율배반적인 궤변을 늘어놓는다. 비우면서 또 다른 채움을 기다리는 게 자연의 섭리이다.

정중동靜中動, 태고적 우주는 고요하면서도 그 안에 삼라만상을 잉태하려는 몸부림이 있었다. 정중동, 곧 태극에서 음과 양이 나오고 그 다음으로 오행의 법칙이 나왔으니 고요함이야말로 만물을 생성시키고 소멸시키는 원류인 셈이다.

바름貞은 무엇인가? 바로 '자연의 섭리를 조금도 벗어나지 않는 것'곧 선천이천불위^{先天而天弗違}이다. 『주역』의 알짬[33]이 되는 대목이다. 모든 사물은 각각 본래의 성질과 형질을 타고 났다. 자연에 순응하면서 이러한 성질과 형질이 변해가는 것인데, 그래도 영원히 변치 않는 것이 본성이다. 이러한 본성은 곧 삼라만상 모든 것에 깃들여져 있는 정^貞이 되는 것이다. 정이 변하면 자연의 질서와 인간의 본성이 망가지는 것이다.

맑음은 인간의 정신과 사물의 본성이 순수한 형태로 남아 있다는 말이다. 맑지 않으면 모든 사물이 추잡스럽고 볼품없는 것에 지나지 않음이다. 하지만 지금은 맑은 정신과 마음을 보는 게 여간 어렵지 않다. 모든 것에 덧씌우기를 하거나 눈 가리고 아웅! 하는 일이 다반사이니 어느 것이 맑고 맑지 않은지 분별하기가 어렵다. 겸손함은 서로에게 유익한 것이다. 잘 났다고 벋대면 결국 서로에게 별 이득이 되지는 않고 결국에는 손해만 될 뿐이다. 겸손함은 어짊에서 뻗어 나온 예^禮를 말하는 것이니 예는 곧 행동으로 보이는 공경함^敬이다. 경은 곧 마음속을 밝혀주는 등불이며 예는 곧 등불을 타인에게도 비추는 겉으로 드러난 경의 실체인 것이다.

검소함은 과소비의 반대 개념이다. 돈을 물 쓰듯 쓰면 나라 경제나 가정살림은 거덜 나기 십상이다. 한때 소비가 미덕이

---

33 핵심.

라고 하였다. 그러나 이는 잠시 경기침체에 따른 내수內需를 끌어올리기 위한 고육지계苦肉之計인 셈이다. 곶감 빼어 먹듯 하다가 결국 쪽박 차게 되는 것이다. 가정살림이나 나라살림이나 잘 돌봐야 할 것이다. 요즘 복지 포퓰리즘이니 뭐니 말이 많다. 국민 세금 들여 마구잡이식으로 복지정책을 추진하는 것은 곶감 빼어 먹는 꼴이 될 것이다.

위천거천爲天去天

조선이 건국 된 이후 청백리淸白吏는 몇 명이나 될까? 조선 태조부터 정조 때까지 110명의 청백리가 있었다. 한 고을의 수령이 되려는 자들은 그간 수천 내지 수만 명은 되었지만 500년 역사의 조선은 그리 많지 않은 청백리를 남겼다. 현재를 사는 우리는 얼마나 많은 청백리를 낼 수 있을까?

청나라 옹정제雍正帝 원년인 1723년에 탐관오리를 없애고 염리廉吏, 즉 청백리를 내기 위하여 양렴은養廉銀 제도를 실시하였다. 이 제도를 실시하려는 취지는 "관료들이 재물을 탐내고 뇌물을 받는 일이 많다는 소문이 자주 들리니 이 제도를 특별히 시행한다. 양렴은이라는 이름을 마음에 되새기고 의로움을 생각하여 청렴결백한 관리가 되도록 힘쓰기를 바란다. "인관리탐장 시유소문 특설차명 욕기고명사의 면위염리야因官吏貪贓 時有所聞 特設此名 欲其顧名思義 勉為廉吏也." 한마디로 이 제도의 실시 목적은 청렴결백한 관리의 자질과 기품을 기르는데 있었다.

이 나라 안에서 지금도 버젓이 관직을 둘러싸고 뒷돈이 오가고 있다. 얼마 전에는 공직선거의 후보단일화에 담합과 은밀한 거래가 이루어지고 있었다. 이 뒷돈 거래는 결국 민초들이 낸 세금으로 이루어지는 것이다. 나라의 세금을 곶감 빼어 먹듯 야금야금 집어 삼키고 있다. 민초들의 때 묻고 코 묻은 앵이[34]로 국민을 위한다는 허울 좋은 핑계의 엉너리[35]를 치고 있다. 관직이나 권력의 근방에는 엉겁[36] 같은 이들이 몰려 파리떼처럼 들러붙어 있다.

파리 떼가 사람의 얼굴에 들러붙고, 모기가 사람의 살갗을 물어뜯는 형국이다. 파리가 사람의 얼굴에 들러붙으면 간지럽고 짜증이 나며, 모기가 살갗을 물어뜯으면 따갑고 살갗이 부어오른다. 사람은 도대체 무슨 물건인가. 승집인면 문최인부부지이인위하물蠅集人面 蚊嘬人膚 不知以人爲何物. 명나라 말 청나라

---

34 돈.
35 남의 환심을 사려고 능청스러운 수단을 쓰는 짓.
36 끈끈한 물건이 마구 달라붙은 상태.

초의 사람 장조張潮가 쓴 『유몽영』에 나오는 대목이다. 파리 떼가 얼굴에 들러붙으면 사람들은 이를 쫓아내려하지만 모기떼가 살갗을 물면 사람들은 이를 필사적으로 죽이려고 한다. 자금의 상황을 보건데 사람들은 파리 떼는 쫓기만 한다. 필살必殺의 지경에 이르지 않는다. 부패와 비리 척결을 서두르지 않는다. 마치 모기에게는 필살의 공격을 하지만 파리에는 필살의 잠개[37]를 쓰지 않는 것과 같은 것이다.

부정과 비리가 드러나면 사람들은 손사래를 친다. 내가 그런 게 아니고 저 사람이 먼저 그랬다는 둥 숫제 함께 빠져죽자는 물귀신 작전을 쓴다. 더하여 서로에게 독약을 쏘아대고 불길을 사르는 화생방전을 방불케 하는 치명적인 난타전을 벌인다. 너 죽고 나 죽자는 식의 막무가내이다.

청렴결백을 바랐던 옛날의 양렴은 제도를 도입한들 저들에게 먹히기나 할까! 그저 내 집안이나 일구어 놓고 잘 살면 된다는 식의 파렴치한들이다. 공직에 오르는 일은 걸군乞郡이다. 옛날의 수령의 자리에 오르려는 이들이 벌이는 각축장이다. 충주 관아에 가면 제금당製錦堂이라는 건물이 있다. 무슨 뜻인가? 어진 이가 현령의 자리에 오른다는 뜻이다. 이 나라 걸군들은 이 말을 가슴에 새기고 벼슬을 빌어 민초들의 삶을 푼더

---

37 무기.

분하게[38] 해야 할 것이다. 제금당에 오르려면 걸군들은 반드시 하늘백성이 바라는 바대로 해야 하고 하늘이 싫어하는 바를 버려야 할 것이다. 필위천지소욕 이거천지소오必爲天之所欲 而去天之所惡. 『묵자墨子』의 「천지天志」 하下에 보이는 대목이다.

걸군乞郡하는 이들이여!

백성을 다스리는 이가 마음에 담아두는 글, 이게 목민심서의 사자어금니가 되는 줄거리이다. 백성을 보기를 아래로 보아서는 안 되고 어진 마음과 자애로움으로 친하게 지내야 한다는 말이 있다. 민가근 불가하民可近 不可下. 『서경』 「감서甘誓」에 나오는 대목이다.

모름지기 수령이 될 이는 어질고 청렴결백하고 결단력이 있어야 한다는 게 다산의 생각이다. 세상을 경영함에 있어서 봄에는 따뜻한 마음으로 백성을 위무하며 가을에는 모름지기 잘잘못을 가려 벌을 주는 게 수령된 이의 책무인 것이다. 경세춘추經世春秋라는 말이다. 『장자』의 「제물론」에 보이는 대목이다. 벼슬자리는 곧 모두가 지닐 수 있는 공기公器이다. 이는 벼

---

38 여유가 있고 넉넉하다.

슬자리를 삿된 욕심으로 사사로이 할 수 없다는 말이다. 오죽
했으면 수령의 자리를 얻으려는 것을 걸군乞郡이라 했을까! 벼
슬을 얻으려고 동분서주하는 이들이 민심을 얻는 게 아니라
구걸하는 것이라고 하니 구걸한 것은 아껴서 먹어야 한다는
말이다. 백성으로부터 거둔 구신[39]을 아끼고 어렵게 여겨야한
다는 것이다. 백성의 때 묻고 땀이 서린 앵이를 함부로 써서는
안 되는 것이다.

수령의 자리에 오르기 위해서는 극기복례克己復禮를 해야
할 것이다. 『논어집주』에서 기己자를 풀이하기를 '삿된 욕심'
이라고 하였다. 사욕야私慾也라고 하였으니 다산 선생께서도
늘 이 점을 염두에 두어야함을 말씀하신다. 나를 이기는 것, 곧
삿된 욕심을 버리는 것이 곧 고을을 다스림에 앞서 수령이 지
녀야할 대목이라는 것이다. 극기克己를 하지 못하면 결국 한 고
을을 해치고 나라를 좀먹는 것이 되는 것이다. 수령의 자리에
오르려면 먼저 몸닦달[40]을 해야 한다는 것이다. 곧 수신修身이
먼저 되어야 한다는 것이다. 수령이 되기 전이나 된 후에 이미
한 고을의 곳간을 넘보는 것은 백성을 수령의 아래 사람으로
보는 것이니, 백성을 위하는 마음이 없다는 것이다.

---

39 세금.
40 수양.

제금製錦이라는 말이 있다. 어진 이가 수령의 자리에 오른다, 라는 말이다. 수령은 어질기만 해서는 안 된다. 결단력과 추진력 그리고 행정사무에도 밝아야 한다는 것이다. 어질게 보이고 행정실무에 밝지 못하면 아전들이 수령을 업신여기고 수령을 손바닥 위에 올려놓고 까불리기도 한다고 다산을 말한다.

『목민심서』에는 재해에 대한 대비, 공업의 육성, 기근에 대한 대비, 도로의 정비, 산림의 육성, 군사훈련, 병역의 의무, 과거제도의 정비, 백성에 대한 교육, 농사의 적극적 권장, 토지개혁 등에 관한 것들이 있다. 위와 같은 일들을 잘 시행하여 처리하면 곧 능력 있고 어진 수령이 된다는 것이다.

다산은 자신을 이겨 청렴결백하고, 백성을 이롭게 하는 이를 어질고 능력 있는 수령이라 한다. "벼슬이라는 것은 천하의 모든 이들이 가질 수 있는 공기이다. 그러나 덕망을 지니는 것이 첫째이다"라고 하였다. 관작자 천하지공기 덕망위선官爵者 天下之公器 德望為先.『구당서舊唐書』권 99「장구령열전張九齡列傳」에 보이는 대목이다. 공기公器를 잘못 알고 제멋대로 쓰면 백성들의 거꾸로 난 비늘에 찔릴 수 있다. 물이 흐리면 물고기가 숨이 차서 입을 벌름거리고, 구실[41]이 무거우면 민초는 난을 일으킨다, 라고 한다. 수탁즉어우 영가즉민란水濁則魚喁 令苛則民亂.

---

41 세금.

『한시외전韓詩外傳』권 1에 보이는 대목이다.

다산 선생의 뼈저린 체험에서 나온 것이『목민심서』다. 어릴 때부터 아버지를 따라 보고 들은 것을 적은 글이다.『목민심서』를 탈고한 뒤에 전남 강진에서 18년의 유배생활을 마치며 뭍으로 나온다. 그때가 그의 나이 57세였다. 다산의 가슴에 쌓여있던 구실아치[42]들에 대한 통절痛切한 비판과 개혁에 대한 열망이 글에 묻어나오고 있다.

범을 그리려다....

刻鵠不成尚類鶩각곡불성상류무
고니를 새기고 그리려다 오리도 그리지 못하고,

畫虎不成反類狗화호불성반류구
범을 그리려다 도리어 개도 못 그리게 된다.

사람들은 처음에는 득의양양하여 무언가를 이루려고 하지만 나중에 흐지부지되는 경우가 있다. 애당초 먹은 의지와 마음자세가 끝에 가서는 흐려지는 것이다. 사람으로서 가장 경

---

42 벼슬아치.

계를 해야 할 것이다. 초심初心이 무너지는 순간 '내가 왜 이럴까?'하고 반문을 한다. 일을 추진하는 과정에 무엇인가 문제가 있는 것임에 틀림없다. 결과에 집착을 하다보면 과정은 무시되는 경우가 많다. 결과에 매달려 과정을 그르치는 경우가 있다는 점을 염두에 두어야 할 것이다. 마원馬援, 기원전 14 - 기원후 49이 형의 아들을 훈계하는 뜻으로 쓴 말이다. 바로 기원후 41년 마원은 「계형자엄돈서誡兄子嚴敦書」라는 글을 써서 형의 아들인 마엄馬嚴과 마돈馬敦을 경계코자 하였다.『후한서後漢書』권24「마원전馬援傳」에 보이는 대목이다.

어느 날 마원은 흉노족과 일대 접전을 벌인다. 이때 마원은 "사내는 마땅히 전장에서 죽어야 한다. 말의 가죽 끈에 시신을 싸서 돌아와 장례를 치러야 한다. 어찌 편안하게 침상에 누워 아녀자의 수족에 있겠는가?"라고 하였다. 남아요당사어변야 이마혁과시환장 하능와상상재아녀자수중야男兒要當死於邊野,

以馬革裹屍還葬, 何能臥床上在兒女子手中邪!

고니를 그리려다 고니의 붉은 주둥이와 긴 목을 그리지 못하고 오리의 노란 주둥이와 짧은 목도 그리지 못하게 된다. 범을 그리려다 범의 코털과 꼬리 그리고 화려한 범의 무늬도 그리지 못하고 도리어 개의 모양만 그려낼 수 있다. 본질을 망각하고 지엽말단枝葉末端에 머무른다는 말이다. 장수인 마원은 장수로서 본분에 충실했던 것이며 지엽말단에 얽매이지 않은 인물이었던 것이다.

작금의 세상은 지엽말단과 엽기적인 흥취에 너무 몰두해 있지는 않은지 생각해 본다. 결과를 중시하다보니 과정을 무시해버리는 게 요즘 일상의 다반사인 듯하다. 고니를 그리는 것보다는 오히려 오리를 그려내는 진솔함과 범을 그리는 것보다 개를 그려내는 진솔함이 더 가치 있는 게 아닌가!

애당초 먹은 마음이 시간이 지나며 퇴색되어 그 본질을 망각한다. 본질이 무너지면 지엽말단으로 흐른다. 지엽말단이 지나치면 이단異端이 되고 엽기적인 결과를 드러낸다. 범과 고니는 본질인데 결국 개와 오리는 이단이며 지엽말단인 것이다.

필자는 문득 마원의 글을 곱씹으며 외람되게도 다음과 같이 생각을 적어 보았다.

闊悟於物 觀之爲客矣 활오어물 관지위객의
사물을 널리 깨달으면 사물을 보는 시각이 객관적이 되고,

凝滯於物 觀之爲主矣 응체어물 관지위주의
사물에 엉기어 삿된 생각에 골똘하면 사물을 보는 눈이 주관

적이 된다.

초심이 무너지면 결과가 얼토당토않게 된다. 본질이 무너지면 지엽말단이 된다. 사물의 알짬을 깨달으면 사물이 객관적으로 보이며, 사물에 엉기어 삿된 생각을 골똘히 하면 사물을 보는 게 어지럽고 비뚜름히 보이게 된다.

관성자管城子

대나무의 몸통에 털을 핥아 새끼를 배고 입으로 토해 새끼를 낳는 토끼털로 머리 치레를 한 것이 있다. 책시렁 위 필통에 꽂힌 붓은 그 검은 머리를 위로 쳐들어 천장을 바라보고 있다. 붓은 진시황 때 몽염蒙恬, 기원전 ?~기원전 210이 만들었다고 한다. 한유韓愈, 768~824가 쓴 「모영전毛穎傳」에 붓은 천하통일을 이루는데 없어서는 안 될 물건으로 그려지고 있다. 「모영전」은 붓을 의인화한 작품이며 소설 같은 형식을 띠면서 재미있게 붓의 유래와 붓의 쓰임새를 그려낸 작품이다. 모영毛穎은 곧 붓털을 말하는 것이다.

"몽염 장군이 초나라를 정벌하다가 중산中山이라는 곳에

묵으면서 점을 치는데 점쟁이가 축하를 하며 말하기를 '오늘 잡을 짐승은 뿔도 없고 이빨도 없고 갈옷을 입은 무리들입니다. 입은 언청이고 긴 수염이 났으며 구멍이 여덟이고 도사리고 앉아 있습니다. 오로지 그 놈의 털을 얻어 그것을 종이와 함께 쓰면 천하의 글씨가 가지런히 될 것이며, 진나라는 마침내 제후들을 아우르게 될 것입니다"라고 하여 진나라 황제는 그를 관성管城이라는 땅에 제후로 봉하여 관성자管城子라고 하였다 한다. 대롱 끝에 토끼털을 단 붓 자루이니 대문장가인 한유가 기막히게도 이름을 지은 게 관성자가 아닌가 한다.

한유의 글에 붓은 기억력이 좋고 약삭빨라서 태고 시대로부터 진나라에 이르기까지의 일들을 모두 글로 적었다고 한다. 글자와 그림 그리고 제자백가의 글과 부처와 노자 및 외국의 학설들을 모두 자세히 적바림하였다고도 한다. 또한 시대의 업무에도 통달하여 공문서와 장부 및 모든 문서를 기록하고 돈 거래 내역 및 여러 가지 기록들을 빠짐없이 적어 진시황과 태자인 부소와 호해 그리고 승상 이사李斯 및 서민들까지 그를 사랑하고 아끼지 않은 이가 없었다고 한다.

여러 사람들의 뜻을 잘 따라서 바르고 곧고 비뚤어지고 굽고 교묘하고 졸렬한 것을 모두 그 사람의 붓 가는 바에 따랐다고 한다. 혹여 버려지는 일이 있더라도 끝내 입을 다물고 아는 바를 누설하지 않았다고 한다. 붓은 그만큼 입이 무거웠다는 것일 게다. 다만 무인武人들은 그를 좋아하지 않았다고 한다.

모영, 곧 붓은 진현陳玄과 홍농도홍弘農陶泓 그리고 회계會稽의 저선생楮先生과 친하게 지내며 벗을 하였다고 한다. 진현은 산서성의 강주絳州에서 나는 이름난 먹을 의인화한 것이며, 도홍은 하남성의 홍농에서 나는 벼루를 의인화 한 것이며, 저선생은 회계지방에서 나는 종이를 의인화 한 것이다. 황제가 모영을 부르면 이들 세 사람은 곧장 갔다고 한다.

그런데 한유는 붓이 공자孔子에 의하여 절필을 당했다고 한다. 공자께서 『춘추』를 기록하는데 노나라 은공隱公 원년부터 시작하여 노나라 애공 14년 "임금이 서쪽으로 사냥을 나갔다가 기린을 잡았다"라는 데서 끝을 맺는다. 곧 서수획린西狩獲麟인 것이다. 공자께서는 이 대목을 끝으로 『춘추』를 더 이상 기록하지 않는다. 붓은 공자보다 약 300년 후 사람인 몽념이 만들었는데 공자께서 주유천하周遊天下를 끝내고 고향인 곡부曲阜로 돌아와 『춘추』를 저술할 때 절필絶筆을 하였다는 것은 앞뒤가 맞지 않는다. 하지만 한유의 「모영전」은 어디까지나 허구虛構로 지어진 작품이니 이 점은 감안하고 읽어야 할 것이다.

「모영전」의 결론은 모영이 처음에는 포로로 잡혀 진시황을 뵈었지만 나중에 벼슬에 임용되고 진나라가 다른 나라를 멸망시키는데 모영도 공을 세웠으나 공로에 대한 상은 내리지 않고 늙었다고 버림을 받았으니 진나라는 배은망덕하다고 한유는 적고 있다.

붓은 본디 「모영전」에서 보듯 토끼털로 만들어졌으나 나중에 양털, 쥐 수염, 돼지털, 족제비 꼬리털, 갓난아이의 처음 나는 머리털로 만든 배내 붓, 조선시대 미수眉叟 허목許穆, 1595~1682이 만든 대나무를 가늘게 갈라 만든 붓 등 여러 가지가 있다. 글씨를 쓰는데 있어 황모 일명 족제비 꼬리털로 만든 붓이 값도 비싸고 글씨를 흩트리지 않고 반듯이 씌어 진다. 붓은 말로써 할 수 없는 사람의 깊은 뜻과 기개氣槪를 드러내준다. 흘림체로 쓰이어진 글, 반듯한 정자체, 약간 흘려 쓴 행서체, 고졸古拙한 맛을 자아내는 예서체 등 여러 가지 글자체는 문자향文字香의 그윽함이 묻어난다.

옛날의 문인들은 매일 붓을 들어 썼으니 붓의 수명은 날로 셈한다면 엄청 짧았을 것이다. 움직임이 빠르니 날랜 말의 질주를 따라잡았을 것이다. 붓은 입이 무겁고 행동은 걸싼 데가 있다. 말은 삼가되 행동은 날래게 하라는 옛사람의 말을 필자는 붓의 움직임에서 찾고자 한다. 『논어』 「학이」 편의 민어사이신어언敏於事而愼於言이랄까!

투구행鬪狗行

誰投輿狗骨수투여구골

누가 개에게 뼈다귀 던져 주었나.

群狗鬪方狠군구투방한

개떼 지어 사납게 싸우네.

小者必死大者傷소자필사대자상

작은 놈은 죽고 큰 놈은 다치니

有盜窺竇欲乘釁유도규두욕승흔

도둑놈이 작은 문으로 엿보고 그 틈을 노리네.

主人抱膝中夜泣주인포슬중야읍

주인은 무릎 껴안고 한밤에 흐느끼나니

天雨墻壞百憂集천우장괴백우집

비 내려 담장 무너지며 온갖 근심 모이네.

『석주집石洲集』권 2에 보이는 대목이다. 예나 지금이나 권
세자루 쥔 이들 곁에는 늘 비인소배非人少輩들이 알랑방귀를 뀌
며 나부대는가 보다. 이를 보다 못한 권필權韠, 1569~1618이 위
와 같이 입찬말로 읊어대고 있다. 뼈다귀를 던져주어 개싸움
을 하게 만드는 것이다. 뼈다귀라는 이문이 남고 영양가 있는

물건을 던져주면 죽자 살자 싸우는 게 개나 사람이나 매일반인가 보다. 힘 없는 놈은 자빠져 깨지고 잘못하면 죽어나가기 십상이고 같이 싸우던 힘 있는 놈도 상처입기는 마찬가지다. 기는 놈 위에 나는 놈 있다고, 그 틈을 보아 어디서 보지도 듣지도 못한 어떤 놈이 달려들어 뼈다귀를 통째로 기져간다. 개를 잃은 주인은 슬퍼하고 거기에 더하여 때마침 비가 내려 허물어져가던 담장마저 무너지니 집안에 도둑놈의 발을 들여놓기에 안성맞춤이다. 지금이나 예나 이런 일이 횡행하는 것은 왜일까? 그놈의 게염에 게걸스러운 혀를 날름대는 인간들 때문이다. 남을 못 잡아먹어 안달이고 눈이 뒤집히는 형국이니 꼭 개싸움을 보는, 아니 개싸움보다 더한 추한 몰골을 보여주는 게 아닌가!

부판蝜蝂이라는 놈이 있다. 이놈은 쇠똥구리라는 녀석이다. 이 녀석은 등짐을 잘 지는 놈인데 다니다가 무엇을 보면 양 날개 껍데기로 긁어모은 다음 머리 숙여 굴려서 등에 진다. 등이 점차 무거워 쩔쩔매더라도 그치는 일이 없다. 등은 아주 까칠까칠해서 등에 진 물건이 잘 떨어지지 않는다. 끝내 엎어지고 뒤집어져 일어나지 못하면 사람들이 가엾이 여겨 등짐을 내려주면 곧 길을 가면서 예전처럼 다시 등짐을 진다. 높은 곳에 오르기를 좋아해 힘이 부쳐도 그만두지 않아 급기야 땅에 떨어져 죽는다. 지금 세상에는 재물을 긁어모으기를 좋아해 재물이 눈앞에 보이면 이를 피하지 않고 집안 살림을 더욱 불리려고 한다. 자신에게 해가 됨을 모르고 재물을 모으지 못할까 전전긍긍한다. 일에 게으르게 굴다가 순조롭지 못하면 파면되거나 쫓겨나니 이게 고통이 아닌가. 날마다 직위를 높이고 봉록이 오를 것을 생각하고 욕심이 더욱 심해져 거의 추락할 지경에 이른다. 예전에 죽은 것을 보면서도 경계할 줄 모른다. 비록 허우대가 큼지막하여 사람이라고 불리지만 지혜는 작은 곤충의 지혜와 같다. 어찌 슬퍼하지 않을 것인가!

당나라 때 유종원柳宗元, 773~819이 지은 「부판전蝜蝂傳」에 보이는 대목이다.

쇠똥구리는 눈앞에 보이는 쇠똥에만 온통 정신이 팔려 있다. 이놈은 아예 태산泰山이라도 짊어질 기세다. 무거운 짐을 지고 끙끙거리다 엎어지고 뒤집어진다. 사람들이 그의 등짐을 덜어내자 예전처럼 다시 등짐을 진다. 이런 미련한 벌레가 있나 싶다. 사람을 쇠똥구리에 비유한 허구虛構의 창작물이나 우리에게 일침을 가하는 듯하다.

공자孔子가 참새 잡는 이가 잡은 참새를 보니 모두 어린 새끼 참새만 다래끼에 들어있었다.

공자가 묻기를 "어찌 어미 참새는 잡지 못하였는가?"하니

참새 잡는 이가 말하기를 "어미 참새는 잘 놀라 날아가기에 잡기가 어렵지요. 하지만 새끼 참새는 먹이 먹는 것에 정신이 팔려 잡기가 쉽지요. 어미 참새를 따라다니는 새끼 참새는 잡기 어렵고 또 새끼 참새를 따라다니는 어미 참새 또한 잡기 어려운 것이오."

공자가 제자들을 돌아보고 탄식하여 말하기를 "잘 놀라 달아나는 게 해로움을 멀리할 수 있고, 모이를 쪼아 먹는데 골몰하면 동티[43]가 다가오는 것을 모르는 것이다. 어떤 것을 따르느냐에 화와 복이 갈려지는 것이다. 그러므로 군자는 그가 따르는 바를 삼가는 것이니 지혜 있는 이의 생각을 따르면 몸을 온전히 보존하지만 빙충맞은[44] 소인의 지혜를 따르면 위험을 당하여 죽거나 해를 당하기 마련이다."

---

43 재앙.
44 똘똘하지 못하고 어리석고 미련하다.

『공자가어孔子家語』「육본六本」에 보이는 대목이다. 필자는 위의 예를 모조리 번역 풀이를 하면서 개싸움에 정신이 팔려 집을 지키는 본분을 잊은 개나 이를 틈타 도둑질을 하려는 도둑놈을 작금의 상황을 보며 쓴웃음이 난다. 욕심으로 무거운 등짐을 져 나르는 쇠똥구리의 모습이 인간의 모습과 흡사함을 보았으며, 큰 도둑은 잡히지 않고 송사리와 같은 좀도둑만 잡히는 이 누리의 자화상을 그려보았다.

이정당종以莛撞鐘

때는 춘추시대였다. 어느 날 조양자趙襄子, 기원전 ?~425가 공자孔子를 만났다. 조양자가 공자에게 말하기를,

선생은 경의를 표하며 70여 제후를 만났으나 선생의 도道는

먹혀들지 않았소. 이 세상에는 현명한 임금이 없다는 것을 어

찌 모르시오? 선생의 도에 뜻을 둔 이들이 있으나 그 도가 통하

지 않소?"공자가 아무 대답을 하지 않는다. 어느 날 조양자가

공자의 제자인 자로子路, 기원전 542~기원전 480를 만나 말하기를

"일찍이 나는 그대 스승에게 도를 물었는데 그대의 스승께서

대답을 하지 않았소. 알면서 대답을 하지 않는 것은 세상을 피해 숨어사는 것인데, 숨어 살면서 어찌 어짊을 행하겠소. 만일 정말 알지 못한다면 어찌 성인聖人이 될 수 있소."

자로가 대답하여 말하기를,

천하의 큰 종을 걸어놓고 작은 막대기로 치면 어찌 소리를
낼 수 있겠는가!
建天下之鳴鍾 而撞之以挺 豈能發其聲乎哉
(건천하지명종 이당지이정 기능발기성호재).

한나라 때 유향劉向, 기원전77~6이 쓴 『설원說苑』 권 11 「선설善說」에 나오는 대목이다. 공자가 주유천하周遊天下를 할 때 조양자라는 진晉 나라라는 일개 제후국의 영수領袖가 공자를 비웃는 대목이다. 역시 공자의 제자답게 자로라는 사람이 한 방에 조양자라는 사람을 넉아웃knockout시키고 있다. 자로가 말한 대목은 식견이 짧고 얕은 너희들이 어찌 공자의 깊은 치국治國의 도를 알겠느냐는 것이다. 참새가 봉황의 뜻을 어찌 알겠는가? 한마디로 입 다물고 네 할 일이나 하라는 말인데 듣는 이가 가슴이 움찔하였을 것이다. 아니 아예 제후국 임금들에게

는 뼛성을 부린 입찬말로 들렸을 것이다. 큰 종을 걸어놓고 작은 막대기로 쳐 봐야 댕. 댕. 댕, 거리는 소리만 들릴 것이다. 소리는커녕 잡음만 들릴 것이다. 큰 종에 맞는 타종기구가 있어야 종은 웅숭깊은 소리를 낼 수 있을 것이다.

공자가 주유열국^{周遊列國}을 하면서 숱한 고난과 시련을 겪었음은 사마천이 쓴 『사기』 「공자세가」에 보인다. 공자는 어짊을 정치의 이상으로 보고 이를 제후국에 알리려 한다. 하지만 대부분의 제후국 임금들은 뒷귀⁴⁵가 없이 전쟁과 권모술수에만 전심전력을 기울일 뿐이다. 인仁이란 무엇인가? 측은지심惻隱之心이다. 측은이란 무엇인가? 이는 곧 '남의 위급하거나 난처한 처지를 불쌍히 여기며, 남의 잘못된 점을 남에게 알리지 않는 것'이라 할 수 있다. 공자의 인의 정치란 바로 춘추시대 제후국간 전쟁의 틈바귀에서 신음하고 고통 받는 민초를 구제하려는데 있었으며, 각 제후국이 전쟁을 멈추어 줄 것을 호소하려는 것이었다. 그런데 이 시대의 제후국들은 '땅따먹기'에 골몰하여 민중은 거들떠보지 않고 피를 흘리는 일에 열중하였다.

큰 종이란 인의 본 모습인데 작은 막대기로 쳐서 인을 알려고 하니 알 턱이나 있느냐는 반어反語의 뜻이 내포되어 있다,

45 사리나 말귀를 알아채는 힘.

큰 종을 울려 인의 본 모습을 알리려고 하나 인에 대하여 건깡깡이[46]인 제후국의 작은 임금이 인을 어찌 알랴, 하고 자로는 조양자에게 힐문詰問을 하고 있는 셈이다. 당시 제후국 임금들이 인을 헤아릴 감냥이나 있는가 하고 자로가 입찬말을 뱉어낸 것이다. 인의 실천은 일상생활에 있음을 공자께서 『논어』 「이인里仁」 편에서 다음과 같이 말한다. 군자무종식지간위인 조차 필어시 전패 필어시君子無終食之間違仁 造次 必於是 顚沛 必於是.

"군자는 밥 한 끼 먹을 동안에도 인을 거스르지 않으며 다급한 상황에서도 반드시 인에 머물며, 엎어지고 자빠지는 상황에서도 반드시 인에 머물러야 한다." 인은 늘 우리 곁에 있는, 우리가 늘 행해야 할 인륜人倫이다. 인의 실천방법은 『논어』 「옹야雍也」에서 "무릇 어짊이란 자신이 서고자 하면 남부터 세워주고 자신의 목적을 달성하고자 하면 먼저 남부터 그의 목적을 달성케 하는 것이다." 夫仁者 己欲立而立 己欲達而達人부인자 기욕립이입인 기욕달이달인이라고 말한다.

작금의 상황을 보건데 옛날의 상황과 별반 다른 게 없는 것 같다. 남을 억누르고 자신이 입신양명하려는 게 과연 인이라 할 수 있는가! 이는 빙충맞은 이들이 하는 희대의 코미디인 것이다. 얼마나 남을 밟고 자리에 오르려는 짓인가! 자신의 생각

---

46 어떤 일을 하는 데에 아무런 기술이나 기구도 없이 맨손으로 함.

과 입에 맞지 않으면 이리저리 기웃거리고 틈새를 파고드는 게 인지상정이지만 너무 한다. 오지랖이 넓으면 눈에 뵈는 게 없다. 눈에 뵈는 게 없으면 희뿌연 안개만 드리운 오리무중五里霧中이 된다. 눈앞의 이끗에 가리면 모든 게 구부러지게 보이고 삿된 것에 집착을 하게 된다. 고샅에서는 마을 앞에 훤히 뚫린 큰 길을 보지 못한다. 이게 늘 문제이다.

인간의 얕은 세상보기를 설파한 대목이 『한서漢書』 권 65 「동방삭전東方朔傳」에 보인다. 대롱으로 하늘을 엿보고, 표주박으로 바다의 물을 헤아린다, 라는 대목이다. 이관규천 이려측해以管窺天 以蠡測海. 대롱으로 하늘을 다 볼 수는 없다. 표주박으로 엄청난 양의 바닷물을 잴 수는 없는 노릇이다. 작은 작대기로 큰 종을 치려하면 잡음만 일고 도리어 작대기는 부러지게 마련이다. 아직도 작은 작대기로 큰 종을 치려는 무지렁이 같은 이들이 있고, 드넓은 하늘을 대롱으로 보려하고 바가지 하나로 세상의 민심民心을 퍼 올리려는 이들이 있다.

광자狂者와 견자狷者

『맹자』의 「진심 하盡心 下」편에 광자狂者와 견자狷者 그리고 향원鄕原을 그린 대목이 있다. 광자는 어떤 사람인가? 속에 품은 뜻이 크고 넓으며 진취적이며 적극적인 기질을 지닌 이다. 그러나 그의 평소 행위는 자신이 지닌 뜻과 말을 미처 감당해낼 깜냥이 없는 어딘가 엉성한 구석이 보이는 사람이다. 견자는 또 어떤 인간인가? 자신은 늘 청렴결백淸廉潔白하다고 외치며 세속에 물들지 않으며 제 한 몸 지키는데 실수가 없으나 어떤 일을 당하면 소극적으로 대처하는 이라고 말할 수 있다. 광자는 넘치는 인물이고 견자는 미치지 못하는 인물이다.

공자께서는 중도를 실천하는 이를 만나 함께 하지 못할 경우에는 반드시 광자와 견자를 취하겠다고 한다. 광자는 진취적이나 견자는 하지 않는 바가 있다고 하니 견자는 소극적으로 제 몸을 지키기에 바쁜 인물이다. 광자와 견자 이 두 사람은 주체가 확고부동하며 겉과 속이 한결같아 옳지 못한 현실에 함부로 타협을 하지 않는 면이 있다고 공자가 말한다. 공자는 광자를 얻지 못하면 부패와 부정을 달갑게 여기지 않는 견자를 얻고자 한다, 라고 다시 말한다. 그러면서 광자와 견자는 요 임금이나 순 임금의 기상을 지녔다고 한다.

공자는 "내 집 문 앞을 지나면서 내 집에 들어오지 않아도 서운해 하지 않는 이는 오로지 향원鄕原이다"라고 말한다. 향원은 덕을 훔치는 도적이다, 라고 한다. 향원 덕지적야鄕原 德之

賊也. 『논어』「양화」에 나오는 대목이다. 향원이란 어떤 인물인가. 짐짓 세상 사람들에게 고양이소[47]를 읊어대며 아첨을 하는 이다. 세상을 살아가는데 모난 구석이 보이지 않는 사람이기도 하다. 비난을 하려 해도 비난 받을 짓을 하지 않고, 세상을 살면서 좋은 게 좋은 것 아니냐 하면서 사람들 틈바귀 속에 들어가서 사람들의 환심을 사는 이들이다. 남들과는 드잡이를 하지 않고 마찰을 일으키지 않는 이들이기도 하다.

자신의 잘못은 적당히 감추고 남의 잘못은 들추어내고 꼬치꼬치 캐묻기를 좋아하는 성품을 지닌 것도 한 특징이다. 겉으로는 덕이 있는 것처럼 행동하고, 이러한 처세는 곧 중용中庸을 행하는 것으로 보이기 십상이다.

맹자는 향원에 대하여 이렇게 말을 하고 있다.

흠을 잡으려고 해도 잡을 게 없고, 꼬집어 내려 해도 꼬집어 낼 게 없다. 세상 사람들과 한통속이 되어 부패하고 타락한 세상과 어울려 사는 방식이 충실하고 미쁘게 보이며, 처신하는 게 깨끗해 보인다.

---

47 욕심꾸러기가 짐짓 청렴한 체하거나 흉악한 사람이 겉으로 착한 체함을 비유적으로 이르는 말.

누구에게도 미움을 받거나 척을 짓는 일이 없으며, 사람들로부터 고임을 받고 스스로도 자신의 처세술에 뿌듯한 긍지를 지닌다고 한다. 한마디로 겉과 속이 다른 이다. 향원은 한마디로 인仁을 해치는 공공의 적이다. 어짊을 해치는 것을 적이다, 라고 한 『맹자』 「양혜왕 하梁惠王 下」편에 보이는 대목이다. 적인자 위지적賊仁者 謂之賊. 향원은 중용을 지키는 이가 아니고 중용을 제대로 행하지 않는 사이비似而非이거나 이단異端으로 보아야 할 것이다. 얼렁뚱땅 넘어가고 짐짓 군자인 체하는 인물이다. 양은 양의 탈을 쓰고 소는 소의 탈을 쓰고 늑대는 늑대의 탈을 쓰는 게 동물 세계의 원칙이다. 그러나 인간 세계에서는 사람이 양의 탈을 쓰거나 늑대의 탈을 쓰고 날카롭고 게걸스런 발톱을 속에 숨기고 언제 이를 휘두를지 그 속종이 묘연하기만 하다.

광자의 진취적인 기상과 견자의 청렴결백을 높이 사는 이유는 이들이 결코 위선이나 자신을 속이지 않는 기질이 있기 때문이다. 향원은 그 너그럽고 성스러운 공자께서도 멸시를 해버린 인물이다. 어짊을 해치고 중용을 벗어던져버린 마음 때문이다. 늘 남에게 좋은 낯빛으로 다가서며 뱃속에 칼을 품은 이들이기 때문이다. 작금에도 향원들이 많은 이유가 무엇인가? 자신에게 이끗이 돌아오길 기대하는 끌끌치 못한 마음이 있어서이리라. 향원이야말로 소인小人이라 할 수 있을 것이다. 이들은 미쁨과 덕을 헌신짝처럼 버리는 속성을 지니고 있다. 남이 곤란을 겪을 때 이들은 겉으로는 도와주는 척 하지만 속으로는 허, 그것 잘됐다! 라고 할 인간 유형이다. 마뜩잖은 인간이다.

"소인들은 남이 곤란을 겪는 것을 보면 그거 잘됐다."라고 한다. 소인견인지곤즉행지小人見人之困則幸之. 이게 곧 인간의 탈을 쓴 향원의 참모습일지도 모른다. 『한시외전』 권 2에 보이는 대목이다. 반대로 군자는 "군자가 남이 곤란을 겪는 것을 보면 이를 불쌍히 여긴다." 군자견인지곤즉긍지君子見人之困則矜之.

향원이 되는 것보다 광자와 견자의 기상을 지니는 게 더 대모 할런지 모른다. 후안무치厚顔無恥의 향원이 점점 늘어나는 게 요즘의 모습이다. 구렁이 담 넘어가듯, 좋은 게 좋다고 여기는 마음이야말로 늘 조심해야하고 잡도리하여야 할 것이다. 마음에 우꾼한 볕이 들어야할 터인데 매지구름[48]만 납덩이처럼 쌓여 짓누르고 있으니 답답할 뿐이다.

---

48 비를 머금은 검은 조각구름.

행시주육 行尸走肉

배움이란 과연 뭘까? 배움에 대해서는 동양고전에 숱한 말과 고사들이 전한다. 배우는 방법과 그 효용을 논한 것이 이루 헤아릴 수 없을 정도로 많은 적바림이 있다. 과연 배움이란 어떤 것일까? 우리는 늘 배움에 목말라하고 있다. 사람에게 밥이 없으면 배고파하고 물이 없으면 목말라 하는 이치와 같은 것일까? 유교의 경전인 『논어』 「학이」 편에도 배움을 필두로 성인의 말씀을 전하고 있다. 「학이」 편 1장은 너무도 잘 알려져 사람들의 입에 널리 회자膾炙되고 있다. 고등학생도 한문을 아는 이들은 이 장 전체를 외운다.

천하영웅인 항우가 어렸을 때 글을 배우려 했으나 제대로 배울 수 없어 학문하는 것을 그만두고 칼 쓰는 법을 배웠다. 이에 그의 숙부인 항량項梁이 화가 나서 그를 꾸짖었다. 그러자 항우가 말하기를, "글은 본인의 이름과 성만 쓸 줄 알면 됩니다. 무예를 배워 칼을 쓰면 한 사람의 적만 상대하면 되지만 배움이 부족하면 만인萬人의 적을 두게 됩니다"라고 응수하는 대목이 『사기』 권 7 「항우본기」에 보인다. 이 대목을 가만히 들여다보면 배움이 매우 어렵다는 것을 암시한다. 또 배워서 뭘 하나라는 빈정거림도 숨어있다. 곧 기술만 배우면 되지 뭘 그리 골치 아픈 학문을 하느냐, 라는 배움 기피현상도 보인다. 살아가는 데 필요한 것만 배우면 되지 뭘 그리 고원高遠한 것에 매달려 허송세월을 하는가, 라는 코웃음 소리도 들리는 듯하다.

위의 예와는 거꾸로 다음과 같은 일화가 『습유기拾遺記』 권 6에 보인다.

동한東漢 때 임말任末이라는 사람이 14살 때 스승이 없이 홀로 배움에 골몰하여 책상을 등에 지고 험한 산에 들어가 공부를 하였다. 그는 늘 말하기를 "사람이 배우지 않으면 뭘 이룰 수 있단 말인가!" 그는 숲에 머물며 띠 풀을 엮어 초막을 짓고 살았으며, 붓이 없어 가시나무를 깎아 뾰족한 부분을 붓 삼아 수액을 찍어 먹으로 썼다. 밤에 등불이 없어 별과 달빛을 빌어 글을 읽고 날이 어두우면 바싹 마른 쑥부쟁이로 불을 밝혀 글을 읽었다. 글을 읽다가 깨달은 것이 있으면 이를 옷에다 적고 그가 적은 것을 보고 제자들이 그의 배움의 부지런함에 기뻐하였다. 그는 성인의 말씀이 아니면 보지 않았다. 죽을 무렵 제자들에게 이르기를 "무릇 사람이 배움을 좋아하면 비록 죽었더라도 산 사람 같으며, 배우지 않은 이는 비록 살아 있더라도 산 송장이고 뛰어다니는 고깃덩어리일 뿐이다" 라고 하였다. 행시주육行尸走肉!

후에 임말은 대학자가 되었다고 한다. 항우와 임말의 예에서 극과 극을 보는 듯하다. 항우는 칼 쓰는 법을 배워 결국 칼에 의해 죽임을 당하고, 임말이라는 사람은 대학자로써 명성을 후대에 남겼다. 항우와 임말 모두 후대에 명성을 남긴 점은 동일하다. 차이점은 학문과 기술이 묘한 대조를 이룬다는 점이다. 지금 우리는 너무 기술 중심의 지식 연마에 몰입을 하고 있다. 도학道學이 땅에 내동댕이쳐진 게 오래이다.

외람되게도 필자는 다음과 같은 문장을 지어보았다.

善鑿者建周而不拔 善基者致高而不蹶
(선착자건주이불발 선기자치고이불궐)

땅을 잘 파면 기초가 튼튼하게 하여 기둥이 뽑히질 않으며 기초를 튼튼히 하면 높이 쌓아도 쓰러지질 않는다.

善爲學者克己而不流 善交者周而不偏 善和者不比而不黨
(선위학자극기이불류 선교자주이불편 선화자불비이부당)

진정 학문을 하는 이는 자신의 삿된 욕심을 이겨 황음무도함에 빠지지 않고 남과 잘 사귀는 이는 두루 사귀되 한 편으로 치우치지 않으며 남과 잘 어울리는 이는 편을 갈라 무리 짓지를 않는다.

故君子能行是而不能流於非哉

(고군자능행시이불능류어비재)

그러므로 군자는 옳은 일을 행할 수 있으나 옳지 않는 일에는

빠져들 수 없지 않는가!

맹자는 배움을 "잃어버린 본심을 찾는 것이다"라고 간단

명료하게 간동그렸다. 구방심求放心!

이시목청耳視目聽

귀로 보고 눈으로 듣는다. 이게 무슨 해괴한 일인가. 노자老子

의 제자 중에 항창자亢倉子라는 이가 있었는데 노자의 도를 깨

달았다. 귀로 사물을 보고 눈으로 소리를 들을 수 있었다. 노나

라 군주가 이를 듣고 크게 놀라 사신을 보내 그를 지금의 국무

총리격인 상경上卿으로 후한 예로 대접하고 그를 불렀다. 항창

자가 이에 응하여 노나라에 갔다. 노나라 군주가 자신을 낮추

며 항창자에게 정말 그러냐, 하고 물었다. 이에 항창자가 대답

하기를 "제가 귀로 사물을 보고 눈으로 소리를 듣는다고 전한

이가 망언을 한 것입니다. 나는 귀로 듣고 눈으로 보기는 하지

만 귀와 눈을 사용하지 않습니다."

노나라 군주가 "이는 사실과 다르지 않은가. 노자의 도는 어떤 것인가? 내 꼭 듣고 싶네." 항창자가 대답하기를 "제 몸은 마음과 하나가 되었으며, 마음은 기氣와 하나가 되고, 기는 정신과 일치를 이루어 정신은 무無와 합치 됩니다. 나의 마음은 굳고 고결하여 불의 소리도 비록 먼 곳에 있더라도 아주 가까이에서 들을 수 있습니다. 또 나에게 무언가를 구하러 오는 이라도 나는 기어코 알 수 있지요. 그리하여 내 몸에 난 일곱 구멍과 팔다리가 느끼는 바를 알 수 없고, 가슴과 배 그리고 육장六藏이 아는 것 느끼지 못하니 결국 내 스스로 아는 것뿐입니다"라고 하자, 노나라 군주는 무척 기뻐하며 다음 날 공자孔子에게 이를 말하였다. 공자는 그저 웃을 뿐 아무런 대꾸도 하지 않았다.

이는 『열자列子』의 「중니仲尼」 편에 보이는 대목이다. 눈의 기능은 보는 데 있다. 그런데 눈으로 듣고 있다. 또 귀는 듣는 기능이 있다. 그런데 귀로 본다고 열자列子는 역설을 쏟아내고 있다. 아주 생뚱맞다. 노나라 군주의 말에 항창자 자신은 눈과 귀를 사용하지 않는다고 한다. 소리는 귀로 듣고 사물은 눈으로 보고 있다고 말한다. 어찌 보면 한 나라의 임금을 기만하는 듯 보인다. 몸에 난 일곱 구멍과 팔다리, 가슴과 배 그리고 육장이 느끼는 바를 알 수 없다고 한다. 이만하면 초인超人의 경지에 다다랐다고 볼 수 있다. 기氣와 신神, 곧 형체와 영혼이 일체가 된 것이다. 기와 신은 통한다. 기와 영혼이 제대로 모인 상태이다. 기만 뻗치면 기고만장氣高萬丈해진다. 신이 함께 버물려져야 항창자의 경지에 도달할 수 있다. 기가 빠지면 육체도 영혼도 없다. 반드시 신이 어우러져야 한다. 동양학에서 기란 음과 양이 제대로 배합된 상태의 기를 말한다. 이게 흩어지면 장49 도루묵이다. 얘기가 좀 복잡하다. 눈으로 보는 게 아니라 듣고 귀로 듣는 게 아니라 보는 것은 결국 마음의 눈과 귀를 길러야 함을 역설한 것이 아닐까? 우리는 눈에 보이는 것에 미혹되고 귀에 들리는 것에 시시비비를 가리고 있다. 기와 영혼이 제대로 버물려지면 온전히 삶을 살 수 있지만 그 반대가 되면 고단한 삶이 이어진다. 소문은 눈으로 보고 귀는 상대방의 표정으로 소문의 진상을 읽어내야 한다.

조선 중기 때 대학자인 서경덕徐敬德, 1489~1546은 독자적으로 기철학氣哲學을 갈무리하였다. 그는 『화담집花潭集』에서 "기가 제대로 모이면 맑디맑아 비어 있는 듯하여 끝내 흩어지지 않는다."聚之湛一淸虛者 終亦不散취지담일청허자 종역불산라고 하였다.

---

49 정말.

아언각비雅言覺非

　다산 정약용, 참으로 석학碩學이자 조선시대 통틀어 봐도 몇 안 되는 박학博學한 지식인이었다. 이용후생利用厚生이라는 실학을 토대로 시대상을 담아내고 에리한 통찰력으로 당시의 사회를 꿰뚫고 있던 대학자이다. 필자는 몇 년 전부터 다산이 지은 『아언각비』 원문을 읽어왔다. 이는 우리말의 잘못된 연원을 따지는 글을 실고 있다. '아언雅言'이란 무슨 말인가? 이는 춘추전국시대에 주나라의 수도인 낙양 근처에서 일반 백성들이 늘 쓰던 일반적인 말이다. 곧 백성들의 삶이 짙게 묻어나는 일상의 언어였던 것이다. 『논어』「술이」편에 자소아언 시서집례 개아언야子所雅言 詩書執禮 皆雅言也라고 하였다. 공자께서 평소 늘 말씀하시는 것은 『시경』과 『서경』 그리고 예를 행하는 것이었으니, 이것이 평소에 늘 하시는 말씀이셨다. 공자께서는 시와 서 그리고 예를 집행할 때 늘 평소 일반 사람들이 쓰는 언어를 썼다는 대목이다. 당나라 때 사람인 공영달孔穎達, 574~648은 '아언'은 바른 말[50]이라고 하였다. 아언각비雅言覺非는 곧 일반 사람들이 쓰는 언어가 합리적이어야 하는데 합리적이지 않으면 그 잘못된 점을 깨닫는다, 라는 의미를 지니고

50　正音也(정음야).

있다. 『논어』의 위 대목은 '아언'의 출전이 되는 대목이다.
『아언각비』에 나오는 한 대목을 필자가 풀이를 해보았다.

중이란 무리라는 뜻이다. 불가의 서적에 열거된 우리나라
말에 남자 중은 중梁이라 하고, 여승은 승僧이라고 한다. 이러
한 연유로 초정楚亭 박제가朴齊家는 일찍이 "우리나라 말은 어
그러지고 비뚤어진 게 많다고 하였다. 승을 훈독하면 중이 되
니, 남자와 여자가 구별되어야 한다"라고 하였다.

다른 예로는 족足을 훈독하면 발跋이다 그러나 사람과 소의
발은 다르게 말한다. 사람은 발跋이라 하고, 소는 족足이라고
한다. 루樓는 다락多落이라고 하는데. 귀신에게 올리는 향기로
운 술을 다르게 부르는 것이다. 루는 함께 올라 풍광을 둘러보
는 것이다. 다락은 물건을 갈무리하는 곳으로 쓰인다. 침은 파
랄巴辣이라 하는데 의학에서 철로 다르게 쓰이고 있다. 악창 내
지 등창을 다스릴 때에는 침이라 하고, 옷을 꿰맬 때에는 바늘
이라 한다. 윤계진은 이에 덧붙여 이르기를 회灰를 훈독하면 재
인데 돌과 땔나무는 구분이 있다고 한다. 석회는 회灰라 부르고
땔나무에서 나오는 회는 재災라고 한다.

금은 훈독하면 쇠鐵라고 한다. 그러나 누른 것과 검은 것이
같지 않다. 누런 쇠를 금金이라 하고 철은 쇠鐵라고 한다. 옥은

구슬㺱瓎이라 한다. 그러나 조개에서 나는 옥과 돌에서 나는 옥은 다르다. 우리나라 말로 옥과 둥근 옥, 진주 둥글지 않은 구슬 등속을 아울러 구슬이라 한다. 이를 풀면 오로지 돌에서 나는 것을 옥이라 할 수 있다.

　장은 마당麻當으로 불리며 농사꾼들이 별다르게 이용하는 것이다. 노점상이 물건을 파고 사는 곳을 장場이라 한다. 곡식을 터는 곳이 마당이다. 또한 이어서 말하면 밀꿀을 훈독하면 홀㖡이라 하는데, 진액과 앙금에는 구분이 있는 법이다. 단 진액을 굴㖡이라고 하며 꿀벌의 집을 끓여서 짜낸 기름을 밀랍蠟(랍)이라고 한다. 성을 훈독하면 재栽이다. 그러나 마을의 뜻인 읍과 산은 다르다. 읍에 성곽을 두른 것이 성城이고 산과 고개가 있는 게 재栽다.

　노을霞(하)은 붉은 구름이다. 우리나라 말로 훈을 하면 무霧인데 방언으로 "안개霧開"라고 한다. 송나라 휘종의 시에는 '해가 저녁노을을 비추어 금빛 세상이로구나'라고 하였다. 누런 안개가 해에 갈마들어 금빛을 띤다. 어찌 오류가 아니겠는가! 옥이 붉게 물든 것을 '하瑕'라 하는데 하瑕는 하霞의 의미이다. 옥이 검게 물든 것을 '점玷'이라 하는데 점玷은 점點의 뜻이다. 점點자는 혹黑(얼룩)을 따라 만든 것이다. 항간에 떠도는 말로 글을 배우자니 그 괴리되고 어그러진 게 이와 같다."

다산 선생은 위의 예와 같이 수많은 어그러지고 잘못된 우리말을 『아언각비』에서 조목조목 풀어내고 있다. 말의 정확한 뜻과 유래 및 그 쓰임을 바로 하자고 한다. 요즘 인터넷에 떠도는 은어, 비속어, 신조어新造語 등은 자못 우리가 쓰는 일상의 말을 혼탁하게 하고 있다. 말을 정화淨化시키는 게 어느 때보다 대모하다.

설시참신 舌是斬身

말이 난무하는 세상이 이보다 더한 때가 없는 듯하다. 말은 언言이 아니라 어語이다. 1,800년 전 허신許愼이 쓴 『설문해자說文解字』에 언言은 기탄없이 말하는 것, 직언야直言也라고 하였다. 어語는 같은 책에 논야論也, 토론하다, 라고 풀고 있다. 어는 곧 상대방과의 의사소통이다. 언은 곧 상대방과의 소통 이전에 홀로 뇌까린 일방통행적인 의사표현이다. 말에는 이른바 칠정七情이 들어 있는 인간 감정의 발로發露이자 사람의 됨됨이를 거니챌 수 있는 요긴한 통로이다. 인간의 언어가 절제되지

않으면 사단을 불러일으킨다. 필자가 들어온 옛 속담에 "혀 밑
에 도끼 들어있다"라고 하였다.

당나라 말기 풍도^{馮道, 882~954}는 「설시^{舌詩}」라는 글에서 다
음과 같이 읊고 있다.

口是禍之門^{구시화지문}

입은 재앙을 불러들이는 문이요

舌是斬身刀^{설시참신도}

혀는 몸을 자르는 칼이로다.

閉口深藏舌^{폐구심장설}

입을 다물고 혀를 깊이 감추면

安身處處牢^{안신처처뢰}

가는 곳마다 몸이 편안하리라.

조선시대 중기 윤휴^{尹鑴, 1617~1680}는 『백호집^{白湖集}』 권 23
「언설^{言說}」에서 네 가지의 말은 하지 말아야 한다고 하였다.

옛날의 법도는 말을 간략히 하는 것을 귀하게 여겼다. 말은

마땅히 속뜻을 펴는데 있는데 어찌 간략히 할 수 있는가! 할 수

있는 말을 하고 할 수 없는 말은 하지 않으면 된다. 자신을 추켜

세우는 말은 하지 말며, 남을 비방하는 말은 하지 말고, 사실이 아닌 말은 하지 말며, 법도에 맞지 않는 말은 하지 않는 것이다. 말을 함에 있어 이 네 가지를 경계로 삼으면 간략히 하지 않으려 해도 간략해질 수 있다. 군자의 말은 부득이한 경우에 하고 또한 옛 사람들이 말이 적음은 부득이한 경우에 하였던 것이다. 말수는 적어야 한다. 내가 이를 암송한지 오래되었으나 늘 부끄러움을 느낀다. 이에 글로 써서 내 마음에 새기려 한다.

『장자』「천도天道」편에

도를 배울 때 세상에서 귀중히 여기는 것은 글이다. 글이란 말에 지나지 않는 것이니 말이 귀중한 것이 된다. 말이 귀중한 것은 뜻이 있기 때문인데, 뜻이란 추구하는 것이 있는 것이다. 뜻이 추구하는 것은 말로는 전할 수가 없는 것이다. 그런데도 세상에서는 그 때문에 말을 귀중히 여기며 글을 전한다. 세상에서는 비록 그것들을 귀중히 여기지만 나는 오히려 귀중히 여길 것이 못된다. 세상에서 귀중히 여기는 것은 귀중한 것이 못되기 때문이다. 눈으로 볼 수 있는 것은 형체와 색깔이다. 귀로 들을 수 있는 것은 사물의 명칭과 소리이다. 슬프다 세상 사람들은 그 형체와 색깔과 명칭과 소리로 그것들의 진실을 파악할 수 있다고 생각하고 있다. 형체와 색깔과 명칭과 소리로는 절대로 그것들의 진실을 파악할 수 없다. 게다가 아는 사람은 말하지 않고 말하는 사람은 알지 못하고 있으니지자불언 언자부지知者不言 言者不知. 어떻게 그것들을 알 수 있겠는가!

조선 중종 때 주자학자인 박영朴英, 1471~1540의 『송당집松堂集』권 1「구계口戒」에 보이는 대목은

입이란 화와 복이 드나드는 문이다. 삼가지 않을 수 없다. 다른 이와 모여 이야기 할 때에는 다만 산과 뫼, 풍경, 꽃과 풀이나 시 그리고 문장, 옛날 어진 이의 자취를 말하여 경계하고 모범으로 삼아 말할 뿐이다. 나라의 정치나 임금의 교지에 관하여 말을 하게 되면 사람들은 이를 헐뜯고 기리는 말을 하게 된다. 삼가 입 밖으로 나오게 하지 말라.

말이 많으면 궁지에 몰리기 십상이니 마음속에 품고 있음만 못하다. 다언삭궁 불여수중多言數窮 不如守中이라는 노자老子의 말이 새삼 떠오른다. 진정 도를 아는 이는 말을 하지 않고 아낀다. 경전經典을 읽고 알음알이가 많은 이들이 이 말을 새기는지 모르겠다. 새 오줌 같은 지식으로 곡학아세曲學阿世하는

이들이 말싸움에 휘말려들고 있다. 혀는 자신을 베는 도끼이다. 말을 성질대로 내뱉지 말고 가슴속으로 갈무리할 줄 아는 지혜가 필요하다.

봉호옹유蓬戶甕牖

　공자의 제자 중에 원헌原憲이라는 이가 있었다. 원헌이라는 이는 송나라 사람으로 자는 자사子思이며 나이는 공자보다 36세 적었다. 마음이 맑고 깨끗하였으며 절개를 지켰으며 가난하였어도 도를 즐겼다. 공자가 노나라의 대사구로 있을 때 공자의 수하로 있었는데 공자께서 돌아가시자 그는 벼슬에서 물러나 위나라에 숨어 살았다. 이는 3세기 때 왕숙王肅이 쓴 『공자가어』「칠십이제자해七十二弟子解」에 보이는 기록이다. 원헌에 관하여 몇몇 적바림이 있는데 사마천의 『사기』 권67 「중니제자열전」에도 보인다. 장자의 이 대목이 좀 더 사실적이고 구체적이다. 사기의 원문은 문장이 그리 길지 않다. 사마천이 내용을 간략하게 그리고 있다. 보다 더 구체적이고 사실적인 기록은 대목은 『장자莊子』의 「양왕讓王」 편에 보인다.

어느 날 원헌이 자공子貢을 만나는 대목을 아주 드라마틱하게 그리는 장면이 『장자』에 나온다.

그의 집은 사방 여덟 자 한 칸의 작은 집이었다. 초가지붕에는 풀이 자라고 싸리문은 부서져 있고, 뽕나무 줄기로 문지도리를 삼고, 깨진 항아리를 박아 창을 낸 두 개의 방은 칡으로 창을 가리고 있었다. 위에서는 비가 새고 아래 바닥은 축축했는데, 원헌은 똑바로 앉아서 금을 뜯으며 노래하고 있었다.

때마침 자공은 큰 말이 끄는 수레를 탔는데, 수레 안쪽은 보랏빛 천으로 장식하고 겉은 흰 천으로 만든 것이었다. 이 큰 수레가 그의 집골목 안으로 들어갈 수가 없어서 그는 걸어가서 원헌을 만났다. 원헌은 가죽나무 껍질로 만든 관을 쓰고 뒤축도 없는 신을 신은 채 지팡이를 짚고 문에 나와 그를 맞았다.

자공이 말했다. "선생께서는 어찌 이렇게 고생을 하시며 사십니까?"

원헌이 응하여 대답했다. "내가 듣건대 재물이 없는 것은 가난하다고 말하고, 도를 배우고도 행하지 못하는 것을 사람의 근심이라 했습니다. 지금 나는 가난한 것이지 근심하는 바가 없습니다."

이에 자공은 우물쭈물 뒷걸음질 치면서 부끄러운 얼굴빛을 하였다.

원헌이 웃으며 말했다. "세상의 평판을 바라면서 행동하고, 자기와 친하게 어울리는 사람만을 벗하고, 학문은 남에게 내세우기 위해서 하고, 가르침은 자기의 이익을 위해서 하고, 인의를 내세워 간악한 짓을 하고, 수레와 말을 장식하는 일들은 나로서는 하지 못할 일입니다."

자공은 이 말을 듣고 씩씩거리며 떠났고 평생 동안 자기가 실언한 것을 부끄럽게 여겼다고「중니제자열전」에 보인다. 쑥대로 문을 만들어 출입을 하고 깨진 항아리 조각으로 바라지창을 내면서 곤궁하게 살았다는 원헌이다. 蓬戶甕牖봉호옹유. 이 말은 아주 찢어지게 가난하게 사는 이를 이르는 고사성어가 되었다.

원헌이 말한 "자기와 친하게 어울리는 사람만을 벗하고, 학문은 남에게 내세우기 위해서 하고, 가르침은 자기의 이익을 위해서 하고, 인의를 내세워 간악한 짓을 하고"라는 대목은 시사하는 바가 크다. 도덕과 인의를 내세우는 모 단체의 사태가 이를 잘 반영해 주고 있다. 학문을 일신의 영달을 위하여 하고, 패거리를 짓고, 난 척하기 위하여 하고, 인의仁義를 내세워 시정잡배와 같은 짓을 하는 게 씁쓸하다. 장자莊子의 표현을 빌려 말하자면 시와 예도를 배운 이가 남의 무덤을 파헤쳐 물건을 훔치는 시례발총詩禮發冢을 하고 있다. 좀도둑질을 하고 있다는 말이다.

수많은 이들이 경전經典을 읽는다. 자신의 수양을 위해 하는 게 학문이다. 이게 위기지학爲己之學이다. 남에게 보이는 것은 학문이 아니다. 위인지학爲人之學이 되어서는 안 된다. 학문을 출세의 수단, 밥벌이의 수단으로 삼으면 학문은 이룰 수 없는 것이다. 작금의 동양고전 강의의 형국을 보면 개그쇼Gag show를 방불케 한다. 경전을 제대로 읽었으면 한다. 옛날의 선유先儒들은 봉호옹유蓬戶甕牖를 하며 도를 즐겼다. 누가 시례발총詩禮發冢을 하라고 했던가!

우울증憂鬱症에 관하여

하늘과 땅의 큰 덕을 지니고 태어난 우리네들이다. 인간의 삶을 그대로 그려낸 『주역』 「계사전 하繫辭傳 下」 편에 천지지대덕왈생天地之大德曰生이라고 하였다. 가없이 넓은 이 푸른 하늘 아래 사람이야말로 음양陰陽의 기운을 제대로 받아 소우주라고 말해진다.

산모롱이 구불구불 아득히 멀어져가는 나그네의 모습처럼 우리 삶은 외롭고도 쓸쓸한 잔영殘影을 남기며 떠나가는 것일까? 아니면 산자락에 드리우다 부서지고 사라져가는 안개와 같은 존재일까? 삶은 무엇일까? 그 자락을 부여잡으려면 더 멀리 사라지고 허망한 여운을 남기는 게 아닌지 모른다. 놓으려면 한없이 사람 속을 헤집고 파고드는 집착! 무엇이 집착을 낳는가? 어디에도 머무르지 않고 버리려는 마음이 우리를 진정한 '자유'로 이끄는데……,

티끌의 덫에 걸린 우리는 아직도 자신이 쳐놓은 덫에서 허우적거리다 삶을 종결한다. 참으로 어이없고 번뇌에 찌든 삶이다. 가없는 하늘을 날고 싶은 게 우리의 진정한 모습인지도 모른다. 그러나 우리는 늘 삿된 욕심에 자신을 옭아매어 끝없는 번뇌와 망상에 걸려 비틀거리며 넘어지기 일쑤이다. '나'를 버리는 게 진정 어려운가? 인간은 덕德을 쌓는 존재여서 타고난 본성을 절차탁마切磋琢磨하는 이다. 하늘로부터 부여받은 본성本性을 인지하고 이를 갈고닦는 이 너른 우주에 단 하나의 유일한 존재이다. 덕의 본체는 무엇인가? 하늘로부터 부여받은 성性에다 스스로의 수양과 배움을 통하여 쌓아야 하는 사람됨을 이루려는 후천적인 노력이다. 동양학에서 인간은 하늘과 동일한 의미를 지닌 하나의 주체이다. 하늘로부터 성이라는 고귀한 선물을 받은 이가 인간이다. 인간을 긍정하여 애당초 본성이라는 귀중한 선물을 하늘이 내려주었다는 말이다. 서양의 종교는 절대자인 신을 전지전능全知全能한 존재로 풀어낸다. 곧 기독교는 인간이 선악과善惡果를 따먹은 원죄原罪를 지어 인간은 본래 악하다는 부정否定에서 출발한다는 점이다. 하지만 동양학, 특히 유교儒敎에서는 인간을 '착한 성품을 지닌 이'로 풀어내고 있다. 그게 바로 성선설性善說의 알짬이 되는 대목이다. 하늘과 인간을 하나의 주체로 보았던 것이다. 곧 천인합일天人合一이 되는 것이다.

『중용』에서 인仁을 인야人也라고 한다. 곧 '사람다워야 한다'라는 말이다. 요즘처럼 소통을 부르짖는 시대에 소통은 곧 사람과의 관계에서 '어짊'을 말하는 덕목이다. 하지만 어짊은 끝 간 데 없고 나만 홀로 잘 났다고 떠드는 시대는 없었다고 본다. 사람답게 살지 못하니 결국 어짊은 곧 남의 일이 되고 자신의 일은 아니라는 결론이 도출된다.

더욱 더 시끄러워지고 험난한 이 누리에 '인간다운 이'의 실체는 무엇인가? 서산대사西山大師는 다음과 같이 읊고 있다.

生也一片浮雲起생야일편부운기
삶이란 한 조각 구름이 이는 것이요,

死也一片浮雲滅^{사야부운멸}

죽음이란 한 조각 구름이 사라지는 것일세.

生從何處來^{생종하처래}

삶은 어디에서 오는 것이며,

死向何處去^{사향하처거}

죽음은 어디로 가는 것인가

지극히도 뜨거웠던 삶도 곧 한 줄기 연기로 되니 애잡짤하다[51]. 수 년 전 무슨 열병이라도 앓는 듯 한동안 자살이 유행처럼 번진 적이 있었다. 푸른 하늘의 기운을 타고난 인간을 말하여 창생蒼生이라고 하니 우리는 하늘의 정기를 받은 것임에 틀림이 없다. 하늘과 땅의 무르익은 기운을 한껏 받고 태어난 우리네의 생명은 곧 하늘과 동격同格이다. 이러한 고귀한 생명을 함부로 버리는 것은 참으로 안타깝다. 인간은 극도의 불안과 고민과 공포에 쌓이게 되면 삶을 포기하려는 속성을 지녔다. 늘 이게 가슴을 짓누르게 되는 것이다. 곧 삶을 버리려는 극한의 사고에까지 이르게 만든다. 극한상황에서 인간은 좌절하고 무너지고 꺾이기 쉬운 속성을 지녔다. 꺽지지[52] 못한 게 인간

---

51 가슴이 미어지게 안타깝다.
52 의지가 굳다.

이다. 무모하게도 이글거리는 불속으로 몸을 던지는 부나비와 같은 모습을 보인다.

약 2600여 년 전에 관중管仲이 지은 『관자管子』 「내업內業」편에 우울증에 관한 최초의 적바림기록이 보인다. "우울증은 병을 낳는데, 이게 도지면 곧 죽음에 이른다."憂鬱生疾 疾困乃死우울생질 질곤내사라는 대목이 보인다. 이 누리에서 시달림을 받거나 극한상황에 이르면 자신을 냉철히 돌아보며 이 누리와 잠시 자신을 격리시켜 독존獨存을 해보는 것도 좋은 것이다. 절해고도絶海孤島나 아무도 없는 곳에 머물며 절대고독을 경험하라는 말이다. 인간은 고립무원孤立無援의 경지에 들면 살려고 하는 절대내공이 쌓인다. 이에 집착과 기필코 무엇을 하겠다는 의지와 지난 날 마음에 쌓였던 미움과 증오와 나만 최고라는 독선과 아집으로부터 벗어난다는 말이다. 『논어』 「자한子罕」편에 이를 무의 무필무고 무아毋意 毋必 毋固 毋我라고 하였다. 이른바 공자께서 말씀하신 절사絶四이다. 이게 말하자면 '홀로서기'를 해보자는 것이다. 자신을 냉정하고도 치밀하게 돌이켜보자는 뜻이다.

석유에 관한 단상

석유에 관하여 추적을 하다 보니 상당히 먼 걸음을 한 듯하다. 고전을 섭렵하다 보니 석유에 관한 아주 단편적인 꼭지가 보인다. 옛날에 석유는 석액石液, 곧 '돌에서 나오는 진액'이라고 하였다. 석유에 관한 가장 오래된 적바림이 『주역』의 「택화혁괘澤火革卦」에 있는데 "못 가운데 불이 있다"라고 하는 것이다. 『주역』 49괘의 이른바 '택중유화澤中有火'라는 것이 이것이다. 괘를 보면 위는 못이고 아래는 불이다.

물과 불은 상극인데 서로 어울려 있다. 곧 혁명이 일어날 조짐을 보이고 있음이다. 기름이 타서 불을 이룬 형국이니 서로를 믿지 못하는 것이다. 물과 기름은 서로 응집凝集되질 않는다. 그렇다면 고대 사람들은 자연적이건 인위적이건 간에 물 위에서 불이 타는 것을 보고 어떤 물질이 있음을 안 것인데, 그게 바로 기름이 아니었을까 생각해 본다. 이같이 석유는 이미 『주역』이 쓰이기 이전에 있었던 것이다. 여하튼 석유란 땅 밑에서 흘러나와 넘치면서 어떤 발화發火의 요인에 의하여 물 위에서 타는 것이다. 이게 중국 주나라 때에 쓰인 『주역』에 보이는 대목이다.

반고가 쓴 『한서』 권 28 「지리지」에 보면 "고노高奴, 곧 섬

서성 연안 일대의 유수에는 불에 타는 물건이 있다"高奴 有洧
水 可難고노 유유수 가연이라고 하였다. 연難은 '불에 타다'然(연)
의 고자古字이다. 유수는 곧, 하남성 일원에서 발원하는 강 이
름이다. 아래 대목은 심괄沈括, 1031~1095의 『몽계필담夢溪筆談』
권 24「잡지雜誌」1에 보이는 대목이다. 필지는 전문全文을 풀
이하여 보았다.

연경 내에 석유가 있는데 옛날에 사람들이 말하기를 "고노
현에서는 물기름이 난다"라고 하였다. 곧 이게 석유이다. 물
가장자리에서 나며 모래와 자갈, 샘물이 서로 섞여 있으며 끊
임없이 솟아난다. 이곳 사람들은 꿩의 꼬리 깃털로 적셔 항아
리에 넣어 썼다.

자못 짙은 색을 내는 옻칠과 같으며 삼과 같이 타며 연기가
아주 진해서 휘장과 천막에 스며들어 아주 검게 된다. 나는 이
그을음이 쓸 만한가 의구심이 일어 시험 삼아 그을음을 없애보
니 검은 먹색이 되더라. 검기가 옻칠과 같으며 소나무를 태운
먹은 이에 비할 바가 아니다. 드디어 이를 대모하게 여기어 이
를 글로써 알리자면 '연천의 석액石液'이 바로 이것이라는 것
이다. 석유는 나중에 반드시 세상에 널리 쓰이게 될 것이어서
내 자신이 비로소 이처럼 적는다.

아마도 석유는 땅 속에서 매우 많이 나오는 것이어서 끊임이 없을 것이나, 소나무가 그 쓰임이 다한 때에 고갈되는 것과는 다르다. 지금 제나라와 노나라^{중국 산동성 일대에 있는} 솔숲이 없어진다면 점차 태행, 경서, 강남 그리고 송산의 절반의 산들이 민둥산이 될 것이다. 그을음 만들어 먹을 만드는 사람들은 아마도 석유가 타서 내는 이로움을 알 것이다. 석탄이 내는 연기는 많아 사람의 옷을 검게 한다. 나는 농 삼아 「연주시」를 짓는다."

「연주시延州詩」

　　二郎山下雪紛紛^{이랑산하설분분}
　이랑산 아래로 흰 눈이 흩날릴 때,

　　旋卓穹廬學塞人^{선탁궁려학새인}
　북쪽 흉노의 군 깃발 휘날리는 유목민의 삶을 본다.

　　化盡素衣冬未老^{화진소의동미로}
　흰 옷이 모두 검게 되어도 겨울은 아직 오지 않은 듯,

　　石煙多似洛陽塵^{석연다사낙양진}
낙양의 저잣거리에 흩날리는 티끌은 석유 타는 그을음과 아주 흡사하네.

심괄은 이미 1000년 전에 석유가 나중에 세상에 널리 쓰일 것을 예견하고 있다. 그 예상은 적중하고 있다. 「연주시」의 마지막 대목에서 이미 낙양성에서는 석유를 연료로 쓰고 있음이 눈에 확연히 들어온다. 이미 낙양성 저잣거리에는 석유가 연소되어 나오는 그을음이 티끌처럼 흩날리고 있음을 본다. 심괄은 이미 연료로 쓰이고 있던 소나무를 다 써 없애면 제나라와 노나라 근방의 산이 모두 민둥산이 될 것이라고 한다. 흰 옷이 모두 검게 되어 겨울은 아직 오지 않은 듯, 이라는 대목에서는 눈이 와도 눈은 보이질 않고 석유가 타서 내는 그을음으로 사방이 검게 덮여 있음을 그려내고 있는 듯하다. 흰 옷이 모두 검게 되어도 검게 변한 옷을 덮어줄 만큼의 눈이 오지 않았다. 이는 사람들의 옷이 그을음에 희게 될 겨를 없이 그을음이 매우 심했음을 보여주는 단서가 아닐까. 또한 심괄은 석유가 끊임없이 나올 것이라고 한다. 하지만 이 예측은 21세기에 보면 빗나가고 있음을 볼 수 있다. 석유도 고갈이 되어가고 있는 상황이다.

21세기에 들어 자원전쟁이 매우 심각하다. 점점 고갈되어가는 자원인 석유에 대한 전쟁이 가속화 되고 있는 상황이다. 주요 강대국들은 막강한 자본력으로 해외의 유전을 사들이고 있는 실정이다. 최근 아랍과 북아프리카의 내전에 개입하여

승전의 댓가로 유리한 자원 확보를 진행하고 있다. 석유자원은 점점 메말라가고, 그 여파로 기름 값은 하늘 높은 줄 모르고 치솟고 있다. 더욱이 아랍과 북아프리카 등지의 내전의 격화로 석유가 무기화 되어가고 있다. 무엇보다 자원이 고갈되어 가고 있다는 게 걱정이다. 인류 문명과 산업발전에 크게 이바지한 석유자원이 무진장無盡藏의 보고寶庫가 아닌 게 마음을 씁쓸하게 한다.

장부심丈夫心을 지닌 벼루

필자는 붓을 들어 붓질을 할 때 쓰는 서진書鎭, 또는 문진을 지니고 있다. 십장생이 돋을새김으로 되어 있다. 서진의 빛깔은 아주 그윽한 자색紫色이다. 팥죽 색깔과 같이 은은하고도 짙은 질감으로 눈이 호사를 한다. 약 20년 전에 선물 받은 자색 벼루와 한 질로 되어 있다. 늘 아끼며 쓰고 있다. 서진이란 책장이나 종이쪽이 바람에 날리지 않도록 누르는 물건. 곧 문진文鎭이라고도 한다.

소소리바람[53] 이는 늦가을 밤이나 겨울밤에 화선지 위를 누

---

53 회오리바람.

르는 품이 자못 경중 뜨지 않아 미쁘다. 들떠 있는 마음을 지긋이 눌러주고 삭풍이 문 사래에 걸려 넘어져 문 틈새로 허겁지겁 들어오는 기운을 장[54] 잡아주니 그 너름새야말로 짜장[55]으뜸이다.

걸싸게 놀리는 붓질에도 덩그마니 장중한 틀거지를 지키고 있으니 아흐, 장부심丈夫心이고녀! 늘 떠나되 머무르고 늘 머무르되 떠나는 게 삶이 아니던가. 진중한 서진의 품새는 이곳에 휘둘리지 않는 장부심이 아니던가! 어느 가을 무서리 내리던 날 어린 외손자는 외조부를 그리며 붓질을 하였다. 글씨와 한학漢學에 조예가 깊으셨던 외조부에 대한 애틋한 그리움이었으리라! 그때가 중학교 1학년 무렵이었으니 필자가 『천자문』을 보며 임서臨書를 하던 때였다. 임서라기보다는 개칠改漆을 하였던 모양이다. 보리곱살미[56]를 먹던 고향의 서산으로 해가 너울너울 넘어가는 때였지. 겨울밤 건너편 산마루를 타고 흘러내리는 부엉이 울음소리가 어린 가슴에 물너울처럼 파고들었던 것이다. 시방 생각해도 달빛 괴괴한 우금을 타고 흘러내리는 부엉이 소리는 수수깡과 잡살뱅이 나뭇가지로 엮은 외

---

54 늘.
55 정말.
56 꽁보리밥.

얽이에 스며드는 그 무엇이었나 보네. 문 사래에 걸린 서낙한[57] 달빛에 격자무늬 창살의 그림자가 방안에 그득히 쏟아지고 있었지. 상기도 붓질을 하지만 붓끝이 여전히 버럭버럭 뻿성을 부리며 언죽번죽[58] 마뜩찮은 얼굴이다. 시방도 시르죽은 몰골의 글씨를 괴발개발 그려대니 이런 낭패가 있단 말인가!

집안에 벼루 두 점이 고요히 자리하고 있다. 하나는 검은 빛깔의 벼루이고 다른 하나는 붉은 빛깔의 자석紫石 벼루인데, 그 중 자석벼루는 문양이 미르龍(용)로 돋을새김이 되어 있다. 필자는 문방사우文房四友 가운데 벼루를 으뜸으로 여긴다. 덩그마니 작은 옷장 위에 걸쳐 있는 것만 보아도 장중한 기운을 느끼게 한다.

송나라 때 당경唐庚, 1071~1121은 『고문진보古文眞寶』 후집後集 권 10의 「가장고연명家藏古硯銘」에서 벼루와 붓 그리고 먹에 대하여 각각의 장단점을 그려내고 있다. 붓은 움직임이 제일 많으며 끝이 뾰족하여 날로 헤아려 수명이 제일 짧고, 먹은 움직임이 그 다음이며 그 수명은 달로 헤아린다고 하였다. 벼루는 움직이지 아니하고 고요하며 그 수명은 여러 세대를 지나며 노둔한 느낌을 준다고 한다.

---

57 무성하다.
58 뻔뻔스러운.

필자가 지닌 붓은 큰 붓, 작은 붓, 아주 가는 붓을 비롯하여 한 10여 자루는 된다. 대부분 뾰족하던 것이 이제는 뭉툭한 몸체를 보여주고 있다. 먹은 지난 십수 년간 몇 개를 썼는지 모르며, 지금도 먹이 거의 다 닳아 조만간 사야 한다.

벼루 두 점은 모두 남에게서 선물 받은 것이다. 육중한 몸체에서 나오는 중후함과 이리저리 움직이지 않는 정중동靜中動의 틀거지[59]를 갖춘 점이 부럽고도 시샘이 난다. 아니 시샘보다는 고임[60]을 더하고자 하는 마음이 인다. 벼루 하나의 뚜껑에는 미르 무늬가 돋을새김 되어있고, 다른 하나의 벼루에는 십장생十長生을 치레하여 그 무늬가 매우 아름다우니 문방사우 가운데 제일 미인인 셈이다. 둔함으로 몸을 삼고 고요함으로 쓰임새를 삼으니 붓과 먹 그리고 화선지보다는 그 격조가 더욱 높아 보인다. 붓과 먹이 와서 그 깊지 않은 연못에 물결을 일으키고 휘저어대도 그 몸체를 고요히 하니 벼루는 가히 그 둔중함이 산과 같다고 할 것이다. 붓의 현란한 몸짓과 먹이 내는 생채기를 고스란히 담아내어도 게정[61]과 삿된 행동을 보이지 않는다. 세파에 흔들리고 찌들어도 움직이지 않고 여러 세대를

---

59 위엄.
60 총애(寵愛).
61 불평을 품고 떠드는 말.

거치면서 노둔함으로 그 몸체와 마음을 오롯이 하는 덕을 지녔다.

「가장고연명家藏古硯銘」에서 벼루는 그 수명이 오래감을 이렇게 적고 있다.

不能銳불능예

예리하지 못하여

因以鈍爲體인이둔위체

무딘 것으로 몸통을 삼고,

不能動불능동

움직일 수 없는지라

因以靜爲用인이정위용

고요함으로 쓰임을 삼는다.

惟其然유기연

다만 그렇게 함으로써

是以能永年시이능영년

수명을 길게 할 수 있다.

벼루와 서진은 이같이 장중함과 노둔함이 있으니 바라만 보아도 그 틀거지를 알 수 있다. 무디고 고요하며 날래고 약삭

빠르지 않으니 수명을 오랫동안 지니는 양생養生의 법도 익힐
수 있지 않은가. 한마디로 벼루는 인자요산仁者樂山으로 풀이될
수 있다. 어진 이의 마음을 지녔고 뫼와 같은 부동본不動本이 서
려있다고 볼 수도 있을 것이다. 장중함과 중후함에서 장부심
도 읽어낼 수 있다.

도올檮杌에 관하여

저잣거리에 도올檮杌이라는 말이 있다. 흔히 시쳇말로 돌
머리로 자신을 폄하하여 한 동양학자가 자신의 호로 삼은 것
이라고 하는데. 우스갯소리로 자신을 '돌' 또는 '돌머리'로 한
것인지는 알 수 없다. 어쨌든 이는 잘못된 것이다. 필자는 이에
도올에 관하여 동양고전 원문을 모조리 찾아 풀어본다. 아울
러 필자는 도올이라는 동양학자를 깎아내리거나 치켜세울 마
음이 조금도 없음을 밝히며 '도올'이라는 말의 출전과 뜻을 새
기고자 할 뿐이다.

『맹자』「이루 하離婁下」편에 진지승 초지도올 노지춘추晉
之乘 楚之檮杌 魯之春秋라고 하였다. 곧 "진나라의 국사國史는 승이
라 하고 초나라의 국사는 도올이고 노나라의 역사는 춘추이

다"라는 말이다. 도올은 바로 초나라의 역사를 기록한 역사책이라는 말이다. 두예杜預, 222~285가 쓴 「춘추좌씨전서春秋左氏傳序」에도 맹자의 이 말을 적고 있다. 맹자가 말하기를 "초나라의 역사서를 도올이라 하고 진나라의 역사서를 승이라 하고 노나라의 역사서를 춘추라고 하니 모두 다 같은 것이다."

『춘추좌씨전春秋左氏傳』「문공文公」18년기원전 609년에 보면 "전욱 씨에게 좋지 못한 아들이 있어 사람 되게 가르칠 수가 없었고 좋은 말을 분별할 줄 몰라 좋은 말을 해 주어도 고집스러워 받아들이지 아니하고, 제멋대로 하게 놓아두면 와자지껄 떠들어 불경스런 말을 지껄이며, 큰 덕을 지닌 이에게 오만하게 굴며, 하늘의 도를 어지럽히니 세상 사람들은 그를 도올이라 불렀다. 원문은 다음과 같다.

顓頊有不才子 不可教訓 不知詘言 告之則頑 捨之則嚚 傲狠明德 以亂天常 天下之民 謂之檮杌(전욱유부재자 불가교훈 부지굴언 고지즉완 사지즉효 오흔명덕 이란천상 천하지민 위지도올).

당나라 사람 장수절張守節, ?~?은 『사기정의史記正義』에서 『신이경神異經』을 인용하여 말하기를 "서녘의 황량한 곳에 짐승이 있는데 그 모습은 호랑이와 같이 크고 털은 길이가 두 자이며 사람의 얼굴에 범의 발, 돼지의 주둥이에 커다란 송곳니를 가졌으며, 꼬리의 길이는 1장 8자이다. 서녘의 황량한 곳을 휘저어 어지럽히며 도올이라 이름 부르며 또 한편으로는 오혼, 또 다른 한편으로는 난훈이라고 한다." 원문은 다음과 같다.

西方荒中有獸焉 其狀如虎而大 毛長二尺 人面 虎足 豬口牙

尾長一丈八尺 攪亂荒中 名檮杌 一名傲很 一名難訓(서방황중유

수언 기상여호이대 모장이척 인면 호족 저구아 미장일장팔척 교란황중

명도올 일명오혼 일명난훈).

『사기정의』에서 보이는 도올은 흉측한 짐승으로 그려지고 있다. 겉모습은 호랑이와 같고 털이 두 자라고 한다. 한 자이면 고대 중국에서 약 23센티미터로 친다. 털 길이가 무려 46센티미터나 되고, 꼬리의 길이는 1장 8척이니 4미터 14센티미터나 되는 엄청나게 무시무시하고 거대한 몸집을 지닌 셈이다. 어느 서책書冊에서는 1장을 3.3미터로 셈을 한다. 하지만 필자는 사마 천司馬 遷, 기원전 145~87이 쓴『사기』「공자세가」의 기준에 따라 1자를 약 23센티미터로 본다. 물론 상상의 동물이다. 사람의 얼굴에 범의 발과 돼지의 주둥이를 지녔으며 커다란 송곳니를 지녔다고 한다. 큰 덕을 지닌 이에게 오만하게 굴어 오

혼, 사람 되게 가르칠 수 없어서 난훈이라 한다고 하였으니 도올은 별 볼일 없는 흉악무도하고 무지렁이 같은 것이라 할 수 있다. 고대 동양학 원전에서 도올은 흉악한 짐승이며 하늘의 도를 어지럽히고 고집불통에다 제멋대로 행동하는 인간형으로 나온다. 『맹자』에서는 국사책으로 적고 있는 반면 『춘추좌씨전』에서는 도올을 오만하고 불경스런 인물(?)로 그리고 있다.

도올이란 흉악무도하고 불경스런 이는 짐승으로 불리거나 사람으로 그려지고 있다. 이를 『맹자』 「이루 상」의 자포자기自暴自棄로 풀면 이렇다. 『춘추좌씨전』의 "전욱씨에게 좋지 못한 아들이 있어 사람 되게 가르칠 수가 없었고 좋은 말을 분별할 줄 몰라 좋은 말을 해 주어도 고집스러워 받아들이지 아니하고, 제멋대로 하게 놓아두면 와자지껄 떠들어 불경스런 말을 지껄이며"라는 대목은 도올이 자포自暴했음을 얘기하는 것이다. "예의를 비난하는 말을 하는 것을 일러 자포自暴라 한다" 언비예의 위지자포야言非禮義 謂之自暴也. 곧 자신을 막되게 굴려 자신을 망치는 것임을 이르집는 말이다. 다음 구절인 "큰 덕을 지닌 이에게 오만하게 굴며, 하늘의 도를 어지럽히니 세상 사람들은 그를 도올이라 불렀다"라는 대목은 "내 몸이 인에 머물지 못하고 의를 좇지 못하는 것을 일러 자기自棄라 한다" 吾身不能居仁由義 謂之自棄也 오신불능거인유의 위지자기야. 이 구절은 곧 어짊과 의義를 좇지 못함을 그려내고 있다. 다른 이에 대하여 생각지 아니하고 스스로를 버리는 것이 된다.

예의를 비난하여 마구 지껄이고 남의 말을 귀담아 듣지 않고 제멋대로 행동을 하니 이는 자포自暴의 지경에 이른 것이고, 큰 덕을 지닌 이에게 오만하게 굴고 하늘의 도를 어지럽힌다는 것은 곧 자기自棄의 지경이 이른 것이다. 예의를 비난하고 어짊과 의를 좇지 않음을 일러 동양학에서는 자포자기로 풀어냈다. 작금의 이 누리가 점점 자포자기하는 쪽으로 변해가고 있다. 『맹자』「이루 하」에 어진 마음을 해지는 것을 적賊이라 하니 서로 적이 되어가고 척을 짓지 말아야 할 것이다.

시시비비是是非非

옳고 그름은 우리 눈에 보이고 귀에 들리는 바에 따라 좌우되는 것인가? 눈에 보이는 게 모두 진실이 아니다. 또한 귀에 들리는 것 모두 진실이라 여기기도 어렵다. 사물을 볼 때 이를 바라보는 이의 마음 상태에 따라 사물은 비뚜름하게 보이기도 한다. 옳음과 그름을 가리는 것은 결국 인간의 마음에 따라 수시로 변하기 마련이다.

是是非非非是是 ^{시시비비비시시}

옳은 것을 옳다 하고 그른 것을 그르다 함

이것이 옳음이 아니고,

是非非是非非是 ^{시비비시비비시}

그른 것을 옳다 하고 옳은 것을 그르다 함은

옳지 않음이 아닐세.

是非非是是非非 ^{시비비시시비비}

그른 것 옳다 하고 옳은 것 그르다 함은

이는 그름이 아니고,

是是非非是是非 ^{시시비비시시비}

옳은 것 옳다 하고 그른 것 그르다 함이 이게 시비로구나.

이는 김시습의 시이다. 홍만종의 『소화시평』에 보인다. 첫 구절은 옳고 그름을 가리는 절대적인 판단이 없다는 말이다. 이는 옳은 것이 옳고 그른 것이 그를 수도 없다는 말이다. 두 번째 구절은 옳고 그름을 가리는 기준이 상대적일 수 있다는 게 된다. 곧 그른 것이 옳을 수도 있다는 말이며, 옳은 것이 그를 수도 있다는 말이 된다. 세 번째 구절 또한 상대적인 옳고 그름을 말한 것이다. 마지막 구절에서 이미 시인은 옳고 그름 이 결국은 사물을 보는 인간의 안목과 마음 상태에 달려있음을 간파하고 있다. 이 시는 세상이 옳고 그름을 가리는데 골몰하는데 시인의 눈에는 모두 부질없는 인간 군상들의 허방다리를 짚는 것을 이르집는 것이다.

옳고 그름을 노래한 또 한 편의 시를 감상해 보자. 조선 중기 허후許厚, 1588~1661가 쓴 「시비음是非吟」이라는 작품이다.

是非眞是是還非시비진시시환비
참으로 옳은 것을 가지고 옳고
그름을 따지면 옳음도 그름 되니,

不必隨波强是非불필수파강시비
추세 따라 억지로 시비할 것 아니네.

却忘是非高着眼각망시비고착안
문득 시비 잊고 눈을 높이 두어야,

方能是是又非非방능시시우비비
옳은 것 옳고 그른 것 그르다 할 수 있네.

작자는 이 시에서 상황이 돌아가는 추세에 따라 움직여야 함을 말한다. 세 번째 구절에서 작자는 '시비를 잊고 눈을 높이 두어야'라고 한다. 이는 인간의 칠정七情을 다스리라는 말로 들린다. 기쁨, 성냄, 슬픔, 두려움, 사랑, 미워함, 욕심을 버리라는 말로 들리기까지 한다. 진짜 옳은 것을 가지고도 사람들은 흑백논리에 빠져 골똘히 생각을 하는 통에 그른 것으로 착각하는 생각을 꼬집고 있음이다.

사람이 사물을 보는 시각은 좁다. 또한 이를 마음속에서 용해시키는 시간은 불과 눈 깜짝할 사이에 이루어진다. 그야말로 찰나의 순간이다. 이 찰나에 그가 보고 느끼고 생각하는 게 전광석화와 같이 빠르다. 사물에 접촉하여 받아들이는 순간 모든 게 결정된다. 꽃, 돌부리, 나무, 새, 하늘, 못, 산, 기기묘묘한 화초를 볼 때 인간은 그저 색깔과 자태 등을 보아 아름답다고 여긴다. 이들 사물과 인간과의 관계는 대립적인 관계가 아닌 것이다. 거의 수평적인 관계로 보이기도 한다.

그러나 인간관계에서는 다르다. 일단 칠정七情이 발동하면 감성이 개입되어 울고 웃고, 미워하거나 사랑하거나, 성내거나 한다. 이게 시비의 빌미가 된다. 조절이 잘 안되는 게 사람의 감정이다. 억누를수록 쉽게 불쑥 튕겨져 나오기 일쑤다. 럭비공처럼 어디로 튈지 모르는 상황이 되면 걷잡을 수 없게 된다. 이를 조절하는 장치가 사람마다 있기는 하다. 이른바 감정조절장치인 것인데, 이게 바로 중용中庸이라는 장치이다. 그러나 늘 이 장치가 잘 작동되질 않는다. 아니 오히려 오작동을 일으켜 제어할 수 없는 지경에 이른다. 그럴 때 인간은 아뿔싸! 라는 뒤늦은 감탄사를 내뱉는다. 이미 지나간 일이 된 것이다. 인간은 동물과 달리 사물을 인지하고 감정을 조절하는 능력이 있다.

'중용'이란 무엇인가? "중中이란 어디에 치우치지 아니하고 지나치지도 않으며 부족함이 없는 상태"中者 不偏不倚無過無不及之名중자 불편불의무과무불급지명이며, "용庸이란 늘 올바르고 떳떳한 상태"庸者 平常也용자 평상야라고 한다. 주자朱子께서 말씀하신 대목이다. 감정 조절의 사자어금니가 바로 중용이다.

얽히고설킨 사회에서 인간은 결국 사람과 부대끼며 살아가기 마련이다. 너무 옳고 그름을 따지는 것은 조금은 생각해 보아야 할 일이다. 다만 중용을 적절히 지키며 지낼 일이 아닌가. 중용을 마음에 새기며, "세속에 살면 세속을 따르라."入其俗 從其俗입기속 종기속이라는 말을 염두에 두어야 할 것이다. 이 말은 "로마에 가면 로마의 법을 따르라."이라는 대목과 일맥상통하는 말이다. 『장자』의 「산목山木」편에 보이는 대목이다. 시비를 잠재우지 못하고 늘 버석거리며 메마른 감성의 칼날을 무디게 할 인간 최대의 잠개[62]는 '중용'中庸이다. 늘 옳고 그

62 무기.

름에 얽매이면 본성을 망각하게 된다. 본성을 망각하면 중용이 설 자리를 잃게 된다. 중용을 잃으면 옳고 그름에 대한 판단력이 흐려지게 된다. 판단력이 흐리게 되면 편을 들게 된다. 편을 가르는 행위는 결국 서로 간에 척을 짓는 결과를 낳게 된다. 척을 짓게 되면 옳고 그름에 대한 가치판단이 무너진다. 시비지심是非之心이 온데간데없이 된다. 끝 간 데 없이 시비곡직是非曲直에 대한 논쟁만 불러일으키게 될 것이다. 인간 본연의 하늘로부터 받은 성性이 바로 설 수 없게 된다. 본성이 무너지면 사람으로서 설 자리가 없어지게 되는 것이다. 동양학이 붙좇는 바는 바로 인간의 본성을 거니채는 일이다. 옳고 그름에 대한 판단은 인간의 감성이 개입될 경우 공평무사함은 이루어지지 않는다.

구마당사求馬唐肆

세상사가 거의 모두 버스 지나간 뒤에 손 흔들기인 경우가 허다하다. 이른바 뒷북치기가 늘 우리의 일상에 주위를 맴도는지도 모른다. 남이 하던 일을 가지고 제 것인 양 아무리 발버둥을 치고 노력을 해도 결국은 남이 하던 일을 그대로 따라하는 것에 불과하다. 장이 끝난 장마당에서 말을 구하는 모양을 빗댄 게 바로 구마당사求馬唐肆라는 말이다. 『장자』의 「전자방田子方」에 보이는 대목이다. 1800여 년 전에 허신許愼이 쓴 『설문해자』에 당唐은 본래 '비어 있어 많은 것을 받는다'取虛而多受之意취허이다수지의는 뜻이고, 사肆는 '물건을 사고파는 곳'이란 말이다.

공자와 안회가 하루는 대화를 나누는 대목이 있다. 안회가 말하기를,

선생님께서 걸으시면 저도 또한 걷고, 선생님께서 말씀을 하시면 저도 또한 말을 한다는 것입니다. 선생님께서 빨리 걸으시면 저도 또한 빨리 걷고, 선생님께서 말씀을 잘 하시면 저도 또한 말을 잘 합니다. 선생님께서 달리시면 저도 또한 달리고, 선생님께서 도를 말씀하시면 저도 또한 도를 말합니다.

안회의 말을 듣고 난 공자는 다음과 같이 말한다.

너는 내 곁으로 드러난 것만을 행하려 하고 있구나. 그것들은 이미 지나간 것인데, 너는 그것이 지금 현존하는 것으로 착각을 하고 그것을 구하려고 한다. 이는 마치 장이 끝난 텅 빈 저

자에서 말을 구하는 것과 다를 바가 아니냐!是求馬於唐肆也시
구마어당사야. 내가 너에게 가르치는 것은 순간이고 네가 나를 좇
는 것은 찰나이다. 그렇지만 너는 걱정할 바가 아니다. 비록 내
가 죽어 잊더라도 나는 잊히지 않고 언제나 존재하고 있으니까.

『장자』의 이 대목은 무엇을 말함인가? 말단지엽을 좇지 말
라는 말로 들린다. 걷는다는 것, 말을 한다는 것, 빨리 걷는다
는 것, 말을 잘 한다는 것 등은 바로 말단지엽이라는 말이다.
이는 사람이 늘 그 본성을 잊고 눈에 보이는 것만 붙좇는다는
말로 들린다.

사람들은 이미 남들이 말한 것과 이루어놓은 것을 좇아 이
를 따르려고 하는 마음이 있다. 그렇게 되면 남들이 이루어놓
은 것에 마음이 휘둘려 사물의 실제 모습을 잘못 읽어낼 수 있
다. 겉으로 드러난 것을 붙들고 지난 것을 가지고 사물을 대하
면 자칫 오판誤判에 빠져들 수 있다.

이에 공자는 다시 해와 달의 일정불변함과 사시四時의 운행
을 들어 변하지 않는 자연의 조화와 원리를 들어 말을 하고 있
다. 바로 해와 달의 운행하는 일정불변의 원리를 말하는 것이
다. 이게 사물로 빗대어 말하면 부동본不動本이고, 사람으로 말
하면 부동심不動心이 되는 것이다. 해와 달 그리고 사시의 운행

은 천지자연에 늘 존재하는 부동본의 상징이며, 늘 일정하고 변하지 않는 사람의 마음이 부동심이다. 바깥 사물에 사람의 마음이 흔들리지 않아야 제대로 사람과 사물의 이치를 깨달을 수 있는 것이다.

안회가 말한 대목은 배움을 말한 것이다. "배운다는 것은 기쁨·성냄·슬픔·두려움·사랑·미움·욕심을 버리고 하늘이 인간에게 부여한 성性을 다스려 그 재능을 것이다"學者 所以反情治性盡才者也학자 소이반정치성진재자야라는 말이 있다. 『설원說苑』권 3「건본建本」에 보이는 대목이다. 성性이란 무엇인가? 바로 일시적인 현상계의 유행이나 생성, 소멸은 아닌 것이다. 성은 곧 만물의 생성과 존재를 가능케 하는 창조의 원리이다. 『중용』의 대목을 곱씹어보면 성의 개념이 잡힌다.

공자가 말한 '언제나 존재하고 있다'는 말은 무엇인가? 바로 도道를 말한 대목이다. 도는 바로 천지만물을 이루어내는 음과 양의 조화이다. "음과 양이 서로 맞물려 만물을 이룬다. 이게 도이다."一陰一陽之謂道일음일양지위도. 감성이 사욕에 부림을 당하게 되면 도는 지켜지지 않는다. 삿된 욕심에 눈이 멀다면 도는 지켜지지 못한다. 본래 인간의 마음에는 하늘로부터 받은 순진무구한 성性이 자리하고 있는데 도는 바로 이 순진무구한 성에 따른 일정불변의 법칙이다. 본성이 무너지면 도는 자연 설 자리를 잃게 된다. 요즘 인성人性이 무너지고 있다는 말은 이를 말한 것이다. 도는 바로 천지자연 및 만물을 이루어내는 원리인 것이다. 도로 인하여 우주만물에는 성性이란 고갱이가 숨어있다. 성이란 바로 만물의 본마음인 것이다. 다만 인간만이 이 성을 자각하고 인지하여 감정을 조절할 능력을 지닌 최고의 생명체인 것이다.

구마당사求馬唐肆라는 말은 인간의 본성이 삿된 욕심에 이끌려 본성을 잃고 헤매는 것을 빗댄 것이 아닌가! 장이 끝난 후에 말을 사려는 인간의 마음을 읽어낸 대목이다. 본성을 잃고 다시 본성을 되찾으려하니 찾을 길이 막막해졌다는 의미로 들린다. 그래서 공자는 안회에게 '언제나 존재하고 있다'라는 말로 일갈을 하고 있다. 아직은 본성이 남아있다는 말이다.

송나라의 대학자인 정명도程明道, 1032~1085는 다음과 같이 말한다.

지금의 상황을 보면 인도人道는 모두 없어졌어야 옳지만 아직까지 없어지지 않고 남아 있는 것은 본성 때문인데, 이 본성은 어떻게 하더라도 없앨 수 없는 것이다.

據今日合人道廢則是, 今尙不廢者,

猶只是有那些秉彛卒殄滅不得

(거금일합인도폐즉시, 금상불폐자, 유지시유나사병이졸진멸부득).

아직 인간의 본성은 장이 끝난 저자에서 찾을 수 있다는 희망의 메시지를 전하고 있는 것이다. 인간은 아직 일말의 본성을 간직하고 있다는 말이 아닌가. "어떤 이를 사랑하면 그의 나쁜 점을 보아 꼬집고, 어떤 이를 미워하면 그의 착한 점을 보라"愛之其惡 憎之其善^{애지기악 증지기선}이라는 말이 있다. 『예기』「곡례曲禮」에 보이는 대목이다. 남이 하던 일을 가지고 제 것인 양 아무리 발버둥을 치고 노력을 해도 결국은 남이 하던 일을 그대로 따라하는 것에 불과하다. 이는 곧 본성을 지키지 못하고 이목耳目에 보이고 들리는 것에 휘둘려 본성을 잃는 것을 말함이 아닌가!

개관사정蓋棺事定

1250여 년 전 당나라는 세계 최강국이었다. 당시 당나라의 인구는 정확히 48,909,800명이었다고 『자치통감』은 전한다. 744년, 이때부터 당나라가 패망의 길을 자초하게 되는 빌미가 되는 여러 사건이 연이어 터진다.

당시 당나라 현종의 비인 무혜비武惠妃가 죽게 된다. 이에 현종은 실의의 나날을 보내고 있었다. 후궁이 수천 명이나 되었으나 현종은 마음에 두지 않고 있었다고 한다. 이에 지금의 법무장관격인 형부상서 배돈복裵敦復이라는 이가 양귀비를 추천하게 된다. 원래 양귀비는 현종의 아들 수왕壽王의 부인이었다. 그런데 그만 현종은 양귀비를 보자 넋이 나갈 정도였다고 한다.

양귀비는 절세의 미인이어서 그녀를 따를 만한 미색이 없었으며, 살갗이 곱고 매끄러우며 살은 많이 쪘다고 한다. 절세무쌍 기태풍염絶世無雙 肌態豐豔. 양귀비는 약간 비만에 가까웠음이 분명하다. '풍豐'자는 함부로 끌어다 쓰는 글자는 아니기 때문이다.

여하튼 현종은 며느리인 양귀비의 처소에 몰래 드나들고 나중에는 결국 무혜비와 같은 황후의 자리를 준다. 희대의 며느리와 시아버지의 사랑 놀음이 시작된 것이다. 아들인 수왕은 좌위낭장인 위소훈韋昭訓의 딸에게 장가를 드는 가련한 처지가 된다. 역사는 이를 어떻게 보아야 하는가. 덩달아 양귀비의 오빠인 양쇠楊釗도 양귀비의 후원으로 현종으로부터 국충國忠이란 이름을 하사받는다. 말 그대로 나라에 충성하라는 뜻으로 붙여준 이름이리라. 당시 당나라는 현종 초기에 안록산을 필두로 간신이자 재상인 이임보李林甫, 양쇠, 고력사高力史 같은 무뢰배들이 설쳐대는 형국이 되었다. 결국 현종 말년에는 현종의 총애를 받던 안록산이 난^{755년}을 일으키고 그 뒤 또 사사명의 난을 불러일으킨다.

이러한 시대상황에서 민간에서는 이런 말이 나돌았다고 한다. "사내아이를 얻었다고 기뻐하지 말고 계집아이를 낳았다고 슬퍼하지도 말라. 그대는 지금 계집이 문벌귀족이 되는 것을 보지않았는가!生男勿喜女勿悲 君今看女作門楣^{생남물희여물비 군금간녀작문미}.

이는 양귀비와 양쇠를 비아냥거리는 말이 아니던가!『자치통감』권 215에 보이는 대목이다. 공자의 춘추필법의 역사기술방식을 빌어다 쓴 사마광의 방대한 역사서인 이 책은 그 필법이 준렬^{峻烈}하다 못해 서슬이 퍼런 메스를 대고 있다. 도도히 흐르는 대하^{大河}와 같은 역사의 흐름에 돌팔매질을 한 이들이 아직도 우리 눈앞에 살아 있음에 눈에 핏발이 선다.

필자는 지금도 백거이가 현종과 양귀비의 러브스토리를 그린「장한가^{長恨歌}」의 끝 대목을 곱씹고 있다. "하늘에서는 비익조가 되기를 바라고在天願作比翼鳥^{재천원작비익조}, 땅에서는 연리지가 되기를 바라네在地願爲連理枝^{재지원위연리지}."문학적으로 현종과 양귀비의 사랑을 절절히 그려낸 명작이자 오랫동안 여러 사람들의 입에 오르내렸던 글이다. 하지만 문학은

문학이고 현실의 문제는 다르다. 한 나라가 쓰러지는 과정을 사마광은 그 예리한 눈길로 그려냈고, 백거이는 로맨틱하게 뇌까렸던 것이다. 바로 백거이는 역사가 재평가되기 전에, 아니 이른 시기에 문학작품으로 두 사람의 러브스토리를 그려냈던 것이다. 하지만 사마광은 시대를 뛰어넘는 안목으로 1362년간의 역사를 그리는데 냉철한 이성으로 두 사람을 꼬집고 있는 것이다. 사마광은 이른바 개관사정蓋棺事定의 시각으로 역사가의 임무에 충실하였다고 본다. 한 인물은 그가 죽어 관 뚜껑이 닫힌 후에 비로소 그 인물됨을 평가해야 한다는 얘기이다. 감성의 이랑을 북돋우는 것이 문학가의 업이라면, 이성의 칼날을 벼리는 것은 역사가의 업이 아닌가 생각한다.

바람과 풀

이 땅의 군자나 지도자들을 바람으로 보고 민초民草를 풀로 보아 민초의 굳세고 질긴 생명력과 이 누리를 떠받치는 대상으로 보는 시각이 있다. 풀은 곧 바람에 쏠리어 거친 버덩[63]에 누워버리지만 곧장 일어서는 숨 탄 이들이다. 동양고전을

63 나무는 없이 잡풀만 난 거친 들.

통하여 가장 많이 말해지고 있는 이들은 백성 곧 풀이며, 이들을 통하여 어긋난 바람의 존재를 바로잡아 주는 이들이다. 바람이 지나간 자리에서도 오롯이 서서 바람의 냄새를 맡으면서도 나쁜 냄새의 편린과 앙금을 거두어 다시금 거르는 체와 같은 이들이 바로 민초이다. 잘못 부는 바람의 몸짓에 풀은 누워버리지만 끝내는 바람이 지나간 쪽과는 반대로 그 자리에 꿋꿋이 버티어 잘못된 바람의 갈피[64]를 바루고 있기도 하다.

사바탁세娑婆濁世의 뭇 바람의 잇속에 물들고 찌든 때를 씻기고 새 옷을 입히는 이들이 바로 풀의 존재이다. 버덩에 누운 풀은 비바람과 돌멩이 그리고 온갖 길짐승과 날짐승 아울러 두 발 달린 짐승에게 짓밟히지만 그래도 여전히 오롯이 서는 굳센 힘을 지니고 있으며, 이 누리를 보는 눈이 누구보다도 뚜렷하다.

바람은 무엇인가? 그는 바로 버덩에 난 풀에게 시원한 공기를 가져다주며 열매를 맺게 하고 막힌 속을 뚫어주는 존재이다. 그는 역사의 앞에 서서 풀을 일으켜 세우고 자양분을 주어 웃자람이 없게 알맞게 키워주는 그 무엇인가를 지녔다. 바람은 크면서도 풀의 포자胞子나 수정분受精粉을 옮겨 잉태케 하는 구실을 한다. 버덩에 있는 풀 한 포기는 세찬 바람에 뽑히거

---

64 이치.

나 꺾이게 마련이다. 그러나 여러 풀이 한데 어울려 있으며 서로를 보듬으면 뽑히거나 꺾어지는 일 없이 세찬 바람에 맞설 수 있다. 강한 바람과 역풍에도 휘둘리지 않고 울세는 풀의 인내는 바람보다 억세다. 갈피를 잡을 수 없는 강한 바람과 역풍에 맞서서 벋대는 풀의 힘은 곧 이 누리의 올곧음을 뒷받침해주는 벼리이다. 온갖 흙먼지와 더러움이 겉으로 켜켜이 쌓여 있는 풀이지만 그 속내는 어느 것보다도 맑고 깨끗한 이가 풀이다.

이러한 온갖 티끌을 벗겨주고 씻겨주는 이는 바람이나 비 등이 될 수도 있다. 하지만 이제는 바람도 예전의 바람이 아닌지 스스로의 티끌도 털어내지 못하면서 풀의 그것을 쓸어내려고 하고 있다. 이제는 풀의 노랫말로 바람의 그 성기고 거칠고 추레한 바람의 노랫말을 대신 불러주고 싶다. 이 땅의 바람은 이제 근력이 부치고 풀의 울센 기운이 이 누리의 사위를 포근히 감싸주는 일이 절실한지도 모른다. 역사는 바람만의 것이 아니고 풀의 것임을 알아야 한다. 바람은 생명이 없는 지나가는 나그네이며, 풀은 그 자리에 늘 붙어있어 새로운 숨과 움을 틔우는 아득히 오래된 움을 틔우는 탯줄이다.

군자의 덕은 바람과 같고, 소인의 덕은 풀과 같다. 풀 위로 바람이 불면 바람에 쏠리어 풀은 자빠진다.

君子之德 風 小人之德 草 草上之風 必偃

(군자지덕 풍소인지덕 초 초상지풍 필언).

『논어』「안연顔淵」에 나오는 대목이다. 이제 바람의 오롯함은 이지러졌는가? 울센 풀의 벋댐과 올곧음이 늘 그랬듯이 역사의 뒤안길로 사라져야 하는가? "바람은 풀을 쓰러지게 한다. 동쪽에서 바람이 불면 풀은 서쪽으로 쓰러지게 마련이고, 서쪽에서 바람이 불면 풀은 동쪽으로 쓰러지게 마련이다. 바람이 일면 풀은 자빠진다."猶風靡草 東風則草靡而西 西風則草靡而東 在風所由而草爲之靡유풍미초 동풍즉초미이서 서풍즉초미이동 재풍소유이초위지미. 풀은 눕고 자빠질지언정 꺾이지는 않는다. 『설원說苑』「군도君道」에 나오는 대목이다. 풀을 따뜻하고 어여삐 어루만지는 바람의 노랫말과 바람보다 먼저 울세는 풀의 오롯함이 묻어나는 누리를 그려본다.

앎이란

어느 날 실학자 이덕무李德懋, 1741~1793는 어떤 사람에게 다음과 같은 말을 듣는다.

예부터 한 가지라도 조그마한 재주를 지니게 되면 비로소 눈앞에 보이는 사람이 없게 되고, 스스로 한쪽에 치우친 지식을 믿게 되면 차츰 남을 업신여기는 마음이 생겨서 작게는 욕하는 소리가 몸을 덮게 되고 크게는 언걸[65]과 근심이 따르게 된다. 이제 그대가 날로 글에다 마음을 두니 힘써 남을 업신여기는 자료를 마련하자는 것인가?

그는 두 손을 모으며 공손히 말하였다.

감히 조심하지 않겠는가.

『청장관전서』에 나오는 대목이다. 지금은 인터넷의 발달로 손가락 하나만 까딱하면 수많은 지식을 채집할 수 있다. 옛날과 같이 수많은 책을 쌓아놓지 않고도 웬만한 지식은 바로 건져 올릴 수 있는 세상이다. 아주 편하게 키보드의 자판을 두드려 무한한 지식의 바다를 헤엄치며 마음대로 지식을 섭취할 수 있다. 옛날과 같이 책시렁에 책을 가득 채우지 않아도 틈나는 대로 얻을 수 있다.

우리네 선조들은 책을 통해서 지식을 얻고 깊은 사색에 빠

---

65 재앙.

져 골똘히 생각하는 자세를 지녔다. 동양학은 특히 더하였다. 조선의 4대 임금인 세종은 밤낮을 쉬지 않고 독서를 하였다고 한다. 그야말로 주야장천晝夜長川의 맹렬한 기세로 독서를 한 이였다. 이에 노한 태종은 내시들을 동원하여 국본國本인 충녕 대군의 방을 샅샅이 뒤져 책을 모두 들어내게 하였다고 한다. 이때 유독 『구소수간歐蘇手簡』이란 책이 병풍 뒤에 깊숙이 숨겨져 있어 이를 찾아내지 못하였다고 한다. 충녕은 이를 무려 1,300번이나 읽었다고 서거정이 쓴 『필원잡기筆苑雜記』에 보인다.

문제는 인터넷에서 얻은 지식은 진정 나의 것인가 하는 것이다. 비록 한 글자 또는 한 문장이라도 종이에 인쇄된 활자를 몇 십 번 아니 몇 백 번은 곱씹어야 진정한 나의 앎이 되는 것이다. 인터넷의 블로그나 카페에 글을 하나 게시하면 댓글이 달린다. 어떤 댓글은 사실 확인도 하지 않고 인터넷을 검색하여 바로 올리는 이들이 있다. 얼핏 보면 맞는 것 같으나 기실 그 댓글을 면밀히 보면, 아니 책을 통하여 보면 이치에 맞지 않는 경우가 종종 있다.

더욱이 문제는 인터넷에서 얻어 올린 댓글이 맞는 양 허세를 부리며 가혹한 공박을 해온다. 공박을 넘어 아예 상대에게 팻대를 세우며 서슴없이 인신공격까지 감행한다. 아니 아예 글을 올린 이를 매장시켜버린다. 자신이 그만큼의 지식이 있음을 무기로 안하무인의 위세를 부린다. 이는 남을 업신여기는 일이다. 한마디로 눈앞에 보이는 게 없는 지경으로 치닫기도 하며, 자신의 지식이 모두 옳다고 여기는 독선의 구렁텅이로 빠지게 된다. 지식은 상대방과 더불어 공유하며 이를 서로 토론하거나 그 시비와 이치를 따져 서로에게 득이 되는 방향으로 발전을 시켜야 하는 것이다. 이덕무는 지식을 남에게 보이기 위한 것이 아닌 자신의 수양을 위한 방편으로 삼았고, 마찬가지로 충녕대군도 또한 그러하였다.

모름지기 앎이란 자신을 수양하고 세상을 경영하는 일에 쓰이어져야 한다. 인신공격을 하거나 허세를 부린다거나 또는 독선을 고집하는 일은 남에게 해를 준다. 아울러 이러한 행동은 자신에게 동티[66]를 불러올 수 있다. 장자莊子는 이를 일러 '시詩나 예禮로써 남의 무덤을 파헤치는 것'이라고 하였다. 곧 글로써 남에게 피해를 준다는 말이다. 시례발총詩禮發冢인 것이다.

청장관靑莊館

세상에는 기이하고도 희한한 새가 있다. 이 새는 조류도

---

66 재앙.

감 따위에도 없는 출처 미상의 새이다. 이 녀석은 특색 있는 새이다. 현실에 존재하지도 않는 새이다. 이 녀석은 좌우에 먹이가 잔뜩 있어도 쪼아 먹지 않고 오로지 눈앞의 모이만 쪼아 먹는 희한한 습성을 지녔다. 아무리 좋은 모이로 꼬드겨도 앞뒤나 좌우를 돌아보지 않고 앞에 놓인 것만 먹는 새이다. 외골수인 성격이다. 그 이름은 '청장관'靑莊館이다. 이 새는 전설상의 새일 뿐이다. 바로 이 새를 가슴에 품고 호를 지은이가 있으니 『청장관전서』를 지은 이덕무李德懋, 1741~1793라는 조선후기의 학자이다.

그의 글은 실학자다운 면면이 곳곳에 엿보인다. 그는 서얼이었기에 제대로 관직에 나갈 수 없었다. 그의 글에는 스스로를 빗대는 글이 있는데 바로 '글만 읽는 바보'라는 글이 있다. 서얼의 한계를 벗어나기 위하여 한겨울 추운 방에서 글만 죽어라 읽어 결국은 정조에게 발탁되었던 인물이다. 어느 날 그는 배고픔을 견디다 못하여 읽고 있던 『맹자』를 팔아 배불리 먹고 유득공의 집에 갔다. 그러자 유득공은 그가 지니고 있던 『춘추좌씨전』을 팔아 술을 사주었다는 일화도 있다.

청장관이라는 새와 같이 살아간 이가 있다. 조선 중엽 광해군 때 병조판서와 대사헌을 지낸 어느 대감이 하루아침에 벼슬에서 쫓겨나 김포 땅으로 낙향을 하였다. 그는 봄에 밭에 심을 씨감자와 얼마의 고사리가 가진 것의 전부였다. 허름한 움막에 종 하나를 데리고 보리밥을 겨우 먹는 처지였다. 광해군이 임금에 오르자 그는 일거에 내동댕이처진 것이었다. 광해군이 임금에 오르기 전에 그는 선조 임금으로부터 영창대군을 잘 보필하여 왕위를 잇게 해달라는 고명顧命을 받았다. 그러나 그와 함께 선조의 고명을 받은 다른 신하들이 배반을 하여 광해군을 세우자 그는 시골로 내려갔다. 마흔 살이 되기도 전에 부제학, 도승지, 대사간 등의 벼슬을 살고 광해군이 임금의 자리에 오르기 전에 대사헌의 자리에 오르기도 하였다.

　벼슬에서 물러난 지 15년 만에 인조반정1623년이 일어난다. 곧 인조의 부름을 받아 이조판서의 벼슬을 받고 잇따라 좌의정, 우의정 그리고 끝내는 영의정의 자리까지 단박에 오른다. 일인지하 만인지상一人之下 萬人之上의 자리에 오른 것이다. 하지만 벼슬에서 물러나고는 그는 집은 서까래가 썩고 기둥이 기우는 초가집에 살았다. 당시 집안에는 아들과 손자들이 거의 다 과거에 급제하여 벼슬을 살고 있었으니 떵떵거리고 살 만한데도 그러하였다. 그는 옷 한 벌에 이불 하나로 한뉘[67]를 살았던 상촌象村 신흠申欽, 1566~1628이었다.

---

67 평생.

한사寒士, 뜻을 펴지 못한 선비가 아닌 상촌 선생의 고매한 절개를 그린 시가 있다. 그 높은 벼슬을 살고도 다시 한사의 기개를 꺾지 않았던 대학자이자 선비의 정신을 나타낸 시는 과히 절품絶品이라 할 만하다.

桐千年老恒藏曲동천년로항장곡

오동나무는 천년을 살아 죽어서도 가락을 지니고,

梅一生寒不賣香매일생한불매향

매화는 겨우내 추위에도 그 향기를 팔지 않는다.

月倒千虧餘本質월도천휴여본질

달은 수없이 이지러져도 본래의 모습을 지니고,

柳經百別又新枝유경백별우신지

버드나무가지는 백번을 꺾여도 다시 새가지가 나는구나.

옛 선비의 청렴한 마음가짐은 마른하늘에 날벼락이 쳐도 꺾이지 않는 꼿꼿함이 있었다. 이곳에 이리저리 휘둘리는 게 세태이다. 한 번 마음에 새기고 되새김질할 만한 대목이다. 이악함[68]을 쫓는 마음에 무서리같이 내려앉는 섬뜩한 기상을 느낀다. 아! 부끄럽구나!

_____

68 이익을 위하여 지나치게 아득바득하는 태도.

수이불실秀而不實

비리와 부정이 끊이지 않고 꼬리를 물고 발생한다. 파렴치한破廉恥漢이 늘어나고 있다. 느자구[69]가 노란 게 보인다. 느자구가 노래지면 끝장이다. 배움이 깊지 못하고 수양이 덜 된 이들을 꼬집은 대목이 『논어』「자한」편에 보인다. 공자의 직설화법이 보인다. 『논어』를 읽다보면 공자의 이런 직설화법이 더러 보인다. 상대를 옴짝달싹하지 못하게 하는 장면이 보인다. "싹은 나도 꽃이 피지 않고, 꽃은 피어도 열매를 맺지 못한다."묘이불수 수이불실苗而不秀 秀而不實이라는 대목이다. 묘이불수는 싹은 틔워도 꽃을 피우지 못하니 싹 아지, 곧 싸가지가 없는 것이고, 수이불실은 꽃은 피우지만 열매를 맺지 못하니 느자구가 보이지 않는 것이다. 곧 싹수가 노랗다는 얘기이다. 필자가 8년 전에 읽은 『이아爾雅』의 대목이 떠오른다. 3000년 전(?)에 주공周公이 지었다고 전해지는 『이아』「석초釋草」에 보면 꽃과 열매에 대하여 상세히 풀고 있다.

나무에 꽃이 피는 것을 화華라 하고, 풀에 꽃이 피는 것을 보고榮이라 한다.

---

69 싹수.

木謂之華 草謂之榮(목위지화 초위지영).

다시 이를 풀기를,

풀에 꽃이 피지 않고 열매를 맺는 것을 수秀라 하며

不榮而實者 謂之秀(불영이실자 위지수),

풀에 꽃은 피나 열매를 맺지 못하는 것을 영英이라 한다

榮而不實者 謂之英(영이불실자 위지영).

이는 학문 완성의 여부를 말하는 것이다. 싸가지가 없고 싹수가 노랗고 잔망스러운 터수를 지닌 이가 많은 세상이다. 학문은 곧 인격완성의 척도가 되는 것인데 이도저도 못되는 깜냥들이 있다. 이는 학문이 제대로 서고 인격수양이 제대로 된이가 나라와 국민을 다스려야 한다는 대목이다. 이 대목을 곱씹어 보니 가슴이 서늘해진다.

『목민심서牧民心書』권 2「청심淸心」편에 보면 조선의 건국 후부터 정조 임금 때까지 적바림을 살펴보면 태조로부터 성종 사이에 45명, 중종으로부터 선조 사이에 37명, 인조로부터 숙종 사이에 28명 모두 110명의 청백리가 이었다고 한다.

송나라 때의 학자인 육구연陸九淵, 1139~1193은 『상산록象山

錄』에서 청렴결백의 등급을 세 가지로 나누었다.

첫째, 나라에서 주는 녹봉 이외에는 아무것도 받아먹지 않고 먹다 남은 것은 하나도 가지고 돌아가지 않으며, 체임되어 돌아가는 날에는 말 한 필에 몸을 실었을 뿐 옷소매에 맑은 바람만이 일뿐이니 이것이 옛날 염리廉吏로서 최상등이다. 둘째, 봉록 외에 명분이 바른 것은 먹되 바르지 않는 것은 먹지 않고 먹고 남은 것이 있으면 집으로 보내온 집으로 돌려보내는 것이 중고中古시대의 염리로서 그 다음가는 것이다. 셋째, 무릇 전례典例로 되어 있는 것은 비록 명분이 바르지 않더라도 먹되 전례가 없는 것은 제가 먼저 시작하지 않고 향鄕이나 임任의 벼슬도 팔지 않으며 재앙을 핑계로 곡식을 농간하지도 않고 농사나 형옥[70]에 돈을 받고 처리하지 않으며 세금을 더 부과하여 남는 것을 착복하지 않는 것이 오늘날의 염리로서 최하등이다.

청렴결백을 방해하는 것이 앵이[71]이다. 명나라 때 사람인 풍유룡馮猶龍, 1574~1646은 "천하의 가장 나쁜 일은 돈을 버리지 못하는 데서 오고, 천하의 좋은 일은 모두 돈을 버릴 수 있

---

70 刑獄(소송).

71 돈.

는 데서 온다"라고 하였다. 돈만큼 사람을 비굴하게 하는 게 없다. 얼마 정도의 돈을 가지는 것은 좋다. 가지면 가질수록 더 욕심이 나는 게 돈이다. 이런 마음을 끊어버려야 목민관牧民官의 자질이 선다.

다산은 말하기를 "선비의 청렴함은 마치 여인이 순결을 지키는 것과 같아 터럭만큼이라도 더러움이 있다면 평생 흠이 된다"惟士之廉 猶女之潔 苟一毫之點汚 爲終身之玷缺유사지렴 유여지결 구일호지점오 위종신지점결이라고 하였다. 청렴결백함은 목민관이 본디 힘써야 할 바이며 모든 선善의 원천이며 모든 덕의 근본이다. 백성을 다스리는 이가 마음에 담아두는 글, 이게 목민심서의 사자어금니가 되는 줄거리이다. 백성을 보기를 아래로 보아서는 안 되고 어진 마음과 자애로움으로 친하게 지내야 한다는 말이 있다. 민가근 불가하民可近 不可下. 이는 『서경』「감서甘誓」에 나오는 대목이다.

모름지기 수령이 될 이는 어질고 청렴결백하고 비리와 부패에 대하여 결단력이 있어야 한다는 게 다산의 생각이다. 세상을 경영함에 있어서 봄에는 따뜻한 마음으로 백성을 위무하며 가을에는 모름지기 잘잘못을 가려 벌을 주는 게 수령된 이의 책무인 것이다. 경세춘추經世春秋, 『장자』의 「제물론」에 보이는 대목이다. 벼슬자리는 곧 모두가 지닐 수 있는 공기公器이다. 이는 벼슬자리를 삿된 욕심으로 사사로이 할 수 없다는 말이다. 오죽했으면 수령의 자리를 얻으려는 것을 걸군乞郡이라 했을까! 벼슬을 얻으려고 동분서주하는 이들이 민심을 얻는 게 아니라 구걸하는 것이라고 하니 구걸한 것은 아껴서 먹어야 한다는 말이다. 백성의 때 묻고 땀이 서린 앵이를 함부로 써서는 안 되는 것이다.

싹수 노랗고 잔망스러운 터수의 공직자들이 점점 늘어나는 추세이다. 공직에 있는 이들이 『목민심서』 한 대목이라도 읽어 이를 실천하는 노력이 있기를 바란다.

『도덕경』을 읽고

노자! 아니 『도덕경』 어떤 도서이기에 가장 많은 언어로 번역되어 읽혀진 책 중의 하나인가?

필자는 『도덕경』을 기실 수차례 읽었다. 노자의 인물이나 시대적 배경을 본다면 아마도 전국시대쯤으로 여겨진다. 시대적 상황으로 비추어 도덕경은 아마도 이 시기에 이루어진 도서가 아닐까 생각된다. 유가, 법가, 묵가, 농가 등 제자백가들이 한차례 소용돌이처럼 세파를 휘젓고 난 뒤의 저작물이란 생각이 든다.

노자가 극구 명토 박은[72] 일은 무욕無慾, 무지無知, 무위無爲
의 세 가지 철어哲語이다. 혼돈의 시대와 창조의 세계 중간 어
디쯤엔가 천天, 지地, 인人이 생겨나고 만물이 생성되었을 무렵
의 도道라는 개념이 보인다는 것이다. 하늘이 열리고 땅이 생
겨날 무렵, 그 중간 어디에 인간이라는 개체가 하나 더 생겨난
것이다. 시초에는 하늘과 땅이 열리고 생겨났는데 인간이라는
영악한 이가 생겨나 천지간과 만물에 있는 사물에 이름을 부
여하니 이게 곧 사물을 알게 되는 비롯함이었다. 사물이 생겨
나니 인간은 사물마다 고유한 색과 향을 지니고 번쩍이고 값
어치를 지닌 무엇이 있어 이에 금을 매기게 되어 결국은 이게
재물이 되었으니 이를 갖고자 하는 게염이 부르트나게 되었던
것이다. 자연은 결코 무리하게 이루려는 본질이 없었는데 인
간이 자신을 위하여 이를 이롭게 만들고자 하니 결국은 억지
로 일을 꾸며내는 유위有爲의 작용이 끼어들게 되었다.

인간이 애당초 이 누리에 왔을 때에는 도둑도 울타리도 없
고 생산한 것을 나누어 먹는 사회였다. 홀아비나 과부 그리고
고아나 늙어서 자식이 없는 이들을 공평하게 거두어 먹이고
길러주는 누리인 대동大同의 누리였으나, 점차 법률과 명령과

72 꼭 집어서 가리키다.

권위 등이 서게 되고 이른바 인의예지仁義禮智 등을 필요로 하는 소강小康의 누리로 전락하고 말았다.

노자는 유가儒家가 부르짖는 일체의 권위, 지위, 도덕률, 법률, 유위有爲, 곧 억지로 무언가를 하는 것을 부정하고 있다. 모든 사물은 그 본연의 작용에 맡겨야 하는 것으로 '억지로 하지 않는 것'을 강조하고 있는 것이다. 노자가 주장하는 핵심은 바로 무위無爲의 인 것이다. 도道란 무엇인가? 바로 자연의 작용을 말함이다. 자연은 '말없이 일하는 무위無爲, 일정함이 없는 만물이 변화하는 무상無常이면서 늘 일정한 법칙을 따르는 유상有常을 지닌 하나의 우주의 법칙'이다.

자연은 늘 일정한 법칙常을 지닌 것임에는 틀림없다. 노자는 이러한 무상이면서 유상의 무위를 도라고 보고 있다. 바로 도는 '우주만물에 깃들어 있는 일정불변의 자연을 움직이는 법칙'이라고 감히 단언코자 한다. 자연은 곧 무욕, 무지, 무위를 행하고 이를 우리에게 넌지시 알려주는 우리의 큰 스승이기도하다. 노자는 바로 이런 점을 『도덕경』 전체에서 우리에게 비추어 주고 있음이다. 덕德은 바로 이러한 '우주만물에 깃들어 있는 일정불변의 자연을 움직이는 법칙'을 인간이 살아가는 상황과 시대에 몸소 나타내는 일이라고 할 수 있을 것이다.

『도덕경』은 인간의 처세술에 관하여 자심한 공력을 들여 우리에게 알려주고 있다. 읽는 내내 마치 하늘의 붕새라도 된 양 대해大海를 나는 느낌이다. 정치를 하는 이들에 대한 것, 물의 작용을 빌려 쓴 것, 부드럽고 유연한 것이 강한 것을 이긴다는 것, 지식을 버리고 배움을 끊을 것, 자신을 드러내지 말 것, 욕망을 버릴 것 등 많은 시사점을 안겨다 주고 있다.

필자가 노자의 핵심사상을 한마디로 집약하면 "Nothing is something, and vice versa something is nothing. That's the Taoist's concept of getting access to universe and human being." 영어를 써서 미안하지만 이렇게 축약시킬 수 있다고 생각한다.

탄금대 시판詩板 오류

2013년 9월 1일 필자는 탄금대에 올랐다. 처서가 지난 때인데도 한낮의 열기는 여전히 무더웠다. 자전거를 타고 탄금대 초입까지 갔다. 초입에서 정상 부근까지는 가파른 경사여서 하는 수없이 자전거를 타지 못하고 밀고 올라갔다. 날이 더워 이내 땀이 비오는 듯하였다. 중간에 쉬어가기를 두어 번 그늘진 곳에 머무르곤 하였다. 짙은 녹음綠陰 아래에 가쁜 숨을 고르기를 하여도 더위는 쉽게 가라앉질 않았다. 정상에 오르니 아이들과 그들을 대동하고 온 젊은 부부들, 연인들이 한가로이 그늘을 따라 여기저기 예술작품인 조각상들을 감상하고 있었다.

필자는 오직 한 생각만을 지니고 관광객들을 일별一瞥하듯 스쳐지나가고 있었다. 탄금정 정상에 오르기 위하여 가파른 계단을 성큼성큼 걸어 올랐다. 내심 탄금정彈琴亭 시판詩板을 보려는 심산이었다. 탄금정에 오르자 맑은 바람과 발아래 달천의 물이 시야에 한 폭의 그림처럼 들어왔다. 정상에 오른 뒤 다시 호흡을 가다듬고 탄금정에 오르는 구비 진 계단을 타고 정자에 올랐다. 정자 사면에는 정갈하게 쓰인 시판이 사면에 걸려 있었다. 그곳에 오르니 단체로 관광을 온 분들이 여러 명 있었다. 그 일행 말고도 내가 시판을 디지털 카메라로 찍는 내내 올라왔다. 어떤 일행은 단체 사진을 찍으니 카메라 셔터를 눌러주기를 원하는 일행도 있었다. 흔쾌히 셔터를 눌러주었다. 탄금대라는 유서 깊은 관광지를 찾아오는 이들이기에 내심 기쁜 마음이었다. 심신의 고단함을 물리치려고 이곳 정자까지 오른 그들이 고마웠고 충주의 명물이 그 이름값을 하는구나, 라는 마음에 기분이 들떴다.

시판을 카메라에 담던 필자는 아연실색을 하였다. 이유는

네 귀퉁이에 걸린 시판 모두가 오자^{誤字}에다 번역문이 틀렸다는 점이다. 탄금정에 걸린 시판은 지난 2010년 초에 한국고전번역원의 한 수석연구위원이 지적한 오자와 번역문이 3년 전 모습 그대로 걸려 있었다는 점이다. 필자는 한국고전번역원의 수석연구위원이 지적한 오자를 일일이 짚어가며 촬영을 두 번이나 하였다. 3년 전 필자는 이 오자를 일일이 노트에 적어놓았던 기억에 따라 시판을 뚫어져라 보며 눈에 갈무리를 하였다. 탄금정에 걸린 네 개 시판의 오자는 무려 모두 22자였다. 꼼꼼히 세어보니 어마어마한 글자가 잘못 쓰인 것이었다. 지면상 이를 다 옮기지는 못한다. 네 개의 시판 모두 오자가 들어 있었다. 한 시판, 시 한 수에 무려 10자가 잘못 썼고, 어떤 시판 하나에는 한 자만 오자가 있는 경우도 있었다. 또 다른 시판 하나에는 오자가 9자가 보이기도 하였다. 시판의 원문에 오자가 이렇게 있으니 시의 본뜻을 완전히 뒤틀리게 하고 있다는 점이다. 시판 하나에 오자가 10자가 되면 시를 쓴 이의 의도와 본뜻을 180도 다르게 된다는 것이다.

필자는 이 오류를 보기 위하여 시의 출처가 되는 문집^{文集}을 세밀히 찾아보았다. 해당 시가 실린 문집의 원문을 찾아본 것이다. 시의 내용은 탄금대 경치를 읊은 한 수만 제외하고 모두 임진왜란 당시 신립^{申砬, 1546~1592} 장군이 산화^{散花}한 내용을 담고 있다. 8,000여 고혼孤魂의 넋을 기리는 내용이었다. 지하의 영령을 위로하는 이 시들이 본질을 벗어나 다른 의미로 풀이되어 왜곡되고 있다는 점에서 분노마저 치밀어 올랐다. 이 유명짜한 탄금대가 시판 하나로 본질을 흐려놓고 있다는 것이다. 하나의 시판을 예로 들어본다.

「彈琴臺」

『노촌집老村集』卷一

琴臺之水碧澶漫 千古陳濤事可潸
탄금지수벽단만 천고진도사가산

탄금대의 시퍼런 물 길고 길게 흐르거니
지난날 패전한 일 생각하니 눈물 나네.

但使一夫當鳥嶺 何勞八駿到龍灣
단사일부당조령 하로팔준도용만

한 군사로 새재 고개 지키게만 하였던들
어찌 임금 용만 땅에 피난가게 하였으랴.

江流有石應留恨 廟樹無花不點斑
강류유석응류한 묘수무화부점반

강물가의 바위에는 당시의 한 서려있고
사당 앞의 나무에는 꽃도 피어 있지 않네.

薄暮燐燐煩鬼出 輕虹殿雨過前山

박모린린번귀출 경홍전우과전산

날 저물자 맑은 물에서 귀신들이 튀어나올 것 같은데

무지개 속 마지막 비 앞산 스쳐 지나가네.

오류가 발견된 탄금대 시판

琴臺之水碧漫澶 千古陳濤事可潛 금대지수벽만단 천고진도사가잠

但使一夫當鳥嶺 何勞八駿到龍灣 단사일부당조령 하로팔준도용만

江流有石座留恨 墓樹無花不點班 강류유석좌류한 묘수무화부점반

薄暮鄰鄰炊鬼出 輕虹殿閣過前山 박모린린취귀출 경홍전각과전산

탄금정은 충주시의 어느 부서에서 관장을 하는지 모른다. 탐방객이 많이 찾는 충주의 얼굴인 탄금정의 시판이 하루 빨리 교정되기를 바라는 마음 간절하다. 충주시민과 충주의 얼굴인 탄금정이 새로이 거듭나기를 바란다. 시판을 읽고 내려오는 동안 발걸음이 무겁고 씁쓸하다.

제금당製錦堂

필자는 지난 10월 23일 아침 일찍 집을 나서 충주 관아에 들어갔다. 날이 좋아 산책하기도 좋았다. 관아는 청명한 가을 하늘 아래 위엄과 기상을 돋우고 있었다. 관아에 들어서니 왼편에는 노목老木이자 거목巨木인 느티나무가 옹골찬 기세로 우뚝 솟아있었다. 관아를 들어서면 바로 정면에 보이는 건물이 청녕헌淸寧軒이다. 청녕헌과 노목 몇 그루를 돌아보고 있었다. 관아문을 들어서는 입구는 중원루中原樓라는 건물이다. 이는 관아의 초입이자 대문이다.

중원루를 지나면 바로 넓은 광장이 있는데 고운 모래와 소금으로 바닥을 다진 관아 마당이 드넓게 펼쳐져 있다. 입자가 고운 모래를 다져서 땅위를 밟는 느낌이 좋았다.

청녕헌 오른편에는 조금 작고 아담한 건물이 약간은 퇴색되어 빛을 바랜 건물이 하나 있다. 바로 제금당製錦堂이다. 나지막이 내려앉은 듯 안온安穩한 자태를 보이고 있다. 제금당의 편액을 누군가 초서草書로 일필휘지一筆揮之하였는데 힘찬 필력과 굵은 글씨에 힘이 넘쳐흘렀다. 허나 막상 제금당 앞에 서니 별다른 안내판 내지 설명문도 없고 그저 덩그마니 건물만 놓여 있는 듯 조금은 을씨년스러운 모습이다. 관아를 찾는 이들에게 무언가 허전함을 주는 듯한 느낌이 들었다. 일반인들이 일고 있는 것은 기껏해야 아래와 같은 내용 정도였다. 제금製錦의 뜻은 모른 채 말이다.

지방유형문화재 제67호. 제금당은 청녕헌의 동쪽에 있는 8작 기와집으로 귀빈들을 맞이하던 영빈관으로 사용하던 건물이며, 별관 건물로서는 유일한 현존건물이다. 고종 7년1870년에 청녕헌과 함께 소실되었던 것을 충주 목사 조병로에 의하여 중건되었으며 이듬해에 출입문인 내삼문을 세웠다. 그동안 중원군수의 관사로 사용하여 오다가 1983년에 충주시에서 원형을 살려 복원 개수하였다. 정면 7간 측면 3간으로 중건된 이 제금당은 중앙 2간 통간을 우물마루의 대청으로 하여 정전으로 이용하였으며 대청 오른쪽 2간은 온돌방과 마루방으로 대청왼편 3간은 2간의 온돌방과 1간의 마루방으로 각각 만들었는데 앞면에는 모두 반간씩의 툇마루를 설치하였다.

제금製錦이란 과연 어떤 뜻일까? 필자는 이미 수 년 전 이 뜻을 탐구하였다. '제금'을 글자 그대로 풀면 '비단 옷을 짓다'라는 의미이다. 그러나 글자대로 풀면 무슨 내용인지 모른다. 옛 문헌이나 글을 보면 단어나 글자 하나하나에도 깊은 뜻이 담겨있다. 『춘추좌씨전』 양공襄公 31년 조기원전 689년에 보면 다음과 같은 적바림이 보인다.

정鄭나라 공자公子 피皮가 윤하尹何로 하여금 자기가 소유하고 있는 어느 읍을 다스리게 하려는데 공자 산産이 말하기를,

나이가 어리니 그가 다스릴 수 있을지 못 다스릴지 알지 못합니다.

이에 공자 피는,

윤하는 신중하고 착한 사람이오. 내가 그를 아끼니 그는 나를 배반하지 않을 겁니다. 읍재로 나가 다스리는 법을 배우게하면 차츰 다스리는 법을 알 것이오.

이에 공자 산이 말하기를,

아니 됩니다. 사람이 다른 사람을 아끼게 됨은 그에게 이로운 일이 있기를 바라서입니다. 이제 님께서 다른 사람을 아끼시어 백성을 다스리는 일을 맡기고자 하시지만 이는 칼을 쓸 수 없는데도 큰 것을 칼로 베게 하는 것과 같은 일입니다. 이리

하면 그에게 많은 상처가 나게 마련입니다. 님께서 다른 사람을 아끼심이 상처 나게 할 뿐이라면 그 누가 님의 사랑을 받으려 하겠습니까? 님은 우리 정나라에 있어 동량이십니다. 동량이 끊어지고 서까래가 무너지면 님의 비호를 받는 저 교僑는 눌려 죽을 것입니다. 감히 속마음을 다 말하지는 못하나 님이 아름다운 비단을 가지고 있다면 옷 짓기를 배우려는 사람에게 옷을 만들라고 시키지는 않으실 겁니다. 큰 벼슬이나 큰 읍은 많은 사람들의 몸을 감싸주는 것인데 배우고 있는 사람에게 시험 삼아 옷을 짓게 하신다는 말인지요? 큰 벼슬과 큰 읍의 중요성은 아름다운 비단보다는 더 많은 게 아닙니까? 교僑 저는 배우고 나서 정치에 입문한다는 말은 들었으나 정치를 하면서 배운다는 말은 듣지 못했습니다. 만일 정말 그리한다면 반드시 해가 될 것입니다. 수렵狩獵의 일로 비유를 하자면 활쏘기와 수레 몰이에 익숙하면 짐승을 잡을 수 있으나 만일 남이 모는 수레를 타고 활을 쏘며 수레를 손수 몰지 않는다면 실수를 하여 수레가 뒤집어질까봐 두려워할 것인데 어찌 짐승 잡을 생각을 할 겨를이 있겠습니까?

이에 공자 피가 말하기를,

훌륭한 말이오! 호虎 나는 어리석었소. 내가 들은 바로는 군
자는 큰일과 먼 앞날의 일을 알려고 힘쓰고, 소인은 눈앞의 일
을 알려고 힘쓴다 하오.

대화는 이렇게 끝을 맺는다. 위의 얘기는 공자 피가 윤하라
는 나이 어린 사람으로 어떤 읍을 다스리는 중책을 맡기려 하
였는데 자산子産이 비단 옷을 짓는데 이제 막 옷 짓는 법을 배
우고 있는 이에게 아름답고 결이 고운 비단을 주어 비단 옷을
시험 삼아 짓게 하면 안 된다는 점을 일러주고 있다. 사람으로
말하면 덕이 부족한 사람에게 정치를 맡기면 안 된다는 비유
로 점차 나아가고 있다. 제금은 곧 옷을 짓는 기술이 탁월한 이
에게 비단옷을 짓게 해야만 멋진 디자인과 공교한 바느질이
어우러진 고급 옷을 만들 수 있다는 것이다. 제금은 곧 "어진
이가 수령의 자리에 오르다", 라는 의미이다. 자산은 배움과
덕이 갖추어져야 다스림을 행할 수 있다는 비유로까지 끌어올
리고 있다. 요즘 나라를 다스리는데 비인소배非人少輩들이 날뛰
는 형국이다. 아흐, 씁쓸하다!

초한初寒

술도가에서 취한 사람의 낯빛인 양 불콰하던 단풍잎이 사라진지 얼마 되지 않아 어느새 겨울의 초입에 들었다. 그 뜨겁던 불지옥을 지난 지 엊그제 같은데 겨울 어귀에 성큼 들어섰다. 시절인연時節因緣 이같이 무상하던가! 가을도 겨우 노루꼬리만큼이나 살짝 얼굴을 내밀곤 후다닥! 가버린 올해이다. 여름의 그 불열 지옥 같은 해에 여인의 손길 같은 삽상한[73] 산내리 바람을 그리워하던 때가 엊그제 같은데 말이다. 온몸을 뒤발한[74] 땀을 쓸어내려주던 바람은 온데간데없고 벌써 된바람이 몰아치는 엄동嚴冬이란 시절인연을 만났으니 하, 수상타 세월의 흐름이여!

이즈음 겨울 산사山寺는 고즈넉이 거우듬한[75] 뒷산에 몸을 맡긴 채 겨울나기를 하는가보다. 산사에 들어서니 어미 개와 강아지 두 마리만 반기고 인적은 보이질 않는다. 능수버들 핀 도랑가엔 떨어진 이파리가 수북이 쌓였고 여울에는 벌써 살얼음이 겨울의 거추꾼[76]으로 당당함을 드러낸다. 이제 떠나야지

---

73 상쾌하고 시원하다.
74 온몸에 뒤집어쓰거나 바르다.
75 조금 기울어진 듯하다.
76 남의 일을 주선하거나 거들어 주는 사람.

하는 가을의 한숨 소리를 들었다. 가을은 이렇게 겨울에게 해마다 겨끔내기[77] 자리를 내어주고 있었다. 근래 기후는 여름과 겨울이 따로 없는 듯하다. 가을은 어느새 어마지두에 겨울에게 자리를 내어주고 있었다.

이파리 한 잎 떨어지는 것으로 몬[78]이 시들고 철이 바뀌는 것을 거니챌 수 있다는 말이 있다. "나뭇잎 지는 것을 보고 한 해가 저무는 것을 알고, 병 속의 물이 언 것을 보고 누리가 추움을 알 수 있다."見一葉落 而知歲之將暮 睹瓶中之冰 而知天下之寒견일엽락 이지세지장모 도병중지빙 이지천하지한이라고 한다. 『회남자淮南子』「설산훈說山訓」에 보이는 적바림이다. 나뭇잎 떨어지는 게 눈에 보이고 병 속의 언 물로 세월이 감을 알 수 있었다는 게 2000년 전 사람들의 뇌리에도 각인이 되었나보다.

무서리가 내리고 이제는 서리가 온 들녘과 뫼를 온통 뒤발하고 있다. 새벽녘 창문에는 성에가 낭자하고 문 틈새로 바람이 꾸역꾸역 들어온다. 태양은 낮게 보이고 산사의 밤하늘은 어느 때보다 별이 총총하다. 고향에서 가져온 행, 초서의 육필肉筆로 쓴 초필抄筆 문집을 읽다보면 어느새 달은 휘영청 밝아오고 곧 닭울이 무렵의 희붐한 여명이 밝아오고 있다. 이 차가

---

77 서로 번갈아 하기.
78 사물.

운 날에 밤을 지새우는 때가 많지만 브릇나지[79] 않고 마냥 기꺼운 마음이 이는 까닭은 무엇인가? 절집 앞에 선 엄부렁한 가장이[80] 사이로 달빛이 옴팡지게 쏟아지기 때문이었다.

重雲蔽白日 중운폐백일

두터운 구름이 해를 가리고,

陂港日夜涸 피항일야고

개울과 도랑이 날로 얼어붙네.

秋風才幾時 추풍재기시

가을바람이 얼마나 불었는가?

已見雪霜作 이견설상작

이미 눈과 서리를 실어오는 것을.

송나라 육유陸游, 1125~1210의 「초한初寒」이라는 시이다. 올해는 첫추위가 빨리 왔다. 늦가을 들녘에 불어오는 바람에 이미 겨울의 눈과 서리를 실어온다는 이 말이 섬뜩하다. 춥다. 볼을 부비고 싶다. 손가락 끝에 한기가 온다. 해가 짧아 해동갑무렵이면 발을 동동 구르며 집에 서둘러 간다. 올 겨울이 그슨

---

79 짜증나다.
80 나뭇가지의 몸.

대[81]처럼 다가오고 있다. 하지만 엄동설한을 얼레고 달래는 시구詩句로 얼어붙는 마음을 달래보자. "엄동에 매서운 추위가 없다면 어찌 포근한 봄을 맞이 할 수 있으랴!"嚴冬不肅殺 何以見陽春엄동불소쇄 하이견양춘. 당나라 여온呂溫, 771~811의 시 한 닢을 말미에 붙인다. 독자 여러분께서도 따뜻한 겨울 나시길 빌어본다.

하야무월何夜無月

달 없는 밤이 있을까? 초하루에서 그믐이 될 때까지 달은 늘 우리 곁에 있다. 그믐이 되면 달이 없다고 우리는 간주하기 십상이다. 그러나 달은 늘 우리 주위를 맴돌며 비친다. 그믐 뒤에는 달이 가려져 보이질 않는다. 달의 속성은 그 빛을 잘 드러내지 않으려는데 그 묘미가 더하다. 보름달을 보면 벅찬 감동을 일으킨다. 그믐이 지난 뒤나 초하루가 시작될 때의 달을 반겨 맞지를 않는 게 사람들의 마음이다.

달은 이지러지는 것이 맞다. 태양은 이지러지지는 않는다. 지평선 너머로 사라질 뿐이다. 그러나 달은 차면 이지러진다.

---

81 캄캄한 밤에 갑자기 나타나 쳐다보면 쳐다볼수록 한없이 커지는 귀신.

고대의 자전字典인『석명釋名』에서 위와 같이 풀고 있다. 또한 달은 1800여 년 전 허신許愼이 지은『설문해자』에서도 같은 의미로 풀이를 한다. 달의 속성을 옛 사람들은 늘 차 있는 게 아니고 이지러진다고 하였다. 또 달은『예기』에서 서녘에서 생긴다고 한다.『회남자』「천문훈天文訓」에서 "물의 가장 순수한 정기精氣가 달이 된다"라고 하였다.『주역』의「계사繫辭」에서는 음과 양의 가장 순수한 정기가 해와 달이 된다고 하였다.

달에 관하여 소동파蘇東坡, 1036~1101의 일화가 있다.「기승천사야유記承天寺夜遊」라는 글이다. 승천사란 절에서 밤나들이를 했던 모양이다.

원풍 6년1083년 10월 12일 밤이었다. 옷을 벗고 자려는데 달빛이 창문으로 들어왔다. 기뻐서 일어났다. 보름달이었나 보다. 생각해보니 함께 즐길 사람이 없었다. 마침내 승천사承天寺로 가서 장회민張懷民을 찾아갔다. 회민 또한 아직 잠자리에 들지 않고 있었다. 서로 함께 뜰 가운데를 거닐었다. 뜰아래는 마치 빈 허공에 물이 잠겼는데, 물속에 물풀이 엇갈려 있는 것만 같았다. 대나무와 잣나무의 그림자였다. 어느 날 밤이고 달이 없었으랴. 어디인들 대나무와 잣나무가 없겠는가? 다만 우리 두 사람처럼 한가한 사람이 적었을 뿐이리라.

달빛 괴괴한 밤에 자리에 누우려하니 달빛이 문 사래를 거우듬하니 비추어 쏟아졌던 모양이다. 뭔가 허전한 느낌이다. 그는 만월滿月의 달이 비치니 누군가와는 달빛이라도 같이 즐기고 싶었을 게다. 그러다 문득 생각하니 벗인 장회민이 머리를 스쳐갔다. 소식蘇軾은 아우인 소철蘇轍과 함께 자주 승천사에 가서 노닐었던 것 같다. 쿵쾅거리는 가슴을 부여잡고 절집으로 내달았다. 절집 뜰을 거니는데 뜰에는 못이 하나 있었다. 두 사람이 못의 물풀을 보고 있는데 문득 대나무와 잣나무 그림자가 어른거린다. 이에 이들은 이 해에 장강長江가에 정자를 하나 지었는데 그 이름이 쾌재정快哉亭이다. 그해 11월 아우인 소철이 「황주쾌재정기黃州快哉亭記」을 짓는다. 필자가 이 문장을 음미하며 풀이를 해보았다.

이 세 사람은 장강 가에 정자를 지었는데 그 기문記文이 이렇다. 승천사의 달에 흠뻑 취하여 그만 정자 하나를 지은 것이다.

장강의 물결이 온 강을 적시는 모양이 흡사 바닷물과 닮았다. 흐르는 강물가의 경치를 보더니 나의 형 자첨子瞻이 이름 짓기를 쾌재快哉라고 하였다. 정자에서 보면 남북이 백리, 동서가 하나로 이어지고 세차게 흐르는 물이 사납게 용솟음치고 바람과 구름이 몰려왔다 사라진다. 낮에는 노가 눈앞에서 언뜻 보이다 말다하고, 밤에는 물고기들이 물 아래에서 슬피 울부짖는다. 변화가 무궁무진하고 마음이 놀라 눈이 휘둥그레져 오랫동안 볼 수 없었다. 서쪽으로는 무창武昌의 여러 뫼들이 바라보이고 산등성이와 구릉이 들쑥날쑥하며 풀과 나무가 줄지어 서 있고 짐 연기가 해 오르자 사라지고 어부와 땔나무꾼의 집들이 손으로 셀 수 있을 정도니 이게 '쾌재'가 아닌가!

선비가 세상에 태어나 제대로 마음을 닦지 못한다면 어딜 가든 마음의 병이 될 게 아닌가! 마음이 평안하고 너그럽다면 외물外物에 본성을 상할 수는 없지. 장차 어디를 가던 마음이 즐겁지 않겠는가! 오늘 그대張懷民가 귀양살이를 해도 근심될 게 없네. 그대가 슬기를 발휘한 것을 내 공으로 돌리니 자연에서 노니는 것일세. 그대의 마음 씀씀이가 다른 사람보다 났네. 비록 띠 집을 짓고 깨진 독의 조각으로 바라지창을 내더라도 어찌 즐겁지 않겠는가! 장강의 푸른 물에다 서산에 흐르는 흰 구름을 모아 눈과 귀로 이 절경을 다보니 즐겁지 않은가! 잇닿은 산과 절경의 골짜기, 기다랗게 펼쳐진 숲의 고목으로 인해 맑은 바람이 떨쳐 일어나고 밝은 달이 비추니 사람들의 자잘한 근심과 선비의 가슴 쓰리고 타는 애간장 쓸어주는데 이보다 더 나은 게 있는가. 새들도 오히려 이 즐거움 맛보질 않는가.

달빛에 이끌려 절집을 찾은 소동파가 결국은 그의 아우와 장회민과 더불어 정자를 짓는다. 윗글에서 달은 이지러지는 게 아니고 사람의 마음을 채운다. 마지막 구절이 가슴에 와닿는다. 새들도 오히려 이 즐거움을 맛보질 않는가!鳥睹其為快也哉조도기위쾌야재. 여유가 사라지고 멋이 사라지는 요즘이다. 너도나도 물질에 휘둘려 제정신이 아니다. 왜 그리 물질에 바스러지는 육신이 되려 하는가!『주역』에 '천불생무록지인天不生無祿之人'이라 하였다. 사람은 누구나 먹고 살만한 재능을 지니고 태어난다는 말이다. 달은 이지러져도 다시 뜬다. 달의 이치를 좇아 비우고 또 채우는 묘수를 터득하는 것도 좋다. 태양은 잠시 사라지고 이지러지지는 않는다. 달은 이지러졌다가 다시 실살스러운[82] 얼굴로 우리에게 온다. 어느 밤이던지 달이 없으랴何夜無月하야무월! 시나브로 우리 마음속의 달이 사라지고 있다.

팔여거사八餘居士

내 본디 조용한 것을 좋아하고 번잡한 것을 싫어하였지만

---

82 겉으로만 드러나지 않고 내용이 충실하다.

명예라는 고삐와 굴레에 매여 본성을 잃고 마음에 괴로움이 있었지만 영리營利 좇아 따르기도 하였다. 스스로 봉록을 받으며 세상에 도움이 되지 못함이 부끄러웠다. 일찍이 산곡山谷의 사휴정四休亭이라는 시의 서문을 읽어보니 각건角巾을 쓰고 전원으로 돌아가고 싶은 생각이 굴뚝같았다. 뜻하지 않은 화를 당하여 물러나 쉬고 있었는데 소박한 뜻이 마음에 일었다. 눈에 보이는 것과 귀에 들리는 것이 모두 자신에게 맞고 마음을 편안케 한다면 즐겁지 않겠는가! 이에 큰 줄거리를 잡아 팔여八餘라고 스스로 이른다.

이른바 팔여라는 것은 애써 무언가를 일을 도모하지 않고, 하늘이 내려준 천성에 따라 고분고분하며, 남과 다툼이 없으며 무얼 하지 말라는 것도 없고, 남의 것을 빼앗거나 훙글방망이놀지[83] 않으며, 늘 쓰는 용품이 모자라지도 않으며, 무언가 많이 가져도 싫지 않아 평생의 즐거움을 준다면 마음이 기꺼워져 여유로운 삶이 아니던가! 객이 "무엇이 팔여八餘입니까?"라고 묻자 팔여거사는 아래와 같이 응대를 한다.

芋羹麥飯飽有餘 우갱맥반포유여
토란국과 보리밥을 배불리 먹을 만큼 푼더분하고넉넉하다

---

[83] 남의 일이 잘 되지 못하게 훼방하다.

蒲團煖堗臥有餘

蒲團煖堗臥有餘<small>포단난돌와유여</small>

왕골자리와 따뜻한 온돌에서 잠을 푼더분하게 자고,

涌地淸泉飮有餘<small>용지청천음유여</small>

땅에서 솟아오른 맑은 샘물을 푼더분하게 마시고,

滿架書卷看有餘<small>만가서권간유여</small>

책시렁에 가득한 책을 푼더분하게 보고,

春花秋月賞有餘<small>춘화추월상유여</small>

봄꽃과 가을 달빛을 푼더분하게 감상하고,

禽語松聲聽有餘<small>금어송성청유여</small>

새와 솔바람 소리를 푼더분하게 듣고,

雪梅霜菊嗅有餘<small>설매상국위유여</small>

눈 속에 핀 매화와 서리 맞은 국화 향기를 푼더분하게 맡고,

取此七餘樂有餘也<small>취차칠여락유여야</small>

이 일곱 가지를 푼더분하게 즐길 수 있기에 '팔여'이다.

이때 객이 자리에 머물러 앉아 있으면서 오랫동안 깊이 생각하더니 다시 앞으로 나아가 말하기를 "세상에는 거사님께서 말씀하신 바와 다른 부류의 사람들이 있습니다"라고 하자 다음과 같이 또 말을 잇는다.

玉食珍羞飽不足 ^{옥식진수포부족}

진수성찬을 배불리 먹어도 부족하고,

朱欄錦屛臥不足 ^{주란금병와부족}

화려한 집에 비단 병풍을 치고 잠을 자면서도 부족하고,

流霞淸醑飮不足 ^{유하청서음부족}

이름난 술을 실컷 마시고도 부족하고,

丹靑畫圖看不足 ^{단청화도간부족}

잘 그린 그림을 실컷 보고도 부족하고,

解語妖花賞不足 ^{해어요화상부족}

아리따운 기생과 실컷 놀고도 부족하고,

鳳笙龍管聽不足 ^{봉생용관청부족}

좋은 음악을 듣고도 부족하고,

水沈鷄舌嗅不足 ^{수침계설취부족}

좋고 기이한 향을 맡고도 부족하다 여기고,

有七不足憂不足 ^{유칠부족우부족}

이 일곱 가지 부족한 게 있다고 부족함을 근심하는 것.

필자가 조선 중기 사람인 김정국金正國, 1485~1541이 쓴 『사재집思齋集』 권 3의 「팔여거사자서八餘居士自序」라는 글의 원문

을 읽다 풀어본다. 1519년 정암靜庵 조광조趙光祖, 1482~1519가 목대 잡은[84]기묘사화己卯士禍로 사재 김정국은 지금의 경기도 고양 땅으로 뜻하지 않는 귀향을 하였는가 보다. 각건角巾을 쓰고 시골로 돌아가 은둔자의 삶을 하였던 것이다. 각건을 쓰는 이유는 불의의 세상과는 타협을 하지 않겠다는 의사 표시이다. 진나라의 역사서인 『진서晉書』 「왕이王异」전에 각건이 보인다. 각건은 방건方巾이라고도 한다. 옛날 은자隱者들은 네 귀퉁이에 모가 난 관冠을 쓰고 산림山林으로 숨었다. 세상이 지저분하고 더럽다는 이유에서다. 그 비분강개悲憤慷慨함이 윗글에 살며시 엿보인다. 많은 것을 가지고도 남의 것을 더 걸태질[85]하려는 각다귀판[86]을 읊어대고 있다. 점점 금수禽獸와 같이 되어 가는 세태를 꼬집은 것이다. 달팽이 뿔 위에서 싸우는 인간의 모습을 적나라하게 그려내고 있다. 인간은 자연의 천리天理를 거스르려 한다. 극기克己의 정신은 없다. 극기는 곧 게염을 이겨내는 것이다. 얼이 빠지고 금전 앞에 개망나니 짓거리를 한다. 돈이면 사족을 못 쓴다. 아예 사족이 뒤틀려 돌아간다. 정구죽천丁口竹天! 가소可笑로운 짓이다.

---

84 여러 사람을 데리고 일을 시키다.
85 염치나 체면을 생각하지 않고 탐욕스럽게 재물을 마구 긁어모으는 짓.
86 서로 남의 것을 차지하려고 서둘러 덤비는 판.

문집文集을 번역하며

필자는 작년 7월경부터 한 문집文集을 번역 풀이를 하고 있다. 약 370년 전의 문집이다. 대개 문집에는 시詩, 부賦, 만사輓詞, 행장行狀, 기記, 잡저雜著, 소疏, 제문祭文, 서序, 묘갈명墓碣銘 등이 들어 있는 게 일반적이다. 만사는 죽은 이를 애도하는 글이며 행장은 죽은 이의 생전의 행적을 적은 것이다. 기는 누각이나 정자 또는 여행을 하며 보고 들은 바를 적는 일종의 기행문의 성격을 지닌다. 대개 조선시대에 발간된 문집을 보면 위와 같은 범주를 크게 벗어나지 않는다. 문집은 이를 쓴 이의 독창적인 생각이나 사상을 담고 있어서 그 인물의 성격, 시대상, 문물, 민생고, 법 제도, 사회 제도 등을 거니챌 수 있는 요긴한 자료가 되기도 한다.

문집의 번역 풀이에서 가장 힘든 점이 있다면 글자 한 자한 자에 깊은 뜻이 스며있다는 점이다. 그래서 보통 문집 하나를 번역 풀이를 하려면 책을 하나 내는 것 이상의 노력과 철저한 고증이 필요하다. 번역은 제2의 창작이라고 하는 게 이를 반증해 준다. 필자가 이제 막 문집의 1권을 초벌 번역을 해보니 여간 힘든 작업이 아님을 깨달았다. 섣불리 덤비다가 큰 코다칠 수 있다는 점이다.

문집에는 동양의 문학과 역사 그리고 철학이 웅숭깊이 녹아 있다. 이른바 문文·사史·철哲이 어우러져 있다는 점이다. 제자백가諸子百家는 물론이고 사서삼경四書三經은 기본적인 단골 메뉴로 등장한다. 여기에 더하여 중국의 25사史의 내용이 어디에서 돌발적으로 튀어나올지 내심 조마조마하다. 아주 진땀을 흘린다. 시 한 수 번역 풀이에 한 시간 이상을 소모하는 경우도 있다. 이와 같이 관련 자료를 모두 섭렵하고 난 뒤에 번역에 들면 또 만나는 어려움이 한글로 어떻게 매끄럽게 시나 문장의 의미를 훼손치 않고 풀어나가느냐의 문제에 직면한다. 한글 실력 또한 있어야 풀이가 매끄러워진다.

얼마 전 문집을 풀다보니 자전字典에도 나오지 않는 한자漢字가 보였다. 『강희자전康熙字典』을 아무리 뒤장질하여도[87] 나오질 않는다. 그러니 필자가 지닌 7만 여자의 큰 옥편에 나올 리 만무하다는 것이다. 이거 참 환장할 노릇이다. 그런데 다행스러운 것은 그 글자가 사람 이름이라는 점이어서 안도의 한숨을 내쉬었다. 만일 그 글자가 문장의 중간에 들었다면 문장을 풀지 못하였을 것이다. 그 자字에 대하여 국내의 내로라하는 고전번역古典飜譯 관련 정부출연기관의 연구원들도 모른다는 것이다.

---

87 마구 뒤지는 짓을 하다.

필자는 일단 번역 풀이에 들면 문장을 전체적으로 한 번 쭉 훑어본다. 내려 훑다보면 문장의 전체적인 대의大義가 뇌리에 잡힌다. 그런 다음 하나하나 단어를 일별一瞥하면서 다시 본다. 그 뒤에 문장에서 쓰인 단어가 어디에서 유래되었는지를 다시 살핀 다음 그 출처를 맹렬히 추적을 한다. 그게 사서삼경 내지 제자백가이건 중국의 25사이던 끈질기게 파헤친다. 밥을 먹는 사이에도 잠을 자기 전까지도 문제가 풀리지 않으면 집요하게 고심과 생각을 반복한다. 출처를 모르면 문장을 풀 수가 없다. 모르면 수수께끼 같은 의문만 남으니 끝까지 파헤쳐야 한다. 근성이 어느 정도 길러졌다.

문집 번역 풀이에서 가장 중요한 것은 그 문집이 쓰인 시대의 시대상황을 알아야 한다는 점이다. 그 시대의 상황을 모르면 풀이에 큰 오점을 남길 수 있다는 것이다. 아울러 문집에는 인명人名이 수없이 나오고 지명地名 또한 자주 나온다. 이 문제를 풀려고 필자는 『신증동국여지승람新增東國輿地勝覽』등 옛 지리 관련 문헌을 참고하고 있다. 특히 지명은 지금 우리가 쓰고 알고 있는 이름과 다른 게 매우 많다. 이 또한 가급적 철저히 고증을 해야 할 일이니 소홀히 할 수 없다. 인명의 경우에는 정부출연기관인 한국학중앙연구원韓國學中央研究院의 데이터베이스가 유용하다.

넘어야 할 산이 높고도 가파르다. 저 먼 산에 진달래가 피고 울바자에 개나리가 피어도 그 가는 세월을 느낄 수 있을까? 지난至難하고도 고독한 걸음을 한 발짝씩 툭툭! 던지며 가고 있다. 돌부리가 채이고 길에 패인 조그마한 웅덩이에 넘어질 수도 있다. 아니면 어찌 피할 수도 없는 커다란 암벽巖壁을 만나기도 할 것이다. 문집의 번역 풀이는 홀륜탄조鶻圇吞棗가 되어서는 안 된다. 송골매가 대추씨를 발라내지 않고 그대로 삼키는 일이 되어서는 안 된다. 대추씨를 발라내듯 치밀한 작업이 되어야 할 것이다.

괄우족려括羽鏃礪

3세기 왕숙王肅, 195~256이 쓴 『공자가어』의 「자로초견子路初見」편에 아래와 같은 대목이 보인다. 필자는 원문을 보며 아래와 같이 푼다.

자로子路가 공자를 만났다. 공자가 "그대는 무엇을 좋아하고 즐기는가?"하고 물었다. 자로가 대답하기를 "긴 칼 쓰기를 좋아합니다."그러자 공자가 "나는 그런 걸 물어본 게 아니다.

그대가 잘할 수 있는 게 무엇인가를 물었다. 그대가 잘하는 것에 학문을 더하면 어찌 더 좋지 않겠는가?"

자로가 "배워 무슨 이득이 있습니까"라고 하자 공자가 "무릇 임금이란 간언을 하는 신하가 없으면 올바름을 잃게 되고, 선비가 가르침을 주는 벗이 없으면 남의 말을 귀 기울여 듣지 못하는 것이다. 사나운 말을 제어하기 위해서는 채찍이 없으면 안 되고 활시위를 바로 잡는데 도지개가 없으면 안 된다. 나무는 먹줄을 튕겨야 곧아지고 사람이 간언을 받아들이면 덕이 뛰어나게 된다. 배우며 거듭 질문을 하면 그 누가 하늘의 이치를 거스를 수 있는가? 어짊을 해치고 선비를 미워하면 반드시 형벌을 받게 될 것이니 군자는 배우지 않을 수 없다"라고 말하였다.

자로가 말하기를 "남산에 대나무가 있는데 빳빳하여 곧아 이를 잘라 쓰면 무소의 가죽도 뚫게 된다. 이를 근거로 말하면 배움에 무슨 득이 있겠는가?" 공자가 말하기를 "그 대나무를 다듬어 끝에 깃을 달고 화살촉을 달아 날카롭게 갈면 어느 것도 뚫지 못하는 게 없다"라고 하자 자로는 두 번 절을 하며 "선생님을 공경하며 가르침을 받겠습니다"라고 하였다.

가르침을 주는 벗이 없으면 오만방자하게 된다. 사람이 독선을 고집함은 바로 누군가 곧은 말을 하는 이가 없어서이다. 자로는 야인野人이었다. 제 멋대로 행동하는 이였다. 공자를 처음 만났을 때 닭 볏 모양의 모자를 쓰고 공자를 을러 두들겨 패려고 한 사람이다. 이런 거친 야인을 배움의 길로 인도한 이가 공자였다. 사士는 갑골문을 보면 도끼 모양의 군사용 무기이다. 사는 곧 군인이며 야인의 계열이다. 이런 사를 군자로 만드는 게 유교이다. 공자는 이런 자로를 군자의 반열에 올려놓으려 하였던 것 같다.

자로는 자신을 대나무에 빗대어 아주 강직하고 곧은 이다, 라고 하였다. 그런데 이를 바라보는 공자의 눈에는 자로가 한낱 무용武勇이나 뽐내는 뒷골목의 패거리 깡패로 보였던 것이다. 대나무가 곧기는 하지만 잘 다듬으면 화살이 될 수 있다는 점을 일러주는 장면이다. 대나무 꽁지에 깃을 달고 화살촉을 달면 뚫지 못하는 게 없는 무기가 된다는 비유로 배움을 권유하고 있다. 깃과 화살은 배움이요 대나무는 곧 자로와 같이 배움이 부족한 거칠면서 비천한 사람인 것이다. 공자는 대나무에 괄우족려括羽鏃礪를 하려고 한 것이다. 공자는 자로와 같은 무뢰배 대나무를 다듬어 깃을 달고 화살촉을 끼워 더 깊은 인간의 내면을 살찌우려 했다는 것이다. "배움이 부족하면 만인의 적이 된다." 이것은 항우項羽가 한 말이다.

학문이란 무엇인가? 필자는 학문을 곰곰이 생각하며 다음과 같이 문장을 지어 소회를 풀어보았다.

학문은 인仁이 앞서야 한다.

필자는 이를 행하지 못하니 배워서 뭘 하겠는가!

爲學要先進以仁矣 余不得而行之 何爲以學乎

(위학요선진이인의 여부득이행지 하위이학호).

오늘 아침 이 참담함을 다시 느끼니 눈물이 뺨에 흐른다.

책을 덮고 산야山野에 사는 게 더 낫지 않을까.

今朝吾心輒爲惘愴而涕洟垂於頰耳 掩黃卷而居山野

甚可矣(금조오심첩위추창이체이수어협이 엄황권이거산야심가의).

『주역』에서 "배워 지식을 모으고, 물어서 사물의 이치를 가려내며, 너그러운 마음으로 살며, 어짊으로 실천하라"고 하였다.

易云 學以聚之 問以辨之 寬以居之 仁以行之

(역운 학이취지 문이변지 관이거지 인이행지).

인을 행하라는 게 공자孔子님의 인을 체득하는 것이다.

불인不仁한 사람이 배워서 뭘 하나?

居而由仁者 是夫子之體仁也 不仁之者 何敢爲學乎

(거이유인자 시부자지체인야 불인지자하감위학호).

지식만을 미친 듯이 탐하여 얻은 게 무엇인가!
이는 광혜치선狂慧癡禪일 뿐이다.

只似狂汩於知 何有之得乎 是狂慧癡禪而已

(지사광골어지 하유지득호 시광혜치선이이).

내 어짊은 마음에 눈꼽만큼도 없으니 천리天理를 따라 욕심
을 없애고자 하나 스승과 공자님께 부끄럽지 않은가!

如我無仁以有眹 將欲隨天理而克己

然何不敢愧於函丈及先師乎

(여아무인이유치 장욕수천리이극기 연하불감괴어함장급선사호).

『논어』에 "어질지 못한 사람은 오랫동안 곤궁에 처할 수
없고 오랫동안 즐거움에 처할 수 없다"라고 하였다. 이래서 무
슨 일을 할 것인가!

論語云 不仁者 不可以久處約 不可以長處樂 是以何

事圖南哉(논어운 불인자 불가이구처약 불가이장처락 시이하사도남재).

인간의 내면을 살찌우는 어짊이 없이 어찌 학문을 한다는 말인가! 광혜치선狂慧癡禪이란 말이 있다. 미친 사람처럼 지식이나 탐하고 바보 같이 묵언 참선을 한다는 말이다. 작금의 학문하는 이들은 이단異端에 빠져들고 있다. 말단지엽을 붙좇고 학문의 근본을 내팽개치고 있다. 선비라는 말은 수양이 덜된 사람을 뜻한다. 공자께서는 사士를 군자君子로 만들려고 한 사람이다. 선비는 고대 지식계층에서 최하위의 개념, 곧 무기를 들고 전쟁터로 나가는 이들이었다.

그 다음의 단계가 군자이다. 유학儒學은 선비를 쇠를 담금질하듯 군자를 만드는 학문이다. 붓질이나 좀 한다고 선비라고 할 수 있는가! 자로와 같은 야인에 지나지 않는다. 기철학氣哲學을 처음으로 주창한 송나라 장재張載, 1020~1077는 인간의 존엄을 지켜주고 사해동포四海同胞라는 형제애를 지녀야 한다고 하였다. 이를 이루기 위해 공자는 인仁을 앞세워 괄우족려括羽鏃礪를 하려한 것이다. 옛날의 배움은 이러하였다. 지금의 배움은 어떠한가?

봄바람

봄바람이 인다. 봄바람은 부는 게 아니라 인다, 라는 표현이 맞는 듯하다. 봄 산은 검푸른 빛깔의 눈썹먹처럼 우리에게 다가오고 있다. 봄은 곧 생명을 틔우고 사랑을 느끼게 하고 욕망을 드러내 주는 계절의 맏이이다.

동양학에 보이는 봄바람은 어떤 의미일까? 『예기』「월령月令」에 음력 1월에는 동풍이 불어와 얼음이 풀린다, 라고 하였다. 맹춘지절 동풍해동孟春之月 東風解凍이다. 동풍은 곧 봄바람이다. 봄바람이 불어오기 때문에 얼었던 얼음이 풀린다고 하였다. 풍風자를 잘 살펴보면 "바람이 일면 벌레가 생긴다"라고 고대 자전字典인 『설문해자』에서 풀이를 하고 있다.

바람은 기氣이다. 천지에서 나오는 자연현상이다. 『장자』「제물론」에서 "대지가 내쉬는 기를 바람이라 한다"大塊噫氣其名爲風대괴희기 기명위풍이라고 하였다. 바람은 기를 머금고 생명의 움을 틔운다. 기가 모이면 무언가 이루어진다. 기가 흩어지면 죽음이 온다. 『장자』「지북유」에 보이는 대목이다. 이제 우리는 기가 모인 봄바람을 맞고 있다. 겨우내 꺾였던 양의 기운이 굳세고 부드러운 기운으로 대지에 발걸음을 하고 있다.

봄바람은 여러 이름으로 불린다. 『초학기初學記』에 봄바람의 종류를 열거하고 있다. 양풍陽風, 춘풍春風, 훤풍暄風, 유풍柔風, 혜풍惠風 등으로 불리고 있다. 봄바람의 양상이 참 여러 가지이다. 운치가 있는 봄에 대한 표현이자 봄바람에 맞는 비유이다. 봄바람이 주는 혜택이 이리도 다양할 수 있는가! 양陽은 동짓달을 지나 벅차오르는 생명의 기운찬 모습이며, 춘春은 생명의 움이며, 훤暄은 따뜻한 봄 햇살을 이르며, 유柔는 귓불을 간질이는 것이며, 혜惠는 만물에 골고루 봄기운을 주는 것으로 필자는 풀이를 한다.

옛날 문인들은 봄바람을 참 아름답게 표현을 하고 있다. 남조南朝 양나라의 하손何遜, 480~520은 「봄바람을 노래함詠春風」에서

可聞不可見 能重復能輕 가문불가견 능중부능경

들을 수는 있으나 볼 수는 없고,

무거울 수도 있고 가벼울 수도 있네.

청나라의 소태邵泰, ?~?는

春風從何事 所過不留跡 춘풍종하사 소과불류적

봄바람은 무슨 일로 불어오는가,

지나가도 자취를 남기지 않나니, 라고 하였다.

송 진여의陳與義, 1090~1138는「술을 대하며對酒」라는 시에서 초봄의 경치를 읊었다.

燕子初歸風不定 桃花欲動雨頻來^{연자초귀풍부정 도화욕동우빈래}
제비가 처음 돌아오고 바람은 방향 없이 부는데,
복사꽃이 피려하고 비가 자주 내린다.

요즘에 잘 맞는 시 한 구절이 당나라 백거이白居易, 772~846의 을 맞이하여 보자.

柳無氣力枝先動^{유무기력지선동},
버들이 부드러워지니 가지가 먼저 파르르 떨리고

池有波紋冰盡開^{지유파문빙진개},
연못에 물결 일어 얼음이 모두 풀렸네.

今日不知誰計會^{금일부지수계회},
누군지 모르나 마침 오늘에 맞추어

春風春水一時來^{춘풍춘수일시래}
봄바람과 봄 강물이 한꺼번에 왔네.

봄바람이 부드럽게 속삭이니 버들개지가 미동微動하는가 보다. 봄바람에 얼음이 풀린다. 보이지 않게 우리 곁으로 어느

새 봄바람이 온다. 하지만 때맞추어 온다. 겨우내 얼었던 강에 봄바람이 오니 강물이 일렁인다. 사시四時의 운행이 이렇다. 자연은 어김이 없다. 다만 인간이 자연을 거스르려 하고 있다. 자연의 움직임은 이렇듯 일정하다. 불변不變의 철리哲理를 지닌 자연의 위대함에 숙연肅然해진다.

지금은 제비를 보기가 어렵다. 예전에 초가집 처마에는 늘 봄이면 제비가 찾아왔다. 이제는 제비를 볼 수 없으니 참 아쉽다. 버들개지에 물이 오르고 땅 밑에서는 온갖 식물들의 움이 쑥쑥! 땅거죽을 뚫고 올라오고 있다. 나뭇가지에는 생기生氣한 기운의 푸릇푸릇한 빛깔이 돋고 있다. 따사로운 봄볕에 더욱 푸른 기운이 생동하고 있다.

그런데 3월 5일에 꽃샘추위가 왔다. 이에 필자는 꽃샘추위에 관하여 다음과 같이 문장을 지어 소회素懷를 풀어본다.

昨峭寒至 東風而未凍解矣 春來不似春 是以謂也

(작초한지 동풍이미동해의 춘래불사춘 시이위야)

어제 꽃샘추위가 왔으니 봄바람이 불어도 얼음이 녹지 않은

걸까. 봄이 와도 봄같지 않으니 이를 이름인가.

將發嫩綠枝頭而輕寒在梢也

(장발눈록지두이경한재초야)

나뭇가지에 파릇한 움을 틔우려 하나

꽃샘추위가 가지 끝에 걸려 있고

爲悚爲愴 是冬之淋且瀝乎 冬與春搏戰矣

(위송위창 시동지임차역호 동여춘박전의)

두렵고 슬프니 이게 겨울의 추깃물이 아닌가!

겨울과 봄이 드잡이[88]를 하고 있나 보네.

『천자문』, 어떻게 볼 것인가?

동양학의 기초라 할 수 있는 『천자문』은 과거에 한문을 배우는 초학자들에게는 가장 기초적인 학습과정으로 여겨졌다. 하지만 필자는 『천자문』을 보면서 제대로 이를 이해할 수 없었다. 국내에 나오는 해설서가 중구난방衆口難防으로 해설이 되어 있어 체계적이지 못하고 이 사람이 쓰면 이렇게 풀이되고 저 사람이 쓰면 저렇게 해석되는 것이어서 도무지 종잡을 수 없는 혼란에 빠졌다. 그리하여 필자는 과연 천자문이 어떻게 되어 있기에 저마다 풀이가 다를까 궁금하였다. 아니 천자문을 집필하면서 상당히 고심을 하였다고 할 수 있다.

---

88 서로 머리나 멱살을 잡아 휘두르며 싸움.

천자문의 첫 구절부터 마지막 구절까지 완벽한 해설과 글 귀의 출처를 모조리 탐색하였다. 그 결과 아주 놀라운 사실들이 하나하나 벗겨지기 시작하는데 아연실색하였다. 첫 구절부터 마지막 구절까지 모두 사서삼경은 물론 제자백가, 시, 부, 문집, 역사, 철학, 문학 등이 모두 어우러진 하나의 합주곡이었던 셈이다. 철저하게 자료의 출처를 모조리 밝히고 관련된 글을 모두 원문을 빌어 번역하고 각주脚注를 빠짐없이 하였다. 기존에 출간된 천자문 관련 서적을 탐독하였지만 속 시원하게 천자문을 모조리 풀이한 서적은 눈을 씻고 봐도 없었다. 어떤 도서는 천자문과는 동떨어진 사실을 나열하기도 하고 대부분 겉도는 이야기만 적었다. 아예 상식 밖의 이야기를 늘어놓았으니 대경실색大驚失色을 하였다. 아마도 천자문을 만만히 보았던 모양이다.

다산 정약용丁若鏞, 1762~1836 선생도 그의 저서 『다산시문집茶山詩文集』 권 22 「천문평千文評」에서 『천자문』은 어린 아동들이 보기에는 맞지 않는다고 하였다. 다산 선생은 "우리나라 사람들은 주흥사가 지은 천자문을 가지고 어린 아동들을 가르치는데 천자문은 어린 아동들이 볼 성질의 글이 아니다."我邦之人 得所謂周興嗣千文 以授童幼 而千文非小學家流也아방지인 득소위주흥사천문 이수동유 이천문비소학가류야라고 말을 하고 있다. 이

이야기는 곧 『천자문』이 동양학의 웬만한 부문을 아우르고 있다는 방증이 된다고 볼 수 있다. 동양의 문학과 역사 그리고 철학이 녹아 있는 글을 어떻게 어린 학동들이 배울 수 있느냐는 말이 된다. "천자문을 다 읽고도 글자 하나도 알지 못한다."故讀千文已 猶一字不知也고독천문이 유일자부지야라고 다산 선생은 꼬집고 있다. 3년 반 동안 집필을 하면서 필자는 『천자문』의 깊은 속내를 훤히 들여다보는 계기가 되었다. 동양학을 공부하려는 이들은 그 근본을 보는 습성을 지녀야 한다. 깊이 탐구하는 자세가 필요할 것이다. 『천자문』을 보면서 얻을 수 있는 것은 바로 맹자가 말한 "인간 본연의 잃어버린 심성을 찾는求放心(구방심)" 계기가 되었으니 참으로 좋다. 2년 반 동안 천자문을 연구하였다고 보는 게 맞는 듯하다. 아래의 글은 수 년 전에 필자가 집필을 마치고 출간한 머리말이다.

동양학은 무엇인가? 그것은 인간의 가장 본질적인 심성을 바루며, 일깨우는 철학적 사유를 제공해 주는 자양분과 같은 것이다. 『천자문』은 흔히들 한 두어 번 보는 것으로, 아니면 단순히 글자만을 익히려고 보는 경우가 많다. 사실은 그렇지 않다. 1000년 이상을 뿌리내려온 우리네 사상의 근원이 배어 있는 동양학의 보고寶庫이다. 웅숭깊은 동양철학의 핵심이 집적

된 사유의 산물로서 쓰이어진 명문장이다. 그 안에는 문학과 철학 그리고 우리가 자라고 살아온 역사가 반듯이 자리하고 있다. 이는 동양학의 곳간과 같고, 마음의 양식이 쌓인 노적가리와 같은 것이다. 사서오경은 물론 제자백가의 사상과 문학과 역사를 담아 우리네 삶을 단적으로 보여주는 깊은 철학의 도가니인 것이다. 상당히 도가니적인 성격이 농후하다. 문학과 역사 그리고 철학이라는 재료가 알맞게 섞이어 하나의 그릇을 만들어내 듯 우리네 삶을 제대로 조명해 낸 하나의 걸작이자 명품과 같다.

천자문은 하늘과 땅이 처음 열리고 인간이 옷을 만들어 입고 문자를 발명하고 하는 등속의 인류의 탄생과정을 그렸으며, 도둑이 없고 집집마다 울타리가 없으며, 죄짓는 이가 없고 생산한 것을 서로 고루 나누어가지는 이른바 대동大同의 누리를 그려내고 있다. 그러나 후대에 오면서 이러한 대동의 누리가 법과 도덕과 윤리를 지닌 소강小康의 누리로 변화하는 과정을 이 글에서는 풀어내고 있다. 인류의 사회는 이와 같이 대동에서 소강의 누리로 변화해 온 질곡桎梏의 역사이다.

배움은 글깨나 읽은 사람이 하는 것이라고들 한다. 본래 인간이 지녔던 선한 마음을 찾고, 저 멀리 고대사회에 있었던 인간 본연의 모습을 향해 거슬러 올라가는 과정이 바로 배움의 진정한 목적이다. 현재 동양고전을 읽는 우리는 본래 지녔던 선한 마음의 뿌리를 찾아가고 있는지도 모른다. 아니 찾아야 마땅한 것이다. 『맹자』의 「고자 상」 편에는 배움을 '배운다는 것은 다른 것이 아니라 바로 그 잃어버린 마음을 되찾는 것일 뿐이다.'라고 한다. 배움을 가장 적절히 대변해주는 말이다. 잃어버린 뿌리를 되찾아 함양해야 함을 역설한 대목이라고 할 수 있다. 배움은 곧 수양의 과정이며 잃어버린 마음을 제자리에 돌려놓는 것이다. 배움은 곧 남에게 보이기 위함보다는 자신의 수양을 위한 것이어야 한다고 공자께서도 역설을 하였다.

이 글에서는 인간 본연의 심성과 부모와 자식 간의 관계와 형제간의 우애 및 벗과의 관계 등을 그려내고 있다. 또한 우리네 민초들이 삶을 어떻게 살아야 하는지, 왕후장상王侯將相의 삶은 어떠한지, 한 나라의 임금은 어떻게 백성을 다스려야 하는지에 관한 대목도 담담히 그려내고 있다. 역사를 이야기하는 대목에서는 수많은 위인들이 어떻게 옳은 처신을 했는가를 보여주어 지금 우리네 위정자들이 배워야 할 덕목이 무엇인지 가리키고 있다. 이는 현 위정자들의 폐부에 비수처럼 박혀들 것이다.

동양학의 뿌리는 매우 견고하다 못해 숫제 철옹성과도 같

다. 그 웅숭깊은 심연의 바다에서 거두어 올릴 사유의 편린片鱗
은 무궁무진하다. 외국의 석학碩學들이 동양학에 심취하는 것
은 어쩌면 당연한 일인지도 모른다. 이는 동도서기東道西器의
뿌리가 있기 때문이리라. 동양학의 뿌리 깊은 나무에 튼실한
과실이 열리기 시작한다. 동양학적인 사유가 영글기를 바란다.

배추김치에 관하여

우리네 밥상에 빠짐없이 올라오는 배추는 언제 우리나라
에 들어왔는가? 배추는 한문으로 숭菘이라고 부른다. 굳이 한
문을 알 필요는 없지만 조선시대 문집류를 들춰보면 숭이라고
한다. 다산 정약용의『다산시문집茶山詩集文』에는 숭엽菘葉이라
하여 곧 '배추'의 다른 이름이 보이기도 한다. 필자가 숭에 관
하여 자료를 뒤장질해 보니『비아埤雅』라는 책에 "배추는 육
질이 풍부하여 겨울에도 시들지 않고 사계절 내내 볼 수 있다.
소나무와 같이 늘 푸른 절조節操가 있다"菘性隆冬不彫 四時長
見 有松之操숭성융동부조 사시장견 유송지조라고 한다.

배추는 언제부터 심었을까? 아래의 서거정徐居正, 1420~1488
의 시를 읽어보면 5~6세기 무렵 중국의 남북조시대에는 남쪽

에서 배추재배가 이미 성행하였음을 알 수 있다. 7~10세기에는 배추가 북부지방에도 전파되었다고 한다. 우리나라에서는 13세기경 『향약구급방鄕藥救急方』에 배추와 관련된 문자인 숭이 처음으로 등장하였다. 그 당시에는 채소가 아닌 약초로 이용되었다고 한다. 숭채菘菜의 기록이 있는 문헌으로는 16세기의 문헌인 『훈몽자회訓蒙字會』가 있는데 중국에서 도입된 무역품의 하나로 숭채 종자가 포함되어 있었을 것으로 추정되고, 그 후 중종 때와 선조 때에도 숭채 종자가 중국으로부터 수입되었다. 17세기 문헌인 『한정록閑情錄』「치농治農」에 숭채와 함께 배추가 처음으로 등장하고 있으며, 7~8월에 파종하는 것으로 기록되어 있으며 이 밖에 박세당1629~1703의 『색경穡經』, 박지원1737~1805의 『연암집燕巖集』, 홍석모1781~1857의 『동국세시기東國歲時記』 등에도 배추에 대한 기록이 있다. 고춧가루를 넣은 배추김치는 조선 중기 이후에 만들기 시작했다는 기록이 있다. 실제로 배추가 심어져 배추김치를 만들어 먹기 시작한 때는 조선 초기 때부터 인듯하다. 배추가 중국의 북부지역에 전파된 것이 대략 7~10세기였고 그 이후 약 400여 년이 지난 후인 조선 초기에 한반도로 전파되었을 가능성이 대단히 높다는 것이다.

봄의 배추김치는 어떤 맛일까. 아래의 시를 음미하며 입맛

을 다시어 본다. 그러나 필자는 봄 배추김치는 별 맛을 느낄 수
없어 그다지 좋아하지 않는다.

生菘青間白 생숭청간백

청색 백색이 섞인 싱싱한 배추를

——飣春盤 일일정춘반

일일이 봄 쟁반에 담아 올리는데

細嚼鳴牙頰 세작명아협

살살 씹으면 어금니에서 아삭아삭

能消養肺肝 능소양폐간

소화를 잘 시켜 폐간에도 좋은 걸

誰知能當肉 수지능당육

고기와 맞먹는 거야 누가 알랴만

亦足勸可餐 역족권가찬

밥 많이 먹으라고 권할 만도 하구려

周郎先得我 주랑선득아

주랑이 내 마음을 먼저 얻었도다

歸去亦非難 귀거역비난

돌아가는 게 어려운 일도 아니건만

위의 시는 서거정이 쓴 『사가집四佳集』권 13「주소팔영廚蔬

八詠」에 보인다. 부엌에서 만들어내는 배추김치를 묘사하고 있

다. 위 시에서 주랑은 주옹周顒, 473년 전후 사람을 말한다. 『남사南

史』권 34「주옹열전周顒列傳」에 의하면, 문덕태자文德太子가 일

찍이 주옹에게 채식 중에 어떤 나물의 맛이 가장 좋더냐고 묻

자, 주옹이 대답하기를 "초봄의 이른 부추나물과 늦가을의 배

추였습니다."春初早韭 秋末晚菘춘초조구 추말만숭이라고 했다고

한다.

늦가을 늦사리[89]로 거두어들이는 배추 맛은 어떨까. 역시

배추는 가을볕을 받아 자란 배추가 제 맛을 내며 입맛을 구쁘

게[90] 하는가 보다. 오늘 늦은 밤 칼럼을 집필하는 필자가 공복

감을 느끼며 입에 침이 고이려 한다.

西風吹送晚菘香서풍취송만숭향

서풍이 늦가을 배추 향기를 솔솔 불어오자

瓦甕鹽虀色政黃와옹염제색정황

항아리에 김치 절여 색깔이 꽤 노랗네.

先我周顒曾愛此선아주옹증애차

주옹이 나보다 먼저 이것을 좋아했거니와

---

89 제철보다 늦게 농작물을 거두어들임.
90 허전하여 자꾸 무엇이 먹고 싶다.

嚼來滋味敵膏粱^{작래자미적고량}

씹어 먹으니 맛이 고량진미와 맞설 만하네

『사가집』권 50「촌주팔영^{村廚八詠}」에 보인다. 시골 부엌의
가을 풍경을 읊고 있다. 역시 노랗게 고갱이 꽉 찬 서리 내릴
무렵의 가을배추가 좋다. 항아리에 소금으로 절인 노란 배추
속이 맛깔나게 보이는 풍경이 눈에 아른아른 하다. 1500년 전
의 중국 사람 주옹^{周顒}이 한반도의 김치 맛을 알까? 요즘 김칫
독 대신 김치 냉장고가 널리 보급되어 김치 맛이 예전만 못하
다. 뒤뜰이나 앞마당에 구덩이를 파고 묻은 항아리 김치 맛에
비할 바가 못 된다. 아으, 그때 그날이 왜 이리 가슴 저리게 그
리워지는 걸까.

민음호말^{民淫好末}

백성들은 음란하고 말단지엽적인 것을 좋아하고 사치에 골
몰하여 본업에 힘쓰지 않고 밭은 갈지 않으며 남자와 여자는
치레하는 것을 자랑으로 여기고 집에는 제사에 쓰이는 제구^祭
^具가 없고 방안에서는 거문고 소리가 늘 울리니, 이는 초나라와

조나라의 백성과 같은 삶을 사는 게 아닌가!

民淫好末 侈靡而不務本 田疇不脩 男女矜飾 家無斗筲 鳴琴在室 是以楚趙之民(민음호말 치미이불무본 전주불수 남녀 긍식 가무두소 명금재실 시이초조지민).

한나라 선제宣帝, 기원전 73~기원전 49 때 환관桓寬, ?~?이 펴낸 『염철론鹽鐵論』「통유제삼通有第三」의 원문을 읽다가보니 이 나라 사람들의 면면을 꼭 짚어내는 듯 노골적으로 당시 백성들의 생활상을 그려내고 있는 듯하다. 초나라는 저 중국 강남지역의 미개한 나라로 예부터 중원의 멸시를 받았던 것이다. 사치와 향락을 즐기는 그들이었다. 작금의 이 나라 공직자들의 자화상을 보는 듯 씁쓸하다.

무항산無恒産이면 무항심無恒心이라 하였다. 『맹자』의 「양혜왕 상」편에 보이는 대목이다. 일정한 재산이나 직업이 없으면 필요 이상으로 재물에 마음을 쓰게 되어 늘 떳떳하고 바른 마음을 지니기 어렵다는 말이다. 위에서 말한 『염철론』의 대목은 곧 맹자가 말한 무항산 무항심의 대목과 통하는 걸까? 의문이 인다.

근래 들어 이곳 충주에서는 공무원의 음주운전, 성추행 등 공직의 인사로서는 하지 말아야할 일련의 사태들이 일어났다.

이들 공직자들은 일정한 직업과 먹고 살만한 재물을 지녔다. 이들은 곧 유항산有恒産에 속하는 이들이다. 일정한 직업과 재물을 지녔는데도 무항심을 지니는 이유는 뭘까? 아리송하다. 한마디로 말을 한다면 기氣가 흩어져 살아 있어도 살아있지 않은 상태의 기가 죽었음을 말하는 게 아닐까!

조선 초기의 대학자인 서경덕徐敬德, 1489~1546 선생이 설파한 기가 빠져 그런 것이라 단정 지을 수 있다. 화담 선생은 기를 갈피잡기를 "기가 모이면 맑고 깊어서 비어 있는 듯 끝내 흩어지지 않는다."聚之湛一淸虛者 終亦不散취지담일청허자 종역불산라고 하였다.『화담집花潭集』권 2에 보이는 기에 관한 짧은 꼭지이다.

동양학에서 기는 여러 어섯으로 분석되고 풀이되고 있다. 대략 기는 음과 양의 조화로 이루어진 것으로 본다. 하지만 필자는 기철학氣哲學을 보며 대략 동의는 하나 그렇게 보지는 않는다. 기는, 즉 성리학에서 말하는 칠정七情으로 풀이를 한다. 칠정은 곧 기쁨, 성냄, 슬픔, 두려움, 아낌, 미움, 욕망을 이른다. 너무 어려운 얘기여서 여기서는 이를 다 말할 수는 없다. 좀 더 쉬운 풀이가『장자』의「지북유知北游」에 보인다. "기가 모이면 살아남게 되고 기가 흩어지면 죽게 된다."聚則爲生 散則爲死취즉위생 산즉위사라고 한 것이다. 기가 넘치면 기고만장을 하게 된다. 곧 중용의 도를 잃게 되는 것이다.

화담 선생이 말한 "기가 제대로 융합하여 모이면 맑고 깊어서 비어 있는 듯 끝내 흩어지지 않는다"라는 대목은 살아 있는 기의 본체이다. 기가 차면 어리둥절해지고 말문이 막힌다. 기고만장氣高萬丈해지면 눈에 뵈는 게 없다. 바로 기가 흩어져 모이지 않은 얼빠진 상태가 되는 것이다. 유항산인데 왜 기가 찬 작태들을 공직자들이 벌이는가? 아울러 '무항심'이 될까? 기가 제대로 융합되어 모이지 않아 얼이 빠진 상태이기 때문이다.

본 글의 맨 위에 언급한 환관의 말은 밑의 백성들이 하는 행태가 아니라 바로 공직인사들의 행태인 듯하다. 백성들의 피고름을 짜기는 예전이나 지금이나 똑같다. 각 지방자치단체에서 벌이는 유명무실한 여행을 가장한 해외연수는 크나큰 사회의 해악害惡이다. 춘향전에 나오는 시가 생각난다. "금 술동이 좋은 술 만 백성의 피요, 촛농 떨어질 때 백성들 눈물 떨어지네."金樽美酒千人血 燭淚落時民淚落금준미주천인혈 촉루락시민루락.

이 나라 백성은 이렇지는 않다. 공직자들이 악惡을 솔선수범하고 있다. 필자는 이런 공직자들에게 이런 말을 해주고 싶다. 오늘날 벼슬 사는 이들이란 송사리보다 못하네!今之官爵

者 不如細儵也^{금지관작자 불여세조야}. 아니 그저 법망을 교묘히 빠져나가고 공직사회가 감싸 도는 송사리 같은, 여세조^{如細儵}랄까? 민음호말^{民淫好末}이 아니라 벼슬아치는 음란하고 말단지엽적인 것을 좋아하는, 관음호말^{官淫好末}이라고 해야 할 듯하다.

회사후소^{繪事後素}

繪雪者不能繪其淸^{회설자불능회기청}

눈을 그리는 이는 눈의 맑음을 그리지 못하고

繪月者不能繪其明^{회월자불능회기명}

달을 그리는 이는 달의 밝음을 그리지 못하며,

繪花者不能繪其馨^{회화자불능회기형}

꽃을 그리는 이는 꽃향기를 그리지 못하고

繪泉者不能繪其聲^{회천자불능회기성}

샘을 그리는 이는 샘물소리를 그리지 못하며,

繪人者不能繪其情회인자불능회기정

사람을 그리는 이는 마음을 그리지 못하니

然則言語文字 固不足以盡道也연즉언어문자 고부족이진도야

그러므로 언어와 문자로서는 속에 품은 감정을 이루 다 말할
수 없는 것이다.

송나라 때 나대경羅大經, 1196~1242이 지은 『학림옥로鶴林玉
露』 권 6에 보이는 대목이다. 모든 사물은 그 바탕에 수수함과
진정성을 지니고 있다. 사람의 눈으로는 볼 수 없는 갈피가 숨
어 있는 것이다. 사물의 겉모습은 그 본디 모습을 드러내지 않
는다. 겉만 보이는 것이다. 그림을 그리는 이가 진정 사물의 내
면을 꿰뚫을 수는 없다. 내면을 꿰뚫으면 신神이다. 바로 입신
入神의 경지에 드는 것이다. 눈의 맑음, 달의 밝음, 꽃향기, 샘물
소리, 사람의 마음은 그림으로 표현하기 어려운 일이다. 나대
경은 『논어』의 회사후소繪事後素의 대목을 가지고 위와 같이 풀
고 있다.

『논어』 「팔일八佾」 편에 "자하가 묻기를 '예쁜 웃음에 보
조개가 예쁘며 아름다운 눈에 눈동자가 선명함이여! 흰 비단
으로 현란하게 치장을 하였네'라고 하였는데 무엇을 말한 것

입니까?'하니, 공자가 말하길, '그림 그리는 일은 흰 비단을 마련하는 것보다 뒤에 하는 것이니라.'자하가 다시 묻기를, '예가 나중이군요'라고 하자 공자가 말하길, '나를 일으키는 자 상^{子夏}이로구나! 비로소 시를 말할 만하다'"라고 하였다.

시를 두고 공자와 자하子夏, 기원전 507~기원전 420가 나누는 대화이다. 아름다운 여인의 모습을 그리는 것보다는 예禮를 나중에 행하여야 함을 말하고 있다. 여기에서의 논점은 예禮가 아니다. 이는 『시경』 「석인碩人」 편의 시이다. 자하가 언급한 이 시는 그 내막이 있다. 『춘추좌씨전』 은공隱公 3년 조에 다음과 같이 나와 있다.

위衛나라 장공莊公, 기원전 757~기원전 735이 제나라 태자 득신得臣의 누이동생을 부인으로 맞이하여 그녀를 장강莊姜이라 하였다. 그녀는 매우 아름다웠으나 아들을 낳지 못하였다. 위나라 사람이 그녀를 위하여 이 시를 지었다.

내막은 대략 이렇다. 여기에서 아름다운 미모는 지녔으나 아들을 낳지 못하는 장강을 두고 예禮, 곧 후사를 잇지 못하는 일은 나중의 일이라고 한다. 곧 장강이 아들을 낳지 못하는 괴로움을 읽어내는 자하의 심성을 꿰뚫어 본 게 공자이다. 예는 나중 일이니 장강의 괴로움이 얼마나 컸으랴, 하는 공자의 인간적인 냄새가 풍긴다. 시가 지닌 함축적인 의미를 잘 읽었다는 공자의 자하에 대한 칭찬이다. 시는 곧 시를 쓴 이의 내면을 읽는 것이다.

삼라만상의 자연물과 인간의 참모습은 그 내면을 읽어 헤아리기가 여간 어려운 게 아니다. 이에 관하여 공자는 『주역』「계사 상繫辭上」에서 "글로서는 사물의 본디 모습을 다 표현할 수 없고, 말로써는 가슴속의 뜻을 다 나타낼 수 없으니 성인의 뜻은 알 수 없는 것인가? 그렇지 않다. 성인은 사물의 모습을 또렷이 정립하여 그 뜻을 모조리 표현하고 괘卦를 만들어 거짓과 본질을 다 표현하고 말을 이에 덧붙여 말을 극진히 한다"라고 하였다.

서부진언 언부진의書不盡言 言不盡意. 글로써 사물의 본모습을 다 말할 수 없고, 말로써 속마음을 다 표현할 수는 없다. 공자도 사물을 잘 읽어내는 게 힘들다고 윗글에서 말하고 있다. 그래서 공자는 성인聖人만이 사물의 본모습을 읽어낼 수 있다고 한다. 그림을 그리던 말을 하던 글을 쓰던 사물의 참모습을 그려내는 게 어렵다. 무슨 일이던 바탕이 이루어진 다음에 일을 도모할 수 있다. 바탕이 없으면 서기가 어렵다. 그냥 무너진다. 흰 바탕이 마련된 뒤에야 그림 그리는 일이 가능하다. 회사후소繪事後素!.

홍일점紅一點

　　때는 송나라 휘종徽宗, 1082~1135 시절이었다. 휘종은 예술을 지독히도 좋아하였다고 한다. 이때 화가들의 지위는 중국 역사상 최고의 위치를 점하였다고 한다. 휘종은 한림서화원翰林書畵院을 세웠다. 일종의 궁정 화원이었던 셈이다. 궁정 화가들은 그림 작품을 통해 과거시험을 보아서 관직에 오를 수 있었던 것이다.

　　휘종과 관련된 일화가 하나 있다. 우리가 어느 좌석엘 가면 '홍일점'이라고 하는데 그 유래가 아래와 같다. 홍일점은 다들 아시겠지만 뭇 남성들이 있는 자리에 여성 한 사람이 끼어 있는 경우를 말하는 것이다.

　　어느 날 다음과 같은 시제가 궁정화가들에게 출제가 되었다.

嫩綠枝頭紅一點눈록지두홍일점

여린 초록 가지 끝에 붉은 점 하나,

動人春色不須多_{동인춘색불수다}

설레는 봄빛은 많다고 좋은 것 아닐세.

　궁정 화가들은 일제히 초록빛 가지 끝에 붉은 하나의 꽃잎을 그렸다. 모두 등수에는 들지 못했다. 어떤 사람은 푸른 산과 푸른 강이 화면 가득한 가운데, 그 산 허리를 학 한 마리가 가르고 지나가는데, 그 학의 이마 위에 붉은 점 하나를 찍어 '홍일점'을 표현하였다. 그런데 정작 일등으로 뽑힌 그림은 화면 어디에서도 붉은 색을 쓰지 않았다. 다만 버드나무 그림자 은은한 곳에 자리 잡은 아슬아슬한 정자 위에 한 소녀가 난간에 기대어 서 있는 모습을 그렸을 뿐이었다. 중국 사람들은 흔히 여성을 '홍紅'으로 표현하곤 하였으므로, 결국 그 소녀로써 홍일점을 표현했던 것이다. 진선陳善, 1147년 전후 사람의 『문슬신화捫蝨新話』에 보이는 대목이다.

　이야기가 조금 어긋나고 있지만 문슬捫蝨이란 말에는 그 유래가 있다.

　왕맹王猛, 325~375이란 사람이 있었는데 매우 가난한 환경에서 어려운 유년시절을 보냈다. 그는 글 읽기를 즐겼는데, 특히 병서兵書를 탐독하였으며, 학문과 식견을 갖춘 스승을 모시고 매우 열심히 공부하였다. 그 당시, 선비들은 청담淸談을 즐겼기 때문에 왕맹을 얕보았으며, 왕맹 또한 그들을 상대하지 않았다.

전진前秦, 350~394이 세워진 지 얼마 되지 않았을 때, 동진東晉의 대장군 환온桓溫, 312~373은 많은 군사를 이끌고 전진을 공격하였다. 많은 군사들이 관중關中에 이르자 패상에 주둔하였다. 이때 왕맹의 나이는 서른 살로 마침 화양산華陽山에 은거하고 있었다. 그는 환온의 군대가 왔다는 말을 듣고, 낡은 누더기 옷을 걸친 채 동진의 진영을 찾아가 환온을 만났다. 동진 진영에는 장수들이 매우 많았다. 왕맹은 환온을 만나 천하의 형세에 대하여 이야기하며, 한편으로는 손을 내밀어 옷 속에 집어넣고 몸을 어루만지며 이를 잡았다. 그의 태도는 매우 침착하여 마치 옆에 아무도 없는 듯하였다.一面談當世之事 捫蝨而言 旁若無人 일면담당세지사 문슬이언 방약무인.

환온은 그의 언변을 듣고 매우 놀랐다. 환온은 동진에 왕맹을 능가할 사람이 없다고 생각하여, 그에게 물었다.

나는 조정의 명령을 받들어 10만 명의 정병을 이끌고 북벌을 나서 백성들의 해악을 제거하고자하오. 하지만 관중의 호걸들은 지금까지 나를 만나러 오지 않으니, 이건 무슨 까닭이오?

왕맹은 조금도 망설이지 않고 대답하였다.

장군께서는 천리 길도 멀다 하지 않고 오시어, 대군들은 이미 적지 깊숙이 들어와 있습니다. 장안은 눈앞에 있는데, 장군께서는 패수를 건너 장안으로 쳐들어가지 않으시니, 백성들은 모두 도대체 장군이 어떤 마음을 가졌는지 알지 못합니다. 그러니 아무도 맞아주는 이가 없는 것입니다.

『진서晉書』권 114 전진재기前秦載記 부견苻堅 하下 '왕맹전王猛傳'에 보이는 대목이다.

삼복三伏

엊그제가 초복이었다. 올해는 지금이 장마기간인데도 장맛비다운 비 한 번 내리지 않고 그냥 지나려나 보다. 습도는 높고 이에 따라 몸은 끈적거리고 후텁지근하다.

삼복이 시작되었다. 불열지옥 같은 볕이 내리쬐고 있다. 올해는 억수장마를 기대하기는 글렀다고 본다. 삼복은 양기陽氣에 의해 음기陰氣가 눌린 상태이다. 양기에 음기가 눌려 개처럼 엎드렸다는 뜻이다. 하지 이후에 음기가 양기에 의해 아주 눌린 상태이다. 하지^{夏至} 이후 가을의 기운인 금^金이 여름의 드센 기운을 지닌 불^火에 의하여 쇠의 기운이 세 번 굴복한다는 게 삼복의 의미이다.

삼복은 하지 이후 세 번째 경일^{庚日}에 초복이 온다. 올해는 첫 번째 경일이 양력 6월 28일^{庚午}이고, 두 번째 경일은 열흘 뒤인 양력 7월 8일^{庚辰}이었고 세 번째 경일인 양력 7월 18일^{庚寅}에 초복이 왔다. 하지 이후 네 번째 경일인 양력 7월 28일^{庚子}이 중복^{仲伏}이 된다. 입추^{立秋} 후 첫 번째 경일인 양력 8월 7일^{庚戌}이 말복^{末伏}이자 입추^{立秋}이다. 올해는 말복과 입추가 겹쳐 오는 것이다. 말복이 지난 후에는 쇠^金의 기운이 강해지며 음기가 드세어지는 때이다.

옛 문집^{文集}과 선비들의 편지글인 간찰^{簡札}을 읽다보면 삼복더위를 경열^{庚熱} 또는 경염^{庚炎}이라 표현을 하였다. 이는 『초학기^{初學記}』권 4 「음양서^{陰陽書}」에 따른 것이다. 『초학기』의 내용을 보면 "하지 이후 세 번째 경일이 초복이 되고, 네 번째 경일이 중복이 되며, 입추를 지난 뒤 첫 번째 경일이 후복^{後伏}이 되니 이를 삼복이라 한다." 夏至後第三庚爲初伏 第四庚爲中伏 立秋後初庚爲後伏 謂之三伏^{하지후제삼경위초복 제사경위중복 입추후 초경위후복 위지삼복}이라는 대목이 보인다.

올해 5월은 여느 때보다도 더웠던 것으로 기억된다. 기후 변화 내지 이상기후 때문인지 몰라도 매우 더웠던 것이다. 지금으로부터 300년 전에도 이런 현상이 있었나보다. 명나라 말과 청나라 초에 살았던 방문方文, ?~?이라는 시인은 「장도인원거가張道人園居歌」라는 시에서 "올해 무더위는 어찌 이리 심한지 오월 중순인데도 삼복더위와 같네."今年暑熱何太酷 五月中旬似三伏금년서열하태혹 오월중순사삼복라고 하였다.

복날 더위에 얼음이 제격이었나 보다. 송나라 때의 시인인 매요신梅堯臣, 1002~1060의 「중복일영숙견빙中伏日永叔遣冰」이라는 시에 얼음이 보인다. 중복날에 구양수가 얼음을 보냈던 모양이다. 1000여 년 전 더위를 이기는 방편으로 얼음이 등장하고 있다. 그의 시에는 "햇볕이 타오르는 불과 같으니 때는 바로 삼복이라. 소반에 얼음을 담아 신하에게 내려주고 큰 얼음 덩어리 내 앞에도 놓였구나. 얼음 언 조화는 자연의 이치에 따랐으나 찬 것이 두려워 먹지 못하니 아마도 여름에 나는 벌레가 아닌가."日色若炎火 正當三伏時 盤冰賜近臣 巨块置我前 凝结造化移 畏冷不敢食 有類夏虫疑일색약염화 정당삼복시 반빙사근신 거괴치아전 응결조화이 외냉불감식 유류하충의라고 읊고 있다. 무더운 여름날 얼음을 보고 작자는 여름 벌레가 아닌가, 라고 재미있게 농을 건네고 있다. 임금이 내려주는 얼음을 보고 짐짓 농지거리를 일삼고 있다.

글을 쓰는 동안 오전인데도 매미가 자지러지게 울고 있다. 무더위에 빙과류가 많이 팔리고 있다. 무더위에 너무 찬 음식은 쇠의 기운을 더해주는지 모른다. 쇠는 음기의 기운을 지녔다. 음기陰氣가 많아지면 신체리듬이 깨진다. 『동국세시기東國歲時記』「복일伏日」편에 보면 "개를 삶아 국을 만들어 양기를 돋운다"烹狗爲羹以助陽팽구위갱이조양이라고 하였다. 필자는 개고기를 거의 먹지를 않는다. 다른 방편으로 보양함이 더 좋다는 생각이다. 여하튼 양기가 드센 복날은 양기로 적절히 다스리는 것이 좋다는 생각이다. 여름날의 양기를 돋우는 것은 음기를 지닌 얼음보다는 불의 기운을 지닌 끓인 음식이 좋다는 생각이다. 곧 중복이 다가온다. 여름의 긴긴 날 뜨거운 태양이 그래도 좋다. 제 철 과일도 제법 나고 양기를 다스릴 방안이 채소와 과일 등에 있어 좋다. 필자의 여름나기는 독서이다. 독서 또한 양기를 다스리는 하나의 방편이다. 주야장천晝夜長川 책 읽기에 몰입하면 더위는 가신다.

팔눈어사八目御使

승평昇平 부사府使 최석崔碩, ?~?을 비서랑祕書郎으로 삼았다. 승평부에서는 옛날 풍속이 읍의 수령이 갈려 갈 때마다 반드시 말을 주었는데, 태수太守는 8필, 부사副使는 7필, 법조法曹는 6필씩 마음대로 골라가게 하였다. 석이 돌아가게 되니 고을 사람들이 관례에 의하여 말을 가지고 와서 고르기를 청하였는데, 석이 웃으면서 말하기를, "말이 서울까지 갈 수만 있으면 충분하니 골라서 무엇 하겠느냐"하고, 집에 와서 말을 돌려보냈는데 아전이 받지 않았다. 석이 말하기를, "내가 너의 고을에 원으로 갔다가, 나의 암말이 낳은 새끼를 지금 데리고 왔으니, 이것은 나의 욕심이었다. 네가 받지 않는 것은 내가 욕심이 있는 줄을 알고 내가 겉으로만 사양하는 체 한다고 생각하는 것이 아니냐"하고 그 망아지까지 돌려주니, 이후로 그 폐단이 드디어 없어졌다. 고을 사람들이 그 덕을 칭송하여 비석을 세웠는데, '팔마비八馬碑'라 이름 하였다. 『고려사절요高麗史節要』 권 20 「충렬왕 2년」 조1281년에 보인다. 승평은 지금의 전남 순천지역이다.

來往昇平節物移 내왕승평절물이

승평을 오가는 동안 예물이 바뀌나니

送迎多愧奪民時 송영다괴탈민시

보내고 맞이할 때 농사철을 방해한 것 못내 부끄러워라

莫言無德堪傳後 막언무덕감전후

세상에 전할 만한 덕이 없다고 말하지 말라

復起崔君八馬碑 부기최군팔마비

최군의 팔마비를 다시 일으켜 세웠다

위의 시는 『동문선東文選』 권21에 보이는 「최원우崔元祐」라
는 시이다.

아래의 대목은 안정복安鼎福, 1712~1791이 쓴 『동사강목東史
綱目』에 보이는 내용이다.

승평 부사 최석崔碩을 비서랑으로 삼았다. 승평부昇平府의
옛 관습에 수령이 갈려 갈 때에는 반드시 말 8필을 주는데 마
음대로 선택하게 하였었다. 석碩이 돌아올 때에 고을 사람들이
관례에 따라 말을 가지고 와서 마음대로 선택하라 하니 석은
웃으면서,

"말은 수도에까지만 가면 되는 것인데 선택할 필요가 무엇

이냐?"

하고, 집에 와서는 말을 돌려주었으나 아전이 받지 아니하였다. 석은,

　"내가 너희 고을에 있는 동안 나의 암말이 망아지를 낳았는데 이것까지 데리고 왔으니 이는 내가 욕심이 있기 때문이다. 네가 받지 않는 것은 내가 욕심이 있는 줄을 알고 일부러 받지 않는 것이 아니냐?"

하며 그 망아지까지 돌려주었다. 이때부터 그 폐해가 아주 없어졌다. 고을사람은 그의 덕을 칭송하여 비를 세웠는데 명칭을 팔마비八馬碑라 하였다.

다음의 대목은 팔눈어사八目御使라 불린 이상황李相璜, 1763~1841의 이야기이다. 『목민심서牧民心書』 「유애遺愛」 편에 나오는 대목이다.

이상황이 충청도 암행어사가 되어 새벽녘에 괴산군에 다다

랐는데 고을 5리 못 미쳐 하늘빛이 희붐한 가운데 멀리 미나리 밭 가운데 한 백성이 소매에서 나뭇조각을 꺼내어 진흙 속에 거꾸로 꽂았다가 길가에 바로 세우고, 또 수십 보를 가더니 다시 소매 속에서 나뭇조각을 꺼내어 진흙 칠을 하여 세우는 것을 보았다. 이렇게 하길 다섯 번이나 하였다.

어사가 묻기를, "그것이 무슨 물건인가?"라고 하니 그 백성이 대답하기를, "이것은 선정비善政碑인데 나그네는 모를 것이오"라고 하였다. 어사가 다시 묻기를, "왜 진흙 칠을 하는 것이오?"하니 대답하기를, "암행어사가 사방으로 돌아다니므로 비나리치는[91] 이방이 나를 불러 이 비 10개를 주고 동쪽 길에 다섯 개를 세우고 서쪽 길에 다섯 개를 세우라고 하였는데, 눈 먼 어사가 이것을 진짜 선정비로 알까 두려워서 진흙 칠을 하여 세우는 것이오"라고 응수를 하였다. 어사가 그 길로 들어가 상황을 조사하고 진흙 비의 일을 논죄하고 수령을 봉고파직封庫罷職 하였다.

암말이 망아지 하나를 낳아 9마리가 되어도 이를 받지 않고 임기를 마친 고을의 아전에게 돌려준 최석과 눈이 뒤통수

---

91 아첨하여 가며 남의 환심을 사다.

와 옆머리에도 붙은 이상황은 청렴한 관리였다. 팔눈어사는 뒤통수와 옆머리에 눈이 각각 2개씩 모두 8개가 달렸던 모양이다. 눈에 보이지 않는 것까지 모두 짚어내는 팔눈어사, 그의 앞에 서면 모든 게 보였던 모양이다. 고을 수령의 선정비를 비나리치며 고을 곳곳에 세우려던 이방보다는 수령의 자질資質이 문제였던 것이니, 지금도 이런 일을 행하는 인사들이 보인다. 살아생전에 누구를 기리는 무슨 공원이나 빗돌을 세우는 일이 지금도 버젓이 자행되고 있다. 생게망게한[92] 일이 아무렇지도 않은 듯 일어나고 있는 작금의 상황이 쓴 웃음을 자아내게 한다.

윤달閏月

올해는 9월 윤달이 182년 만에 돌아왔다. 윤달은 태음력의 1년은 355일이다. 태양력보다 11일이 적다. 음력의 12달은 태양력보다 11일이 적다는 말이다. 윤달을 둔 이유는 계절과 어긋나는 것을 막기 위하여 간간이 넣은 달이다. 보통 19 태양년에 7개월의 윤달을 둔다. 19년에 7개월의 윤달을 둔다함은 3년에 한 번 정도 윤달을 둔다는 계산이 나온다.『천자문』에도 윤

---

92 하는 행동이나 말이 갑작스럽고 터무니없는 모양.

달에 관한 적바림이 보인다. 윤여성세閏餘成歲, 윤달로 하여 한 해를 이룬다. 윤달을 어떤 식으로 넣느냐 하는 것을 치윤법置閏 法이라 하는데, 옛 사람들은 기원전 589년에 와서 19년에 7개의 윤달을 두면 정확하다는 것을 알게 되었다. 춘추시대 중국에서의 일이며, 고대 천문학이 발달했던 바빌론보다 100년이 앞섰다.

윤달은 요堯, 기원전 2357~기원전 2258 임금이 해年를 조절하기 위하여 만들었다고 한다. 고대의 자전字典인 『설문해자說文解字』에 "윤달은 한 해의 11일이 모자란 것을 5년마다 다시 윤달이 돌아온다"閏餘分之月 五歲再閏也윤여분지월 오세재윤야라고 하였다. 5년마다 윤달이 돌아온다고 한 허신許愼의 말은 고대 역법曆法을 기준으로 한 것이다. 1년에 11일이 모자라 3년이면 한 달이 모자라니 윤달을 둔 것이다.

『서경』「우하서, 요전虞夏書, 堯典」에 요 임금이 화씨和氏와 희씨羲氏에게 말하기를 朞기는 366일이니 윤달로 사철을 정하고 한 해를 이루도록 하라"朞 三百有六旬有六日 以閏月定四時成歲기 삼백유육순유육일 이윤월정사시성세라는 대목이 보인다. 요 임금은 사시사철을 갈래지어 농사를 잘 지을 수 있게 하려고 한 것 같다. 곧 나라살림의 바탕인 농업에 필요한 절기節氣를 조절하려고 하였던 것이다. 절기에 맞춰 씨 뿌리고 기르고 거두는 일정을 조절하여 주려고 한 것이다.

혼히 윤달은 '썩은 달'이라고 한다. 하늘과 땅의 신神이 사람들에 대한 감시를 쉬는 기간으로 그때는 불경스러운 행동을 하여도 신의 벌을 피할 수 있다고 널리 알려졌다. 윤달이 끼인 달에는 결혼식을 올리지 않는다. 하늘과 땅의 신이 사람들에 대한 감시를 하지 않는 달이다. 불경스런 행동도 신의 벌을 피할 수 있는 달이다. 그런데 왜 사람들은 불경스럽지 않은 결혼식을 윤달을 피하여 올리려 하는가? 이는 전혀 근거가 없는 낭설浪說일 뿐이다. 그냥 저잣거리에 떠도는 말일 뿐이다.

조선 후기의 학자인 홍석모洪錫謨, ?~?가 지은 『동국세시기』에 윤달에 관하여 다음과 같은 적바림이 보인다.

우리나라 풍속에 한 달이 가외로 있는 것을 윤달이라 하여 혼례를 올리는 데 좋고, 또 수의壽衣를 만들어 두면 좋다고 하여 모두 이 달에 한다. 모든 일에 부정을 타거나 액이 끼이지 않는 달이다.俗宜嫁娶 又宜裁壽衣 百事不忌속의가취 우의재수의 백사불기.

윤달에 수의를 만들면 장수를 한다고 한다. 왜냐하면 저승

사자가 윤달인 줄을 모르고 저승으로 데려갈 사람을 기다려준 다는 말이다. 그리고 음력을 기준으로 국가 일을 관장하였기 에, 조정에서는 평년에 열두 달로 예산 편성을 했지만, 윤달이 든 해에는 13개월의 예산을 준비하거나 추가경정예산을 짜기 도 했었다. 공무원들은 윤달이 든 해면 녹봉을 한 번 더 받았던 것이다. 그러다보니 국고가 부족하여 평민들은 윤달이 든 해 에는, 일종의 강제노동인 부역을 나가기도 했는데 이를 윤월 역閏月役이라 했으며, 노역 대신에 돈으로 바칠 수도 있었으니 돈을 없애는 달이란 뜻으로 윤모은閏耗銀이라 했다. 윤달에는 돈이 새어나가는 달인 셈이니 평민의 주머니는 얇아졌을 것이다.

인생삼락人生三樂

내가 전원에 산 지도 오래되었다. 이미 세상 밖의 사람이 되 었는지라. 이전에 내가 지은 책들을 펴보고 마음에 드는 구절 을 만나면 이를 기록하여 한 질의 책을 만들었다. 책의 내용에 나의 의견을 붙여서 글의 이름을 야언野言이라고 지었다.

입으로는 모순된 말을 뱉지 말고, 미간에 번뇌를 달지 않으 면 세속에 사는 신선이라 할 만하다. 마음에 드는 꽃이나 대나무를 심고, 뜻에 맞는 길짐승과 날짐승을 기르면 이게 바로 산림, 곧 살림을 경영하는 방도가 아니겠는가? 술을 마시는 것은 진정 그 맛을 음미하는데 있지 취하는데 있지 아니하다. 세상을 초탈한 이는 높은 이상을 좇고, 세상에서 자취를 감춘 이는 묘한 여운을 주는 법이니 마음에 맞는 벗과 이야기하면 신선이 아니겠는가!

오로지 글을 읽으면 이득이 있고 해는 없고, 시내와 뫼를 좋아하면 이득이 있고 해는 없으며, 꽃과 대나무를 좋아하면 이득이 있고 해는 없으며, 바르게 앉아 말없이 조용히 있으면 이득이 있고 해는 없는 법이다. 차를 달여 익으면 맑은 향이 나고 손님이 문 앞에 이르면 즐거운 법이다. 새가 지저귀고 꽃이 지니 사람이 없어도 즐겁지 않은가! 진짜 샘물은 맛이 없고 진짜 물은 향이 나지 않는다. 흰 구름이 끼고 산은 푸르며, 시냇물 흐르는 곳에 바위가 서 있고, 꽃은 새 지저귐을 맞이하며, 골짜기는 나무꾼의 노래에 화답을 하니 온 세상이 고요하고 사람의 마음 또한 즐겁지 않은가!

인생의 하루 좋은 말 한 마디 듣고, 좋은 행동 한 번 보며, 좋은 일 한 번 하니 이날 삶은 헛되지 않으리라. 지나치게 화려한 꽃은 향기가 부족하고, 지나치게 향기를 뿜는 꽃은 꽃빛이 화려하지 않다. 부귀한 자태를 뽐내는 이는 맑은 향을 내지 못하고 그윽한 향과 자태를 지니는 이는 색욕色慾에 빠지지 않는다. 군자가 만일 일세를 풍미할 만한 향기를 내고자 한다면 일시적인 쾌락에 빠지겠는가! 문장으로 한 시대의 모든 이들이 좋아한다면 뛰어난 문장이 아니며, 모든 사람들이 좋아하는 사람이라면 반드시 바른 사람이라고 볼 수는 없다.

쌍말은 저잣거리에서나 들을 수 있고, 부드럽게 유혹하는 말은 창녀에게서나 들을 수 있으며, 우스갯소리는 광대에게서 들을 수 있으니, 선비와 사대부가 이를 한 번 겪으면 위엄과 중후함에 금이 가게 될 것이다. 생업에 지나치게 얽매여 설치면 병이 나게 마련이고, 명예에 지나치게 목매여 있으면 교만과 방자한 마음의 병이 나게 되며, 옛 것을 배우는데 지나치게 몰두하면 고루함이 생기게 될 것이다.

찾아올 손님을 위해 문고리를 풀어놓고, 산들산들 부는 바람에 해는 지고, 술동이 열어 마시며, 시문詩文을 지으니 이 또한 산골에 사는 이가 자신이 생각한 뜻을 얻은 게 아닌가! 긴 복도를 지닌 넓은 누대, 흐르는 계곡물에 잔을 띄워 마시는 일, 떨기 꽃나무 사이로 대나무를 감상하는 것, 질그릇 단지에서 풍겨오는 차 달이는 향, 청담淸談을 나누는 게 신선의 세계가 아닌가! 이 또한 생활을 맑게 하는 일이다.

하면 좋은 일과 좋지 않은 일이 있는데 이는 세상을 살아가는 방도이며, 할 수 없는 것과 가능한 일을 하는 것도 출세의 방도이며, 옳은 것과 옳지 않은 일을 가리는 것도 세상을 살아가는 방도이며, 시비곡직是非曲直을 따지지 않는 것도 출세를 위한 방도이다. 사슴은 정기를 기르며, 거북은 기氣를 기르며, 학은 신神을 기르니 장수할 수 있다.

스님과 더불어 솔숲 바위 위에 앉아 세상사가 일어나는 원인과 결과를 얘기하고 공안公案을 나눈 지 오래되어 솔숲 사이로 달이 떠올라 나무그림자 밟으며 집으로 오네. 깊은 산 높은 곳에 살며 화롯불이 빠질쏘냐. 벼슬에서 물러나 쉰지 오래이니 저자의 좋은 물건을 구경하지 못하여 늙은 소나무와 잣나무의 뿌리와 가지, 잎사귀, 열매를 빻아 살진 단풍나무 잘라 잘 섞어 매번 환약으로 만들어 먹으니 가난한 삶에 도움이 되더라.

위의 내용은, 상촌象村 신흠申欽, 1566~1628 선생이 쓴『상촌고象村稿』권 48「야언野言」에 나오는 원문 대목을 필자가 읽으며 풀이해본 것이다.

끝으로 상촌 선생은 위와 같이 자신의 청빈淸貧한 삶을 읊으며 다음과 같이 마무리 짓는다. 이른바 상촌 선생이 말한 인생삼락이다.

문을 닫아걸고는 마음에 드는 책을 보며, 문을 열어 마음에 맞는 손님을 맞이하며, 문 밖을 나가서는 마음에 드는 경치를 찾는 게 인생살이의 세 가지 즐거움이다. 閉門閱會心書 開門迎會心客 出門尋會心境 此乃人間三樂폐문열회심서 개문영회심객 출문심회심경 차내인간삼락이라고 하였다. 각다귀판에서 당길심[93]을 버리는 지혜도 인생살이에서 필요하다.

초서草書를 탈초脫草하며

요즘 필자는 초서를 연일 보며 탈초를 하고 있다. 암벽에 각자刻字된 몇 백 년 전의 초서 글씨를 비롯하여 옛날 선비들의 편지글인 간찰簡札 및 시문詩文 등을 탈초하였다. 초서란 과연 뭘까? 초서는 다른 말로 고서藁書라고도 한다. 글씨체가 '길바닥에 괸 물에 뜬 풀'과 같이 잘 짜여 있지 않음을 료초潦草라고 한다. 초서라는 서체는 한漢 나라 초기에 탄생하였다고 보고 있다. 초서는 "풀이 땅 위에 엉겨 있는 듯한 모습"이다. 서한西漢, 기원전 202~기원후 8 시기에 만들어지고 동한東漢, 기원후 25~기원후 220 시기에 완성되었다. 초서를 가장 좋아한 임금은 한 나라

---

93 욕심.

의 장제章帝, 57~88이다. 장제가 초서를 좋아하여 장초章草라는 별명을 얻을 정도였다고 한다.

초서의 종류에는 금초今草가 있는데 이를 달리 소초小草라고도 한다, 금초는 동한東漢 말 위魏나라 사람 장지張芝, ?~192의 「관군첩冠軍帖」에서 비롯되었으며 동진東晉의 왕희지와 왕헌지 부자에 의해서 가장 완숙된 모습을 보였다고 한다. 다음에는 행초行草가 있는데 이는 비교적 읽기가 용이하다. 행서와 초서를 아울러 쓴다는 것이 행초이다. 그 다음으로는 광초狂草가 있다. 이는 읽기가 여간 어려운 게 아니다. 광초는 당나라 때 사람인 장욱張旭, 658~747이 술에 취하여 환성을 지르며 쓴 작품을 말한다. 이에 장욱의 글씨를 '광초'라고 불렀다고 한다. 그가 쓴 글씨를 몇 작품 보았는데 글씨가 아주 기이하고 괴상하다. 거칠면서도 세밀하다. 중국의 역사서인 『구당서舊唐書』에 장욱을 기린 글을 보면 "오군吳郡에 사는 장욱은 초서를 잘 썼다. 그는 술을 좋아하여 매번 취한 뒤에 소리를 지르며 미친 듯이 집으로 달려가 붓을 찾아서 글씨를 썼는데 변화가 무궁하며 마치 신이 쓴 것과 같았다."吳郡張旭善草書 好酒 每醉後 號呼狂走 索筆揮灑 變化無窮 若有神助오군장욱선초서 호주 매취후 호호광주 색필휘쇄 변화무궁 약유신조라고 하였다. 장욱은 초성草聖이라 불린다.

장욱에 관해서 기록을 더 보면 이와 같다.

장욱은 성격이 호방하고 술 마시는 것을 매우 좋아하여 늘 크게 취한 뒤에는 기뻐서 덩실덩실 춤을 춘 뒤에 탁자에 돌아와 붓을 쥐고 글씨를 썼다. 크게 취한 뒤에 소리를 지르며 미친 듯이 집으로 달려가 붓을 들어 글씨를 썼는데 심지어 머리털에 먹을 담궈 글씨를 썼다甚至以頭髮蘸墨書寫심지이두발잠목서사.

이로 인해 그를 장전張顚이라는 말이 생겨났다고 한다. 그는 술에 취하면 곁에 아무도 없는 것처럼 행동하였으며 얼간이처럼 취하였으며 지랄병 난 사람과 같았다고 한다.

당나라의 한유韓愈, 768~824는 「송고한상인서送高閑上人序」에서 장욱을 기리는 글을 썼다.

기쁨과 성냄, 궁핍함, 우울과 슬픔, 안일함, 원한, 임을 그리는 정, 애주愛酒, 일상의 무료함, 불평, 마음에 이는 감동 등이 반드시 초서를 쓰는 데 있어 어찌 드러나지 않았겠는가? 사물을 보는데 산수간의 낭떠러지, 날짐승과 길짐승, 나무와 풀에 맺히는 꽃과 열매, 해와 달 그리고 하늘에 늘어선 별들, 뇌성벽력, 춤추고 노래하며 싸우는 것, 천지 사물의 변화를 보며 기쁘기도 하였으며 놀라기도 하였던 것이며 초서에 전심전력하였다. 그러므로 장욱의 초서는 귀신과 같이 변화하며 살아 움직이는 듯하니 그 실마리를 알 수가 없다. 이런 까닭에 그가 죽은 뒤에도 후세에 이름을 남긴 것이다.

필자는 작년에 아는 사람을 통하여 운현궁에 걸린 초서 주련柱聯 글씨 몇 점을 받아봤다. 운현궁에 걸린 주련은 100개가 넘는다고 한다. 탈초를 하다 보니 오자가 몇 개 보였다. 주련의 글씨를 쓴 이는 현재 생존해 있다고 한다. 글의 출처와 내용을 파악하지도 않고 쓴 것이다. 아연실색할 노릇이다. 인터넷에 떠도는 초서 글씨도 몇 개 보았는데 여기에도 역시 탈초를 잘못한 게 눈에 띈다. 글씨만 쓰고 글의 내용도 모르는 서예는 하지 말아야 한다. 아울러 글의 출처와 내용을 명확히 아는 혜안을 길러야 참다운 서예인이라 할 수 있다. 체본을 받아쓸 줄만 알고 있는 게 지금 서예를 하는 이들의 문제다. 전고典故가 뚜렷해야 한다. 죽은 글씨를 쓰고 있다. 조필삼십년 부지자획操筆三十年 不知字劃! 붓을 삼십년이나 잡아도 글자와 운필運筆의 묘미를 모르는 이들이 많은 듯하다. 필자 또한 이 범주에 든다. 자신이 쓴 글만 읽을 줄 아는 것보다 남이 쓴 초서를 읽는 눈도 지녀야 한다. 초서를 읽어내는 이가 줄어들고 있다고 한다. 한국학韓國學이 위기를 맞고 있다.

대한大寒을 맞으며

우주만물의 모든 숨탄것의 움직임에 헤살 치던[94] 겨울이 지나가나 보다. 늦가을 몸을 구부려 구멍을 찾아들었던 동물들이 곧 기지개를 켜는 날이 올 것인가? 늦가을 동물들은 동면을 시작한다. 모두 제각기 구멍을 찾아들어 구멍을 막아 겨울의 살기殺氣를 피한다. 이른바 칩거蟄居에 드는 것이다. 그 깊고 어두컴컴하던 날이 밝아오려는 듯하다. 아직 봄은 멀리 있는지? 아직 입춘과 우수 그리고 경칩까지는 좀 지루한 나날이 이어질 것이다.

이제 소한小寒이 지나 대한大寒이 며칠 뒤면 온다. 대한은 겨울 중에서도 가장 추운 절기이다. 모든 것이 죽은 듯 살아 있는 듯하다. 겨울은 천기天氣가 오르고 지기地氣가 가라앉는 계절이다. 천기가 오름은 태양의 빛이 여름날처럼 뜨거운 열을 발산하지 못하는 것이고 지기가 내려앉는 것은 지상의 초목과 짐승들이 추위를 피하여 몸의 온기를 새어나가지 못하게 하여 몸단속을 하는 것이리라. 이로써 겨울을 나는 것이다. 늦가을 국화가 노란 잎사귀로 떨어지면 겨울을 예감하는 것이다. 옛사람들은 국화가 노란 꽃이 피는 것으로써 겨울이 왔음을 알

---

94 일을 짓궂게 훼방하는 것이나 그런 짓.

았나보다. 국유황화鞠有黃華라고 하였다. 국화가 노랗게 꽃을 피운다는 말이다.『예기』「월령月令」에 보이는 대목이다. 무서리가 내릴 즈음에 국화는 서리를 맞아 더욱 노란 빛깔을 드러낸다.

지금은 소한을 지나 대한을 맞는 것이니 겨울의 끝자락이다. 겨울이 끝나가고 있음이다. 모질게 맹위를 떨치던 겨울이 막바지로 향하고 있는 길목이다. 대한 추위는 겨울을 마지막으로 보내는 날이기도 하다. 이때부터 사람들은 농사지을 준비를 서서히 하는 때이다.『예기』「월령」에 보면 이때는 백성을 보살펴 농사에 전념하도록 하며, 쓸데없이 백성들을 부역에 동원하여 부리지 않는다고 하였다. 전이농민 무유소사專而農民 母有所使라고 하였다. 농사를 최우선의 국가정책과제로 삼고 있음을 엿볼 수 있는 대목이다. 아울러『맹자』「양혜왕」편에도 불위농시不違農時라 하여 백성이 농사짓는 때를 놓치지 말라고 하였다. 50~60년대를 살아오신 우리네 아버지와 아재들은 "개 보름 쇠듯 하였다"俗戱 餓者此之上元犬속회 아자차지상원견이라고 말한다. 먹을 게 없어 굶기를 밥 먹듯 하였다는 말이다.『동국세시기』「상원上元」에 보인다.

겨울의 끝자락인 대한을 즈음하여 농사를 맡은 관리에게 명하여 농민들에게 오곡을 내오게 하였으며, 대한이 지나면 바야흐로 농사일이 시작된다, 라고 하였다. 명전관고인출오종대한과 농사장기야命田官告人出五種 大寒過 農事將起也라는 대목이다. 북위北魏, 386~534 때 농학가農學家인 가사협賈思勰, ?~?이 지은 『제민요술齊民要術』 권 1에 보인다. 오곡五穀은 『주례周禮』에 벼稻, 기장黍, 피稷, 보리麥, 콩菽이라고 하였으며 『예기』에는 대마麻, 기장黍, 피稷, 보리麥, 콩菽이라고 하였다.

위나라의 문후文侯, ?~396는 농사에 대하여 신하들에게 다음과 같은 말을 한다. "백성들은 봄에 힘을 다하여 밭을 갈고, 여름에는 애써 김을 매고, 가을에는 곡식을 거두어 갈무리를 하며, 겨우내 아무 일 없이 편히 쉬게 하라."民春以力耕 夏以強耘 秋以收斂 冬間無事민춘이역경 하이강운 추이수렴 동간무사. 농사일을 대모하게 여긴 대목임을 거니챌 수 있다.

문풍지를 후리고 지나가던 바람결도 느끼지 못하는 시대가 되었다. 아궁이에 불을 지피던 광경도 사라져가고 있다. 겨울철 지게를 지고 가파른 산비탈을 극터듬어 올라 솔 갈비를 해오던 추억도 잊혀져가고 있다. 겨울철 보리밟기와 마늘밭을 고무신 신고 밟던 추억도 잊혀져간다. 초겨울 마당에서 아버지가 도끼로 장작을 패던 기억도 아련하다. 모든 게 안방에서 다 처리가 되는 시대에 살고 있다. 자연을 보는 안목이 좁혀지고 있다. 서글픈 현실인가? 비료부대에 짚을 넣고 눈 쌓인 경사진 밭에서 썰매를 타고 내려오던 그림이 파노라마처럼 스친다. 자치기, 구슬치기, 동전치기, 집에서 신문지나 박스로 접어 치던 딱지도 본 지 오래다. 마을 가운데 조그만 연못에서 날을 벼려 만든 재래식 스케이트는 타본지 하마 40년이나 지났다. 겨울의 서정敍情이 메마르고 화로의 날름거리던 잉걸불이 그립기만하다. 여하튼 먹을 게 넘쳐나는 세상이다. 예전의 농사를 준비하던 선인들의 모습은 이제 현 상황에 맞게 현대인들에게 나타나고 있을 게 분명하다. 큰 추위가 지나면 좋은 시절이 오려니 움츠린 몸을 곧게 하고 기지개를 한 번 펴보자.

승분점옥蠅糞點玉

파리와 나비의 속성은 어떤가. 인간의 한 단면을 들여다보는 것 같다. 파리란 놈은 없어도 되는 물건이다. 그러나 나비는 있어야 한다. 꽃과 꽃 사이를 날아다니며 열매를 맺게 하는 벌과 마찬가지로 필요한 곤충이다.

『이옥전집李鈺全集』을 읽다보니 파리와 나비에 관한 내용이 보인다. 세태를 풍자한 이옥李鈺, 1760~1815의 예리한 송곳눈을 피할 수 없음을 느낀다. 정조正祖의 문체반정文體反正에 걸려 불우하게 지낸 그였다.

그가 쓴 「지주부蜘蛛賦」는 거미를 읊은 것인데 여기에 파리를 왜 잡는지 또 왜 나비를 잡는지에 대하여 쓰고 있는데 예나 지금이나 사회현상을 통렬하게 꼬집은 것이다.

먼저 나비를 읊은 부분을 보면,

蝶惟浪子접유낭자

나비는 그저 허랑방탕한 놈이고

粉飾欺世분식기세

화장을 하여 세상을 속이며

趨慕繁華추모번화

번화함을 좋아하여 좇으며

白佞紅嬖백녕홍폐

흰 꽃에 아첨하고 붉은 꽃에 아양을 떤다.

나비의 외관을 보자. 화려하기 이를 데 없다. 몸치장이 아주 요란하다. 요란한 화장으로 본색을 숨긴다. 세상 사람들이 이러한 나비의 겉모습에 속아 넘어간다. 으리으리하고 때깔나는 것에 집착을 한다. 흰 꽃은 도덕군자이고 붉은 꽃은 유곽遊廓의 기생일까? 여하튼 나비란 놈이 벌이는 광대놀음을 여기서 볼 수 있다. 허세와 허영이 묻어나는 대목이다. 있지도 않는 직함과 명함으로 세상 사람들을 속이는 것은 자신의 허접함을 감추려는 의도이다. 열등의식의 발로이다. 명불허전名不虛傳이 아닌 명파득허名頗得虛랄까. 이름을 자못 허황되게 얻으려 하는 것이다. 뭔가 허전함을 나비와 같은 행동으로 보상받으려는 심리이다. 최소한의 양심이 있다면 있지도 않은 명함을 팔고 다니지 말아야 할 것이다. 또한 남의 이름에 기대어 호가호위 狐假虎威하는 작태는 부리지 말아야 할 것이다.

다음은 파리에 관한 대목이다.

蠅固小人승고소인

파리는 진실로 소인배라

玉亦見讒옥역견참

옥 또한 중상모략을 당하고

忘生酒肉망생주육

술과 고기에 자기 목숨을 잊고

嗜利無厭기리무염

이끗을 좋아하여 싫증을 내지 않네.

파리는 옥에 티를 내는 놈이다. 가만히 있는 옥에 똥을 분사하여 검고 누런 티를 낸다. 뭐든 보면 빨아먹는 습성을 지녔다. 대체 가리는 것 없이 마구 들러붙는다. 귀찮은 존재이다. 쫓아버려도 필사적으로 달려든다. 그러니 술과 고기는 더할나위 없이 좋은 기호품(嗜好品)이다. 파리채로 잡아 죽여도 전우들의 시체를 밟고 앉아 죽어라 빨아댄다. 이놈들 참 질기다. 단 것을 좋아하여 밥그릇 테두리나 설탕 사발에 유심히 들러붙는다. 심지어 짜디짠 간장 종지에도 들러붙는다. 파리가 옥에 들러붙는 것은 바른 사람이 간사한 이에게 중상모략을 당하는 것이다. 이런 부류들이 점점 늘어나고 있다. 당나라 사람 진자앙陳子昻, 661~702의 「연호초진금소宴胡楚眞禁所」라는 시에 "쇠파리가 점 하나를 찍었는데, 흰 구슬이 억울함을 당하였네"青蠅一相點 白璧遂成冤청승일상점 백벽수성원이라고 하였다.

나비는 허황된 모습을 보이고 파리는 이간질과 중상모략을 행하는 사물로 그려지고 있다. 사람들은 중용中庸을 말하지만 이러한 중용이 남에게 아부하며 남을 중상 모략하는 경지로 치닫고 있음을 모른다. 진정한 중용은 인의예지仁義禮智를 닦는데서 비롯한다. 사람들이 흔히 말하는 중용은 두루뭉술하게 어물쩍 넘어가는 어정쩡한 것이다. 진정한 중용은 극기克己, 곧 사욕私慾을 버리는 일이다. 나비와 파리 같은 동물적인 속성으로 변해가는 염량세태炎凉世態를 눈앞에서 보는 게 씁쓸하다. 파리똥이 옥을 더럽히는 일이 비일비재하다!蠅糞點玉승분점옥.

절면지후折綿之後

봄바람이 건 듯 부니 땅이 질척거린다. 논배미와 밭두둑에 어느덧 파릇하니 생기가 돈다. 얼어붙었던 밭두둑의 돌이 틈을 내어 힘없이 발길에 부딪혀 옆으로 스러진다. 시나브로 동지와 섣달이 다 지나고 나니 해가 길어졌다. 문풍지를 파르르 떨게 하며 지나던 된바람도 잦아들었다. 집 뒤 거우듬히 선 널따란 바위 위에도 눈 녹은 물이 묻어 물기를 털어내며 노곤한 삭신을 눕히고 있다. 어릴 적 집 뒤 측백나무 울바자에 머물던 새도 어디론가 날아가 버렸다. 초가의 처마에는 눈 녹은 낙숫물이 초봄의 정적을 깨듯 떨어지고 이따금 눈 덩이가 볕을 받아 녹아 툭! 하고 봉당 아래로 시르죽은 듯 힘담 없이 뭉그러져 내린다. 어릴 때 고향집 초가에서 본 풍경이다.

바람이 훈훈해졌다. 봄바람을 준풍浚風이라고 한다. 준풍은 겨울바람을 몰아내는 남녘에서 불어오는 남풍南風이다. 봄은 본디 나무의 계절이다. 만물 중 가장 먼저 숨을 틔우는 게 나무이다. 남녘에는 벌써 매화가 피었다는 소식이 들려온다. 나무가 움을 틔운다는 것은 곧 만물이 소생하고 만물에게 먹을거리를 제공하겠다는 신호탄이다. 그래서 나무는 어짊仁을 지녔다. 초봄을 맹춘孟春이라고 한다. 맹孟은 '으뜸'이라는 뜻을 지녔다. 봄은 곧 나무와 함께 생기를 불어넣어 주는 생명의 화신이다. 연못의 고기가 얼음을 뚫고 수면 위로 오르며 수달이 고기를 잡아먹고 기러기가 날아오는 계절이다. 또한 들쥐가 돌아다니고 버들개지가 피기도 한다. 쑥의 움이 트기 시작한다.

雪盡青山路설진청산로

눈 녹아 푸른 산에 산길이 드러나고

冰消綠水池빙소녹수지

얼음 녹아 푸른 물 연못에 가득하네.

春光落雲葉춘광락운엽

봄빛은 구름 끝에 흩어지고

花影發晴枝화영발청지

꽃 그림자 비갠 나뭇가지에 비치네.

남조南朝 진陳나라 때 장정견張正見, 527~575이 지은 「춘초부득지응교春初賦得池應教」라는 시에 보이는 대목이다. 위의 시는 장정견이 초봄에 연못에 대하여 시를 지으라는 명을 받고 지은 글이다. 겨우내 눈 속에 묻혔던 오솔길이 드러나고 얼음으로 덮였던 뜰의 연못이 녹아 푸른 물결을 이룬다. 따사로운 봄볕이 구름 끝에 걸려 아직은 추위가 가시지 않았음을 보여준다. 꽃 그림자가 한바탕 내린 봄비에 젖은 나뭇가지에 새록새록 비친다. 요즘 산길이 이제야 눈을 걷어내고 황톳길을 보여준다. 질척거린다. 걷기가 다소 버겁다. 신발이 벗겨지려고 한다. 들메끈이라도 동여맬까.

雪消山水見精神설소산수견정신

눈 녹으니 뫼와 가람의 싱그러운 기운 보이고

滿眼東風送早春만안동풍송조춘

눈 안 가득이 동쪽 바람 불어 이른 봄을 보내오네.

송나라 때 증공曾鞏, 1019~1083이 지은 「정월육일설제正月六日雪霽」라는 시이다. 정월 육일 눈이 개인 뒤에 지은 것이다. 지금이 정월이다. 설이 지난 지 얼마 되지 않았다. 떡국을 먹었다. 아직도 추위는 조금 남아 있다. 그러나 절기로는 이미 봄이다. 정월 6일에 이미 녹았다. 뫼와 가람에 싱그러운 기운이 생동한다. 칼바람이 자취를 감추고 따뜻한 동풍이 불어온다. 눈에는 눈물이 마른다. 온도가 높아지고 있다는 반증이다. 이에 더하여 동풍과 함께 이른 봄을 보내준다. 겨울바람에 눈물과 콧물이 범벅이 된 채 흘러내리던 계절이 갔다. 완적阮籍, 210~263이 말한 절면折綿의 혹독한 기운이 다했다. 완적은 「대인선생전大人先生傳」에서 겨울의 혹독한 추위를 이렇게 읊고 있다. "바다가 얼어 흐르지 않고 솜옷이 부서지네"海凍不流綿絮折해동불류면서절이라고 했다. 얼마나 추웠으면 솜을 누빈 옷이 부서졌을까? 절면은 매우 혹독한 겨울 추위를 말한다. 아직 양기陽氣는 미약하나 음기陰氣가 지났다.

화자점어貨者鮎魚

다소 지나친 표현인지는 모른다. 돈은 개도 안 물어간다, 라는 말이 있다. 근자에 서울 저잣거리나 시골을 가리지 않고 돈과 관련하여 거의 매일 사단이 일고 있다. 갈수록 희붐한 사람들의 얼을 거니챌 수 있는 게 돈과 관련한 사건사고이다. 죽어도 이승이 좋다는 말은 어느 군자가 뱉어낸 말인지 모르겠다. 이른바 돈과 향락을 맛본 어느 사람의 입에서 나왔을 터. 어찌 이리도 무지막지하게 형제, 부모, 남편을 죽이는 경지에 이르렀는가? 필자가 사람들을 만나면 늘 듣는 말이 돈 좀 벌었느냐, 얼마나 벌었느냐, 앞으로 돈 많이 벌라고 한다. 심지어 설날 또는 한가위 명절에도 돈 많이 벌라는 덕담德談 아닌 패담悖談으로 곤혹스럽게 한다. 패담은 곧 부모형제를 해쳐서라도 돈을 벌라는 말인데 필자의 억측이 심한가? 돈으로 사람을 내동댕이치는 말이다. 돈을 벌라는 말은 범법자가 되라는 말이다.

대통령의 입에서도 "대박"이라는 말이 서슴지 않고 나온다. 아무리 경제 살리기에 급급하지만 일국의 대통령이 "대박"이란 말은 삼가야 한다. 대통령은 덕을 지녀야 한다. 통치자의 심정은 알겠다. 당장 급한 불이 국민들 먹여 살리는 일임이 분명하다. 국민들 먹여 살린다고 쇠뿔도 단김에 빼겠다는 "대박"이란 말은 삼가 했으면 한다. 사서삼경 중『서경』「홍범洪範」에도 먹는 것食, 재물貨이 첫 번째와 두 번째로 대모함을 설파하고 있다. 중국의 어느 역사서라도 식화지食貨志가 따로 있음은 백성을 먹여 살리고 재물을 손에 쥐게 하는 것이 임금의 마땅한 의무임을 천명闡明하는 대목이 아닌가? 마땅히 군주로서 할 일이었다.

과연 돈은 무엇인가? 돈은 돌고 도는 것인데 여기에 사람도 같이 돌면 돌아버린다. 작금에 일어나는 일련의 사태들이 사람들을 돌게 한다. 돈에 끌려 아수라를 헤매는 마구니魔軍의 군상들이 점점 늘어가고 있다. 서진西晉시대 노포魯褒, 317~344가 쓴 돈에 관한 『전신론錢神論』에 이런 대목이 보인다.

공공자空公子라는 사람이 기무선생綦毋先生이라는 사람을 만났는데 "시를 배우고 주역을 배우면 뭘 하나? 남자는 돈이 될 만한 폐백幣帛 곧 말, 소, 양, 닭, 개, 돼지를, 또 여자는 구슬이나 기러기, 메추라기, 세 가락 메추라기, 꿩, 비둘기, 집비둘기를 가져와 시류에 따라 의리를 중요하게 여겨야 하는데 내 그대가 여기에 온 이유와 그 행색을 보니 어찌 세상 사람들과 어울리겠는가! 그대가 비록 배웠다고 하나 아직 배운 게 아니네. 예나 지금이나 부자는 영달하여 부귀하며, 가난한 이는 천하고 곤욕스러운 것이라네. 돈은 전설시대인 신농씨神農氏를 지나 황제黃帝, 요堯, 순舜 임금 때 백성에게 농업과 누에치는 법을 가르치며 이로 얻은 폐백을 받쳤는데 지혜로운 이들이 폐백을 변통할 줄 알아 이에 구리가 매장된 산을 파 구리를 녹여 이를 돈으로 삼았다. 동전의 안쪽은 모나 땅을 닮았고 바깥쪽은 둥글어 하늘을 닮았다. 이리하여 구리로 만든 동전이 쌓인 것이 산과 같고 유통됨이 흐르는 물과 같았다.

들고남에 때가 있었고, 돈이 유통되고 갈무리함에는 절도가 있어서 저자에서 쉬이 물건과 바꿀 수 있었고, 닳을 걱정이 없고, 쉬이 썩지 않아 수명이 오래 가 오랫동안 지닐 수 있었네. 대대로 신이 내린 보물과 같고, 형처럼 아끼고 하였으니 자字를 공방孔方이라 하였네. 돈을 잃으면 가난하고 약한 자가 되고 얻으면 부자가 되어 강한 자가 되네. 날개 없이도 날고, 발이 없어도 달릴 수 있네. 위엄 있고 굳은 얼굴을 펴게 하고, 굳게 닫은 입을 열게 하니 돈이 많으면 우두머리가 되고 돈이 적으면 따라지가 되는 것이네. 따라지는 신하나 종노릇을 하게 되고, 우두머리가 되면 임금이 되는 것이네.

돈이란 샘과 같은 것이라 할 수 있지. 백성들이 늘 쓰니 그 재원이야 다 닳아 없어지지 않네. 지위가 없어도 존귀하고, 권세가 없어도 그 세력이 막강하네. 속담에 이런 말이 있지 않나? "돈은 귀가 없어도 몰래 부릴 수가 있고, 돈이 있으면 귀신도 부린다고.有錢可使鬼유전가사귀. 요즘 사람들 돈이면 다인 줄 아네." 이상이 노포가 『전신론』에서 말한 대목이다.

『진서晉書』 권 77 「은호전殷浩傳」에 이런 대목도 보인다. 은호殷浩, ?~356라는 사람이 어떤 사람을 만났는데 "장차 벼슬에 임하려면 꿈에 관이 보이고, 장차 재물을 얻으려 하는데 꿈에 똥이 보이는데 이게 무슨 뜻입니까?" 이에 은호가 말하기를 "벼슬이란 본디 썩는 냄새가 나는 것이니 장차 벼슬에 오르려면 꿈에 시체가 보이며, 돈이란 본디 썩은 흙이니 장차 돈을 얻으려 한다면 꿈에 더러운 것이 보이는 법입니다"浩曰 官本臭腐 故將得官而夢尸 錢本糞土 故將得錢而夢穢호왈 관본취부 고장득관이몽시 전본분토 고장득전이몽예라고 하였다.

다산 정약용 선생은 그의 두 아들에게 경계하는 글인「시이자가계示二子家誡」에서 이렇게 말한다.

> 재물을 잘 건사하는 비결은 남에게 베푸는 것 만한 게 없다.
> 도둑에게 빼앗길 것을 염려하지 않아도 되고, 불에 탈까 근심
> 치 않아도 되고, 소나 말에 실어 옮길 번거로움도 없다. 나는 죽
> 은 뒤에도 좋은 이름을 천년 동안 남길 수 있으니 천하에 이처
> 럼 큰 이익이 있겠는가?
> 굳게 쥐려고 하면 할수록 더욱 미끄러워 빠져나가니 재물
> 이라는 것은 메기이다. 貨也者 鮎魚也화야자 점어야.

벼슬이나 돈이나 게염을 불러오는 건 마찬가지이다. 쥐면쥘수록 메기처럼 빠져나가는 게 재물이다. 잡으면 잡을수록미끄러워 잡히질 않는 게 돈의 속성이다. 명예 또한 걷잡을 수없이 사람을 탐욕과 비리와 부정의 구렁텅이로 몰아넣는 너스레이다. 이 너스레에 늘 빠지는 게 사람이다. 재벌들의 돈 장사

에 노블리스 오블리제는 우리 귀에는 잘 들리지 않는 듣기 좋은 꽃노래인 듯하다.

헌우상위獻于象魏

백성을 하늘로 삼으면 하늘인 백성은 진실로 두려워할 만하다. 백성을 물에 비유하면 물인 백성을 반드시 조심하여야 한다. 하늘로 보지 않고 물로 보지를 않으면 또한 위태롭고 험한 일을 당한다. 그 위태로움은 어떠한가? 편평한 땅에서 일어나 어리석고 또 어리석은 백성이여! 온 나라에 있으면서도 평안하고 아무 일없이 살고 있다. 한 번 이들 백성들을 소홀히 하면, 이미 위험한 상황이 되어 피를 부를 조짐이 생긴 것이다.

한 번 멀리하면 원망과 노여움이 뫼와 같이 높게 일고, 하는 일이 막히어 험난하며, 얽혀 가파른 바위를 오르는 것과 같다. 갖은 고생과 곤란을 겪으며 하는 일마다 틀어지게 된다. 백성의 원망과 노여움은 모습이나 자취가 없어 깊은 곳에 숨어있다. 깊은 곳에 도사리고 있어 헤아리기 어려우며 숨어있기에 보기가 어렵다.

임금인 내가 만일 안이하고 편안하다면 백성들의 사나움이 쉽게 싹틀 것이며, 임금인 내가 만일 게으르고 오만하다면 백성들의 인심이 사나움은 쉽게 드러날 것이다. 힘으로는 비록 산을 뿌리째 뽑을지라도 백성의 사나움은 꺾기 어려울 것이다. 위엄이 비록 돌을 구르게 할지언정 백성의 사나움은 구르게 하기는 어려울 것이다. 물이 바위를 만나면 바위를 서서히 무너트리고, 쇠는 바위에 닿으면 서서히 부서진다. 위태함이 이와 같으니 이를 다스림에는 방도가 있는 법이다.

평지풍파를 막으려면 휘장을 늘어트린다. 덕과 은혜는 이처럼 해야 쌓인다. 백성의 사나움을 눌러 편안케 하고자 한다면 어루만지고 편안케 하는 힘이 있어야 한다. 무엇을 일러 태평하다고 하는가? 무엇을 일러 나라를 잘 다스리고 평안하다고 하는가? 바위인 백성을 다스려 평안케 하는 것이다. 이 말을 전함에 두려워하지 말라. 윗사람으로써 어찌 두려워하지 않는 것인가? 소인으로서 경계해야 할 것이다. 백성이 상소를 올릴 때는 바른말 한다고 하지 말라! 바른 임금이 될 채비를 하길 바란다.

위의 대목은 이용휴李用休, 1708~1782가 쓴 『탄만집』「민암잠民嵒箴」에 보이는 대목이다. 필자가 이 글의 원문을 읽다 풀어본다. 귀를 닫고 있다. 소통이 아닌 먹통이 되고 있다. 일촉

즉발의 상황인가? 성난 바위가 되어가는 민초들이 있다. 상위 象魏에서 무사안일하고 게으른 다스림을 펼치는가? 가진 자들을 위한 감세정책, 봇물 터지는 듯하는 공직자들의 부정과 비리, 각종 사회의 부조리 등이 이 나라에 암울한 장막을 드리우고 있다.

도를 넘어서는 대학 교수들의 못된 짓, 기업의 탈루와 탈세, 기업과 공기관의 금전유착, 건전하지 못한 사회풍조, 부익부 빈익빈의 가속화, 무사안일 등 헤아릴 수 없이 일어나는 각종 범죄는 큰 문제이다.

제목을 헌우상위獻于象魏라고 한 것은 "대궐인 청와대에 올리는 글"이라 해야 할 것이다. 상위象魏는 고대의 천자天子 또는 제후의 궁궐 문 밖에 높이 지은 건축물인데, 대궐의 의미인 궐闕이란 뜻이다. 또는 관觀이라고도 한다. 천자나 제후가 지방의 행정단위인 현縣에 천자 또는 제후의 교지나 명령을 높이 쌓은 궐闕이나 관觀에서 알리는 것을 말한 것이다. 『주례周禮』의 「천관·태재天官·太宰」편에 "정월 길한 날은 모두가 화평한 법이니 온 나라에 덕치德治를 베풀어 지방의 행정단위인 현도 대궐에서 내린 임금의 교서나 명령을 적은 문서를 받들어 모든 백성들로 하여금 이 문서를 보게 하라"는 대목이 보인다.

경제 살리기도 좋지만 임금의 덕성이 더 대모하다. 작금에 벌어지는 부정과 부조리, 제반 사회악은 임금의 덕이 부족한 탓이다. 부정과 비리를 근절시킬 대안과 인성人性을 바로잡을 원대한 방책을 마련해야 할 것이다. 임금은 눈물을 삭여야 한다. 강한 의지를 보이지 못하는 임금은 벼슬아치의 농락 대상 1호이다. 비리와 청탁, 부정의 온상은 임금의 가녀린 눈물에서 비롯된다. 억조창생億兆蒼生인 백성이 의지할 곳은 임금이 아니다. 덕이 있는 임금은 백성이 따르고 의지를 하는 법이다. 임금은 백성에 의해 떠받드려지려 하면 안 된다. 백성이 따라야 한다. 조민뢰지兆民賴之! "천자 한 사람이 선을 행하면, 모든 백성들이 이에 힘입어 평화로움이 영원하다"一人有慶 兆民賴之 其寧惟永일인유경 조민뢰지 기령유영이라고 하였다.

물망덕성勿罔德性

얼굴이 붉어진다. 가슴이 졸아든다. 시선을 둘 데가 없다. 가슴에는 올망졸망 천근같은 부끄러움 덩어리가 매달려 가슴이 저리고 쿵쾅거린다. 이 모두가 부끄러움에서 나오는 부산물이다.

세상 살다보면 얼굴을 붉히고 가슴이 졸아드는 때가 적지 않다. 등에 식은땀이 흐르고 얼굴에는 비지땀을 흘린다. 뒤통

수가 근질근질하여 머리를 긁적인다. 고개를 들지 못하고 자꾸 발끝만 바라본다. 발은 땅에 얼어붙은 듯 꿈쩍도 안한다. 손발을 둘 데가 없다. 쥐구멍이라도 찾아들어가고 싶은 심정이다. 눈앞이 노랗게 되고 순간적으로 아찔하다. 눈은 휑하니 다른 곳을 바라본다. 눈동자가 희뿌옇게 뭔가 앞을 가로막는 느낌이다.

"마음속에 부끄러움이 있으면 그대는 먼저 얼굴색이 붉어진다. 진땀이 물처럼 흐른다. 사람과 마주하면 고개를 떨어트린다. 고개를 비스듬히 돌려 숙여 피한다. 마음속에 하고자 하는 바가 얼굴에 나타난다."有愧于心 汝必先色赬若朱 泚滴如水 對人莫擡 斜回低避 以心之爲 酒移於爾 유괴우심 여필선색정약주 차적여수 대인막대 사회저피 이심지위 내이어이. 이규보李奎報, 1168~1241가 쓴 『동국이상국집東國李相國集』 권 19 「면잠面箴」에 보인다. 마음속에 품은 생각이 얼굴에 나타난다. 얼굴은 마음을 숨길 수 없는 가장 확실한 감정 표현의 발로이다. 마음을 속일 수가 있겠는가. 얼굴에 다 나타나 보이는데 말이다.

얼굴 다음으로 눈은 사람의 속종을 들여다볼 수 있는 가장 좋은 통로이다. 눈빛을 읽으면 상대의 속내를 거의 읽을 수 있다. 필자는 관상을 보는 사람이 아니다. 눈빛이 맑은 사람이 있는가 하면 눈빛이 흐린 사람이 있다. 쌀뜨물과 같이 흐릿한 기운이 감도는 이들이 있다. 초점을 잃은 듯한 눈빛이다. 눈빛 하나로 상대의 마음을 거니챌 수 있다.

맹자는 사람의 눈에 관하여 다음과 같은 말을 남겼다.『맹자』「이루 상離婁 上」에 보이는 대목이다. "

사람에게 있어서 눈동자보다 좋은 것이 없는 것이라 하니 눈동자는 그 악惡을 감추지 못하는 것으로 마음이 바르면 눈동자가 맑고 마음이 바르지 않으면 눈동자가 흐린 것이다.

存乎人者 莫良於眸子 眸子不能掩其惡 胸中正則眸子瞭焉 胸中不正則眸子眊焉 재호인자 막량어모자 모자불능엄기악 흉중정즉모자료언 흉중부정즉모자모언.

눈빛이 흐려지고 게슴츠레해진다. 눈망울의 결기가 풀어진다. 무언가 숨기고 있는 듯하다. 상대의 눈을 피한다. 숨긴다고 숨겨지겠는가! 눈을 사방 어디에 둘 곳이 없다. 요즘은 악을 행하고도 눈을 시퍼렇게 뜨고 드잡이할 기세로 달려든다. 시비곡직是非曲直이 분명히 가려졌는데도 자신만이 옳다고 아우성이다. 마음에 마구니魔軍가 끼어든 결과이다. 바른 도를 행하는데 이를 방해하는 게 마군이다. 이놈이 가슴에 내려앉으면 만사를 비뚤고 틀어진 시각으로 본다. 막판에 이르러 후회를 한다. 이미 엎어진 물이니 주워 담을 수 없는 지경에 이른다. 막무가내인 경지에 이른다. 눈이 뒤집혀 보이는 게 없다.

요즘 정국이 아주 시끄럽다. 정치꾼들의 작태를 보니 볼썽사납고 무뢰배들이 설치는 난장판을 연상케 한다. 정치 모리배들이 얼굴도 붉히지 않고 사리에 어긋난 짓을 한다. 눈빛이 모두 쌀뜨물처럼 흐린 듯하다. "하늘로부터 받은 바르고 참된 마음을 받들어 앎을 이루고 인간의 본디 바르고 참된 마음을 다하다." 尊德性而道問學존덕성이도문학이라는 말이 있다. 『중용』 27장에 보인다. 바르고 참된 마음을 지녀야 한다. 지금의 학문은 한낱 기예技藝나 장사치의 눈속임과 같은 것만 배우고 인간의 바르고 참된 마음을 가르치지 않은 결과이다. 이 나라의 잘못된 교육정책의 결과물이 지금 정치꾼들에게서 이제 막 표출되고 있다는 생각이다. 마음을 바르게 하여 부끄러움이 없어야 할 것이다. 물망덕성勿罔德性! 덕성을 어둡게 하지 말기를 바란다.

장하생감長夏省甘

불열지옥 같은 여름이 해마다 찾아온다. 늘 변하지 않고 오는 게 계절의 순환이다. 『중용』에서 이를 생생불이生生不已라고 하였다. 음과 양이 서로 갈마들어 찾아오며 그 본래의 원칙이 변하지 않는 자연의 법칙이다. 늘 생겨나고 또다시 생겨나는 게 천지자연의 곧은 법칙이다. 자연의 섭리는 늘 이렇게 무궁무진하되 고갈됨이 없이 장[95] 우리 곁에 머물러 있다. 어김없이 찾아오는 여름이 곧 생생불이의 한 단면이다. 이 뜨거운 여름을 음식의 섭생으로 다스려보자.

『본초강목本草綱目』「사시용약례四時用藥例」의 원문을 읽다보니 장하생감 증함이양신기長夏省甘 增鹹以養腎氣라고 한다. 긴 여름날에는 단 것을 줄이고 소금기 섭취를 더 늘려 신장의 기운을 돋우라, 는 말이다. 여름날 뜨거운 햇살 아래에서 일을 하면 오줌 색이 맥주처럼 노랗게 된다. 염분이 빠져나가는 것이다. 평소의 오줌보다 더 노랗게 되는데 꼭 맥주 색깔과 아주 흡사하다. 「사시용약례」는 사시사철 기후와 계절의 변화에 따라 어떻게 우리의 몸을 섭생할 것인가를 일러주는 대목이다.

『본초강목』을 쓴 이시진李時珍, 1518~1593은 다음과 같이 말

---

95 늘.

하고 있다.

　반드시 계절의 기운을 앞세워 자연의 조화를 깨트리지 말아야 한다. 봄에는 맵고 더운 약인 영생이薄荷(박하)와 정가荊芥를 곁들여 봄의 기운을 따라야 하고, 여름에는 맵고 열나는 약재인 노야기와 생강을 곁들여 여름의 뜬 기운에 맞추어야 하며, 긴 여름날에는 달고 쓰고 맵고 따뜻한 기운을 주는 인삼, 백출, 창출, 황백黃柏(황벽)을 먹어 여름의 무더운 기운을 잡아야 한다. 가을에는 시고 따뜻한 약재인 작약, 오매烏梅(매실) 등을 먹어 가을의 스산한 기운을 잡아야 하며, 겨울에는 쓰고 추위를 잡아주는 약재인 황금黃芩(속서근풀의 뿌리), 지모知母(두메잔대)를 복용하여 겨울의 가라앉은 기운을 잡아주어야 한다. 위의 계절에 따라 복용하는 약재는 계절에 순응하며 자연 약재의 복용에 따라 몸을 보양하는 방법이다.

　또한 봄철에는 신 음식을 줄이고 단 것을 섭취하여 지라의 기운을 보양하고, 여름철에는 쓴 음식을 줄이고 매운 음식을 늘려 먹어 폐의 기운을 보양하고, 긴 여름날에는 단 것을 줄이고 소금기를 섭취하여 신장의 기운을 돋우고, 가을에는 매운 음식을 줄이고 신 음식을 늘려먹어 간의 기운을 보양하며, 겨울에는 짠 음식을 줄이고 쓴 음식을 늘려먹어 심장의 기운을

보양한다. 이리 하면 몸의 기운을 헤치지 않게 되며 몸이 축남

을 막게 된다. 이리하면 내 몸을 제대로 보전하게 된다.

필자는 한의학을 공부한 사람은 아니다. 다만 위의 글을 읽다보니 사계절을 지닌 이 나라의 기후에 따른 계절별 음식을 어떻게 먹느냐에 대한 관심에서 『본초강목』의 대목을 읽어보았다. 위에 열거된 사항에 대해서는 전문가인 한의사에게 물어보아 계절별로 약재를 복용하기를 바란다. "음식과 남녀간의 정은 사람이 지닌 가장 큰 욕심이다."飮食男女 人之大慾存焉음식남녀 인지대욕존언이라고 하였다. 무엇보다 음식에 너무 지나친 욕심을 부리지 않고 자연의 질서에 순응하며 음식을 절도 있게 조절하여 먹는 게 좋다는 생각을 해본다.

여름철에는 누구나 달고 시원한 것을 찾는다. 단 것을 많이 섭취하는 것보다 조금은 짠 것을 먹는 게 좋다. 너무 짜게 먹을 필요는 없다. 또한 뙤약볕이 내리는 긴 여름날을 좋아하는 이는 별로 없다. 그런데 어떤 이는 "사람들 모두 더위를 괴롭다 하나, 난 여름날이 긴 것이 좋다네."人皆苦炎熱 我愛夏日長인 개고염열 아애하일장이라고 하였다. 「족유공권연구足柳公權聯句」라는 시의 대목이다. 농부들이 고된 일을 하면서도 가을의 풍성한 늦사리를 맞을 마음에서일까? 이 시에는 그런 느낌을 주는

듯하다. 가끔은 여름날에도 이마의 땀을 식혀주는 삽상한 산내리 바람이 불기도 한다. 더운 여름에 독자들께서 보양을 하며 시원하게 지냈으면 하는 바람이다.

한국학韓國學 연구기관 설립을!

한국학韓國學이란 무얼까? 필자는 한국학은 곧 조선이 일본에 병탄倂呑되기 이전의 학문이라고 생각한다. 한국적인 풍토에서 쓰인 우리나라 고대 이후 한말까지의 모든 한글과 한자로 된 서적과 자료 등을 통칭한다고 본다. 서적은 한글로 쓰인 것도 있지만 한말 이전까지는 대부분이 한자로 기록되었거나, 일부는 한글로 기록된 모든 서적과 자료를 말한다고 할 수 있다. 여기에는 시대별 정치·사회·경제·철학·역사·어문·과학·지리·풍속 등에 관한 적바림을 모두 망라하는 방대한 백과사전적 의미의 한국학이 자리 잡고 있다. 서양의 문명과 문화에 길들여진 우리 세대는 한국학을 너무 도외시하고 서구의 문화와 문명을 무조건적으로 받아들여 왔다고 해도 과언이 아니다.

필자는 근래에 많은 시간을 할애하여 문집文集, 간찰簡札, 시문詩文, 부賦 등을 번역하고 풀이를 하고 있다. 문집은 주로 목판이나 금속 활자로 인쇄를 하며 주로 정자正字로 쓴다. 그러나 시문, 간찰 등은 거의 행서行書나 초서草書로 쓰인 게 많다. 필자가 주력하여 풀이하는 게 초서로 된 시문이나 간찰이다. 이들을 정자로 풀고 뜻을 새기며 시문이나 간찰에 쓰인 용어의 전고典故(출처)를 찾아내는 인은 보통의 인내력과 동양학에 대한 해박한 지식이 없으면 거의 불가능하다. 여기서 필자가 말하고자 하는 요지는 문집, 간찰, 시문, 부, 비문, 신도비 등에 담겨있는 당시의 시대상황을 읽어내자는 것이다.

충북 도내에 각 문중이나 가정이 지닌 문집, 간찰, 아울러 각 지역에 산재한 비문, 신도비, 바위에 새겨진 행, 초서 글씨 등은 상당히 많을 것이라고 생각된다. 적게는 수백 건 내지는 많게는 수천 건이 넘을 것으로 생각된다. 이들 자료들이 시간이 지나며 손괴, 낙장, 파본, 바위의 각자刻字의 마모되거나 또는 벗겨져 떨어져나가 점점 없어지고 잊혀져 간다는 점이다. 대단히 우려스러운 일이다.

문집은 붓으로 베껴 쓴 필사본筆寫本도 꽤 많다. 필사본은 곧 붓으로 베껴 쓴 것이다. 그런데 문제는 이 필사본들이 거의 대부분 정자가 아닌 행서나 초서로 쓰였다는 점이다. 특히 초서로 된 글은 풀이하기가 여간 고역이 아니다. 시문이나 부 또한 거의가 초서로 쓴 게 많다. 이를 풀어낼 인력이 태부족이다.

우리도 국학연구기관 하나쯤은 있어야 한다. 지역 내 고문서, 간찰, 시문, 암벽에 새겨진 글씨를 풀어내야 한다. 문화를 살리는 길이며 전통을 지키는 방안을 마련해야 한다. 우리는 지금 우리의 정체성을 잃어만 가고 있는 게 아닐까? 지역의 전통문화를 발굴하고 보존해야 한다. 너무나 지역의 전통문화 및 고문헌에 대한 인식이 부족하다. 전통문화를 잃어버리는 것은 영혼을 말살하는 것인지도 모른다. 정부출연 기관인 한국학중앙연구원과 한국고전번역원이 있다. 연구용역을 여기에 맡기면 되지 않나 할지도 모른다. 하지만 그렇지 않다. 필자가 한국학중앙연구원과 한국고전번역원의 홈페이지를 보니 이들 또한 자료가 수백만 건이나 된다. 양 기관에 종사하는 연구원들도 이를 번역, 해제하느라 여념이 없다. 필자가 이들 연구기관의 연구원들과 페이스북에서 접촉을 해보니 그들도 고충이 이만저만이 아니다. 이들이 지역의 고문헌이나 고문서에 신경 쓸 겨를이 없다는 것이다. 이 지역에도 가용^{可用}할 인력이 없지 아니하다.

고문서나 고문헌의 번역 풀이에 필요한 게 두 가지이다. 하나는 초서를 탈초^{脫草}하는 일이며, 다른 하나는 문장을 정확히 분석, 풀이하는 일이다. 여기에서 중요한 것은 문장을 풀어내는 능력이다. 옛 사람들은 흔히 문칠초삼^{文七草三}이라고 하였다. 문장 해독력이 70퍼센트, 초서 글씨를 보는 눈이 30퍼센트라고 하는 뜻이다. 필자는 이 말에 의문을 품는다. 필자는 문장 해독력이 50퍼센트, 초서를 읽어내는 안목이 50퍼센트라고 보아 문오초오^{文五草五}라고 한다. 문장 해독은 초서 탈초와 병행되어야 한다는 것이다.

도내에 산재한 고문서나 고문헌의 연구가 시급하다. 점점 잊혀지고 망실, 손괴, 벗겨지거나 떨어져나가거나 또는 마모되는 글자, 암벽에 새겨진 글씨, 비문, 신도비 등에 대한 체계적인 연구와 보존이 시급하다. 아울러 잘못 쓰여진 각 누대^{樓臺}나 정자의 시판^{詩板} 글씨 또한 바로잡아야 할 것이다. 연구와 보존을 통해 지역의 문화유산이 망실되는 것을 막아야 한다. 가장 연구가 안 된 것이 고문서, 고문헌, 간찰, 바위의 각자 글씨, 비문, 신도비^{神道碑} 등이다. 이들 자료에 대한 철저하고 체계적인 연구와 보존이 되어야 후대의 자손들에게 유산으로 남길 수 있을 것이다. 이들 자료를 가지고 있으면 이는 지니고 있지 않음만 못하다. 장기적이고도 체계적인 계획으로 도내의 고문 자료를 연구할 기관 하나는 세워야 할 것이다.

한국학 연구기관을 세워야 하는 이유는 다음과 같다. 첫째, 자료연구를 위한 것이다. 둘째, 기록유실방지를 위해서이다. 셋째, 자료의 데이터베이스화를 위해서이다. 넷째, 고문헌에 대한 체계적이고도 편리한 접근성을 확보하기 위한 것이다. 다양한 축제는 많이 추진, 개최하면서 고문헌을 탐구할 기관 하나 만들지 않는가. 충북도가 되던지 충주시가 되던지 예산을 들여 한국학 연구기관 하나 설립을 검토하기를 바란다. 충북도나 충주시 어느 양측의 예산확보가 어려우면 충청남북도를 아우르는 연구기관을 세우는 것도 좋을 것이다. 우리의 얼을 잊지 말고 잃지 말기를 바란다.

관물찰리觀物察理

초복이 지나고 중복이 다가온다. 날이 매우 덥다. 아주 후텁지근하다. 산내리 바람이 불어와 온몸을 뒤발한 땀을 씻어 주었으면 한다.

필자는 오늘 회재晦齋 이언적李彦迪, 1491~1553의 글씨를 읽다가 탈초를 하였다. 「관물觀物」이라는 시문詩文이다. 관물이란 무엇인가? 관물찰리觀物察理라는 말이다. 사물을 보며 그 사물이 생겨난 이치와 작용을 살피는 것이라고 한다. 회재는 여러 편의 관물시를 썼다.

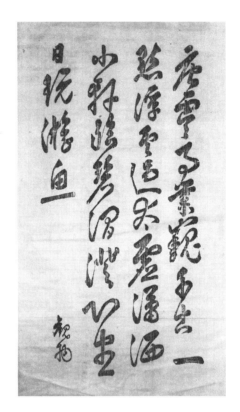

唐虞事業巍千古^{당우사업외천고}

요임금과 순임금의 덕치德治는 천고에 우뚝 빼어났고,

一點浮雲過太虛^{일점부운과태허}

한 점 뜬구름은 태허를 지나네.

瀟洒小軒臨碧澗소쇄소헌임벽간

맑고 깨끗한 작은 누대는 푸른 산골 시냇가에 접해 있고

澄心盡日玩游魚징심진일완유어

맑은 마음으로 종일 물고기 노님을 감상하네.

첫 구절의 당우唐虞에서 당唐은 당요唐堯를 말하는데 이는 요 임금기원전 2357~2258을 말하고, 우虞는 우순虞舜을 말하는데 곧 순 임금기원전 2257~2208을 말한다. 요임금과 순임금은 모두 덕으로 나라를 다스렸으니 역사상 최고의 성군聖君으로 꼽힌다.

둘째 구절에 보이는 태허太虛는 무엇인가? 서경덕徐敬德, 1489~1546 선생이 언급한「이기설理氣說」로『화담집花潭集』권 2에 태허에 관한 내용이 보인다. 기철학의 관점에서 태허를 묘사하기를 기氣는 허이며 또한 기는 두 가지를 머금고 있다고 하였다. 그렇다면 허는 또 다시 이원적인 면을 지닌다. 태허 또한 하나이나 두 가지를 머금고 있다고 한다. 그렇다면 허라는 것은 허가 아닌 것이다. 무언가 있다는 말이다. 우주의 카오스 chaos는 태허가 아닌 것이다. 태허에도 움직임과 고요함이 있다. 가만히 있는 게 아니다. 무언가 열리고 닫히고 움직이고 정지해 있는 듯하다는 점이다. '리철학'의 관점보다는 기철학의 관점이 좀 더 명확한 듯하지만 '리철학性'또한 거부할 수 없는

어떤 실체를 지니고 있다. 지면 관계상 서화담 선생의 기철학에 관하여 모두 피력치 못함이 아쉽다.

맑고 깨끗한 정자에서 푸른 산골 시냇물을 감상하며 맑은 마음으로 물고기가 노님을 감상하는 일은 곧 태허의 정기를 지니고 사물인 물고기와 산골 시냇물을 바라보고 있다. 회재 선생은 지고지순한 요임금과 순임금의 바른 정치와 덕치의 태평성세를 갈망하고 있으며 한 점 고요히 흐르는 뜬구름 속에서 태허를 보고 있다고 말하고 있다. 첫째와 둘째 구절에서는 사물이 처음 생겨난 시초에 관하여 묘사를 하며 태허라는 순진무구한 인간의 정신을 들여다보고 있다. 셋째와 넷째 구절은 첫째와 둘째 구절을 회상하며 자연에서 맑은 마음을 구하고자 하는 생각이 절절히 배여 있다. 이 시는 상당히 관념적이지만 어떤 대상[96]을 통하여 맑은 마음을 지닐 수 있음을 구체적으로 그려내고 있다.

이 시는 관물찰리觀物察理를 잘 보여주는 시문이라 할 수 있다. 인간 성정性情의 맑음을 잘 묘사하고 있으며 마음이 맑고 깨끗해야 함을 힘주어 말하고 있다. 배움이란 어떤 성공을 위한 것이 될 때 인간의 마음은 부패하고 망가지는 것이다. 도체道體의 본질을 모르고 문文만 익히는 어리석음을 범하고 있다.

---

96 냇물과 물고기의 노님.

『논어』「학이」편의 첫 구절은 곧 도道를 배우고 익히며 때에 맞는 배움을 말하고 있다. 학이시습지學而時習之의 시時를 필자는 다르게 푼다. 흔히들 "때로" "때때로"라고 푸는데 뭔가 이상하다. 때때로, 라고 풀면 배우고 가끔 시간 날 때의 의미로 들린다. 시時는 계절별 읽어야 할 과목을 얘기한 것이라고 본다. 배움에 있어 계절별 과목을 때에 맞춰 익혀야 함을 역설한 대목이다. 어찌 글만 익히는 것을 배움이라 하겠는가? 도체道體를 배움이 먼저가 아닌가! 사물을 관찰하며 인간의 바른 성정을 배우라는 의미인 것이다. 회재 선생은 이 시를 통하여 문이 아닌 도체를 배울 것을 말하고 있다.

부앙호연俯仰浩然

올해 들어 필자는 많은 수의 간찰, 시문 등을 탈초脫草하고 있다. 초서草書로 쓰인 옛 문집이나 고서 및 시문을 읽는 과정에 있다. 지난 번 칼럼에서도 언뜻 언급을 하였지만 초서로 쓰인 시문을 읽어내기란 여간 힘든 게 아니다. 시문 하나에 전고典故(출처)를 찾아내야 하는 번거로움과 초서를 읽어내는 안목도 있어야 한다.

아래는 회재晦齋 이언적李彦迪, 1491~1553 선생의 「차답청운
次踏青韻」이라는 시문을 탈초하여 풀이를 한 것이다. "답청의
시운에 차운하다"라는 대목이다. 이 탈초 자료는 한국학중앙
연구원에서 가져왔다.

「**次踏青韻**차답청운」

답청踏青날 시운에 차운하다

暮春咸愛滿山紅모춘함애만산홍

늦봄 산에 가득 핀 꽃을 모두 사랑하였고

晩歲方知傲雪松만세방지오설송

늦겨울 꿋꿋이 버틴 눈 덮인 솔의 기상 알겠네.

俯仰浩然隨處樂부앙호연수처락

천지에 가득한 호연지기를 가는 곳마다 즐기고

紛紛榮毀莫留胸분분영훼막류흉

떠들썩하게 헐뜯고 칭찬함 마음에 남겨두지 말라.

회재 선생은 늦봄의 만화방창萬化方暢한 우주 만물 중 봄꽃
의 아름다움을 좋아하다가 느닷없이 늦겨울 눈 덮인 솔의 꿋
꿋한 기상을 대비시켜 읊고 있다. 봄이나 여름의 꽃은 따뜻한
기온에서 자라 아무 탈 없이 피었다지고 만다. 그러나 겨울 눈

덮인 소나무는 사시장철 늘 푸름을 보인다. 꿋꿋한 절개의 상징인 셈이다. 가난한 선비나 올곧은 선비, 곧 한사寒士들이 늘 염두에 둔 "날씨가 매섭게 추워야 소나무와 잣나무가 다른 나무보다 뒤늦게 시든다는 것을 안다"라는 『논어』 「자한」 편의 대목을 지은이는 시구詩句에 넣어 자신의 꿋꿋함을 보이고 있다.

세 번째 구절에서는 호연지기浩然之氣를 드러내고 있다. 부俯는 '굽어보다'라는 뜻이니 땅을 말하고, 앙仰은 '우러러보다'는 뜻이니 곧 하늘을 말한 것이다. 이는 『맹자』 「진심」 편의 "하늘을 우러러 부끄러움이 없고 땅을 굽어보아도 부끄러움이 없다."仰不愧於天 俯不怍於人 앙불괴어천 부부작어인이라는 대목을 상기시키고 있다. 더불어 호연지기를 말하고 있다. 호연지기란 뭘까? 하늘과 땅 사이에 넘치게 가득 찬 넓고도 큰 원기元氣, 공명정대하여 조금도 부끄러운 바 없는 용기라고 할 수 있다. 『맹자』 「공손추」 편에 보인다.

근자에 벌어지는 공직자들의 추태를 보니 안타깝다. 음주운전, 성추행, 뇌물수수, 청탁 등 별의별 비리와 부정이 끊이지 않고 일어난다. 기강의 해이가 도를 넘어서고 있다. 꿋꿋함을 지니고 부끄러움을 없애야 올곧은 나라가 될 것이다. 서로를 헐뜯고 비방하는 것은 자신을 올곧게 세우지 못한 것이라는 반증이다. 회재 선생과 같은 곧은 결기를 지녀야 할 것이다.

제우혼진齊竽混眞

작은 재주 하나로 자신이 잘났다고 뻐기는 사람이 있다. 재주와 덕을 쌓는 것은 차원이 다르다. 얄팍한 지식과 재주로 사람들의 눈을 속이려는 이들이 있다. 모두 덕성德性을 갖추지 못한 무지렁이일 뿐이다. 세상을 살다보니 나이가 들수록 추해지는 면을 보인다. 패악悖惡을 서슴지 않는다. 참으로 볼썽사납다.

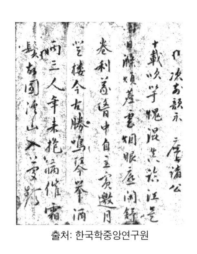

출처: 한국학중앙연구원

十載吹竽愧混眞십재취우괴혼진

십년간 피리를 불어도 잘 부는 이 앞에서는 부끄러워

臨江是日滌煩塵 임강시일척번진

이날 강가로 가 번잡스런 속세의 먼지를 씻었네.

雲烟眼庭閑舒卷 운연안정한서권

눈 안에 든 구름 안개 한가로이 흩어지고 모이니

利義胸中自主賓 이의흉중자주빈

의를 가슴에 품어 귀한 손님으로 삼았네.

邀月登樓古今勝 요월등루고금승

달 맞으며 고금에 뛰어난 누대를 올라보니

鳴琴擧酒兩三人 명금거주양삼인

두서너 사람 거문고 소리 들으며 술 마시고 있네.

年來抱病催霜鬢 년래포병최상빈

나이 들어 병들고 흰 살쩍이 부쩍 늘고

故國溪山入夢頻 고국계산입몽빈

고국의 내와 뫼는 꿈속에 자주 보이는구나.

이 시문은 회재晦齋 이언적李彦迪, 1491~1553 선생의 「차전운
시 좌상제공次前韻示 座上諸公」이라는 시이다. "앞 운을 차운하
여 여러 공들께 올려 보이다"라는 시이다. 필자가 이 시문을
'한국학중앙연구원'의 장서각에서 가져와 탈초를 하였다.

이 시의 첫 구절에는 다음과 같은 뜻이 숨어있다. "제나라 선왕宣王이 피리 연주를 좋아하여 항상 300명을 모아 연주하게 하자, 남곽처사南郭處士라는 사람이 그 자리에 슬쩍 끼어들어 국록國祿을 타 먹곤 하였는데, 선왕이 죽고 민왕湣王이 즉위한 뒤에 한 사람씩 연주를 하게 하자 본색이 드러날까 겁낸 나머지 도망쳤다"는 이른바 '제우혼진齊竽混眞'의 고사이다. 『한비자韓非子』「내저설 상內儲說 上」편에 보이는 대목이다. 원문은 이렇다.

齊宣王使人吹竽 必三百人 南郭處士請爲王吹竽 宣王說
之 廩食以數百人 宣王死 湣王立 好一一聽之 處士逃
(제선왕사인취우 필삼백인 남곽처사청위왕취우 선왕열지 늠식이수
백인 선왕사 민왕립 호일일청지 처사도).

재주가 없는 이가 재주 있는 이들의 틈에 끼어 잘난 척을 한 것이다. 무리 속에 있을 때는 몰랐는데 무리에서 떼어놓고 보니 자신의 얄팍한 재주가 탄로 날까봐 도망을 친 것이다. 무능한 이가 유능한 이들과 섞여 있으면 그 용렬함이 드러나지 않는다. 하나하나 떼어놓으면 재주가 모자람이 금방 드러나는 법이다.

조직사회에서 개개인의 무능은 잘 드러나지 않는다. 무능이 드러나도 덮으려고 한다. 제 식구 감싸기이다. 시市를 운영함에서도 무능, 부패, 비리, 청탁을 눈 가리고 아웅한다, 라는 소식이 들린다. 다 같이 피리를 불고 있는 형국이다. 어느 사람이 잘못을 하여도 그 피리소리에 묻혀 지낸다. 이게 더 큰 사단을 불러온다. 공직자들의 비리, 부정, 청탁, 무능, 부패가 드러나도 겁을 내기는커녕 같이 피리를 부니 문제다. 이에 더하여 사승습장死僧習杖이란 말이 있다. 이미 죽은 중에게 곤장 익힌다는 말이다. 권력층에 가까운 이들이 이미 죽은 중에게 매를 치듯 힘없는 이에게 위세를 부리거나 저항할 힘이 없는 이에게 가혹 행위를 하는 짓거리이다. 이 나라의 공무원이나 권력층, 재벌계의 풍속을 잘 대변해 주는 말인 듯하다.

단심한청丹心汗靑

붉은 마음, 핏빛 같은 그 붉은 마음이 어떠한가? 잇속에 끌려 이리저리 헤매는 게 삶이런가? 대단히 어리석은 삶의 편린을 본다. 이 어찌 너저분한 삶이런가? 늘 자신은 충성忠誠을 다한다고 한다. 충성은 곧 주자朱子께서 말씀하신 것이다. 충忠은

'자신을 비워야 함이다'라고 풀이된다. 성誠은 곧 '망녕되지 않으며, 남과 자신을 속이지 않는 진실한 마음'이다.

며칠 전 단계丹溪 하위지河緯地, 1412~1456 선생의 시문을 탈초脫草하다 보니 아래의 문장이 보인다. 사진 자료는 한국학중앙연구원에서 가져왔다.

출처: 한국학중앙연구원

「희성일절봉사처사?장戲成一絶奉似處士?丈」 97

一別嬋娟竟渺然일별선연경묘연

이별한 뒤 보니 고운 모습 아득하고

---

97 이 시의 제목 「희성일절봉사처사?장戲成一絶奉似處士?丈」의 ? 부분은 글씨가 떨어져나가 지워져 보이질 않는다.

嶺湖其奈路三千영호기내로삼천

영남과 호남을 가는 길 아마도 삼천여 갈래라.

此時可說心中事차시가설심중사

요즘 와서 마음속의 일 말할 수 있어

應費書兼十幅牋응비서겸십폭전

글씨 한 점과 편지 열편을 보내노라.

緯地拜謹甫慮外赴北可歎위지배근보여외부북가탄

위지는 근보가 뜻밖에도 공무 차 북쪽으로 부임한다니 한탄
스럽네.

위의 시는 단계 선생이 근보謹甫 성삼문成三問, 1418~1456 선
생에게 준 글이다. 여섯 살 위인 단계 선생이 근보 선생께 준
시문이다. 근보 선생의 모습을 그린 시가 아닌가 한다. 두 선생
께서는 모두 과거에 장원급제를 하신 분이다. 의기투합된 마
음이 이 시문에 보이는 듯하다. 『단계유고丹溪遺稿』를 찾아봐도
이 글자는 빠진 글자가 되어, 곧 결자缺字가 되어 볼 수가 없다.

두 분의 성품은 이러하다. 남효온南孝溫, 1454~1492의 『추강
집秋江集』 권 8 「육신전六臣傳」에 보인다. 하위지 선생은 "사람
됨이 침착 조용하며 과묵하였으며, 하는 말마다 도리에 맞아
가려낼 게 없었고 공손하여 예의가 있었으며, 대궐 앞을 지날

때는 반드시 말에서 내렸다. 비가 내려 길바닥에 물이 고여도 이를 피하지 않고 다녔다."爲人沈靜寡默 口無擇言 恭而有禮 過闕必下 雖雨潦 不曾避路 위인침정과묵 구무택언 공이유례 과궐필하 수우료 부증피로라고 하였다.

성삼문 선생에 대하여서는 같은 책에 이렇게 나온다. "성삼문의 사람됨은 익살스러웠고 거리낌이 없었으며, 해학을 즐겼다. 앉거나 눕거나 할 때 절도가 없어 겉으로는 지조가 없는 듯하였으나 안으로는 지조가 굳고 확고부동하였다."

근보 선생의 시에 이런 게 있다.

食君之食衣君衣식군지식의군의

임금이 주신 음식 먹고 옷을 입었으니

素志平生莫願違소지평생막원위

평생 본래 지닌 마음 어기지 말기를 바라네.

一死固知忠義在일사고지충의재

한 번 죽으면 진실로 충의가 있음을 아니

顯陵松柏夢依依현릉송백몽의의[98]

현릉에 심은 소나무와 잣나무가 꿈속에 아른거리네.

---

98 현릉顯陵은, 곧 문종文宗, 1450~1452과 그의 비妃인 현덕왕후顯德王后 권씨權氏의 능을 말한다.

오늘 단심丹心을 읽어본다. 붉은 마음 또는 한결같은 마음이다. 단심은 여간해서는 지니는 게 어렵다. 사심을 버려야 단심이 선다. 붉은 마음을 지니는 게 어렵다. 송나라 말기의 충신인 문천상文天祥, 1236~1283은 「과영정양過零丁洋」이란 시에서 단심을 이리 읊고 있다. 문천상의 이 시는 1279년 남송南宋이 몽고군에게 멸망할 때 지은 것이다. "자고로 사람이 나면 누가 죽지 않겠는가? 단심충심을 지녀 사서史書에 비춰 남길 뿐이네."人生自古誰無死 留取丹心照汗青인생자고수무사 유취단심조한청이라고 하였다.

한청汗青은 옛날에 청죽靑竹을 불에 구워서 그 속에 있는 수분이 빠져나오게 해서 쓰기에 편리하고 좀이 슬지 않게 한 것을 말하는데, 보통 사책史冊, 곧 역사서를 말한다. 붉음은 곧 해와 같다. 해와 같이 밝고 붉게 빛이 나야 한다. 검은 마음에서 단심이 싹틀 수는 없다. 잇속과 당파에 따라 요동치는 정국을 헤매는 흑심黑心의 무리들이 설쳐대는 게 작금의 형국이다. 단심한청丹心汗青! 자신을 이기고 나라를 위해 일하다 역사에 길이 남을 인재가 진정 없는가?

임경업 장군의 간찰簡札을 읽다가

지난 10월 8일 바람을 쐴 겸해서 단월동에 있는 임경업林慶業, 1594~1646 장군을 모신 충렬사를 다녀왔다. 필자가 유달리 관심을 지니고 본 것은 비문과 유물전시관의 충민공 관련 유품이었다. 가을 햇살이 유난히도 뜨겁고 맑은 날이었다. 유물 전시관 안의 눈에 뜨이고 관심이 있는 충민공의 유품들을 사진에 담았다. 이 가운데에서 필자에게 제일 관심이 가는 게 바로 충민공께서 직접 쓰신 초서 간찰簡札이었다. 충렬사에 다녀온 지 며칠 동안 바빠서 간찰을 제대로 읽지 못했다. 그런데 얼마가 지난 뒤 간찰을 읽어보니 탈초를 잘못한 점이 보였다. 짬짬이 이 간찰을 읽는 동안 잘못 탈초된 글자가 눈에 들어오기 시작하였다. 결론적으로 말하면 잘못 탈초된 글자가 넉 자이다. 독자들의 이해를 돕기 위해 원문과 해설문을 모두 실으면서 하나하나 지적을 하고자 한다. 참고로 아래의 문장은 필자가 다시 바로잡은 것이다.

곧장 이대장李大將이 와서 편지를 전해주시니, 엄동 추위에도 그동안 지내시기에 더욱 평안하다는 것을 알게 되어, 위로가 되고 기쁨이 넘치니 이를 어찌 다 헤아릴 수 있겠습니까. 저

경업慶業은 계집종이 병이 들어 다른 집으로 나가 피해 있다가 어제야 비로소 옛집으로 돌아왔습니다即者 李大將之來 傳於惠 札 憑審至寒 經履增吉 慰沃欣瀉 何可量也 慶業 以女奴之病 出避 他舍 昨始還入舊寓矣(즉자 이대장지래 전어혜찰 빙심지한 경리증길 위옥혼사 하가량야 경업 이여노지병 출피타사 작시환입구우의).

위의 문장에는 문제가 없다. 무난하게 탈초를 하였다.

한 해도 장차 다 저물어 가는데 부모님에 대한 연민을 자연 견디지 못하겠으니 이를 어찌 하겠습니까, 어찌 하겠습니까. 사람들에게 보여 칭찬한다고 운운하는 것은 정말 우습습니다. 설령 그런 일이 있다 해도 이는 우리 시영時英께서 수차 권면하 고 자주 경계해준 효과일 것입니다. 단지 이는 마치 발원지가 없는 물이 도랑을 넘치게 하는 것과 같아서, 얼마 되지 않아 아 마도 말라버리지 않겠습니歲聿行且盡 庭闈之變欲不自堪 奈 何奈何 示人譽云云 殊可笑 設有之 是吾時英 數勉頻戒之效矣 第此 如無源水之盈溝 幾何其不涸也(세율행차진 정위지연욕부자감 내하내하 시 인예운운 수가소 설유지 시오시영 수면빈계지효의 제차여무원지수영구 기하기불 확야).

이 문장에서는 무려 세 글자가 잘못 탈초되었다. 먼저 욕欲

자는 충렬사의 탈초해^{脫草解}에서는 '욕慾'자로 되어 있었다. 慾은 '욕심'이라는 뜻으로 명사^{名詞}의 기능을 한다고 볼 수 있다. 따라서 이 문장에는 동사의 역할을 하는 欲자가 와야 한다. 그 다음에 여如자는 충렬사의 탈초해에는 '필必'자로 되어 있었다. 如는 '만약에, 마치, 가령'이라는 뜻이다. 문법적으로 必자로 쓸 수 없는 경우이다. 또 그 다음으로는 기其자인데 충렬사의 탈초해에는 '기期'로 되어 있었다. 期는 '기대하다, 기약하다'라는 뜻인데 이 자를 쓸 경우 문장의 해석이 이상하게 된다는 점이다. 其는 '아마도'라는 부사적인 의미를 지닌다.

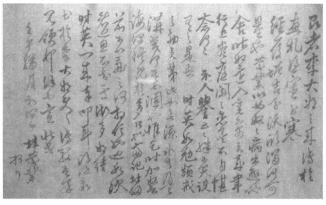

출처: 충주 충렬사(필자 촬영본)

바라건대, 여기 머나먼 바다 끝에 좋은 말씀을 때때로 보내주시어 쓸데없이 말하는 걸 끝내 면하도록 해주십시오. 재기문齋記文은 북쪽으로 돌아가기 전 부칠 수 있었으니 얼마나 기다리셨습니까. 근래에는 수차 근사록近思錄을 읽고 있으나 모르는 곳이 점차 많아져 시영時英께서 한번 오시길 기다려 가르침을 받들고자 할 뿐입니다. 방금 새 책은 이대장李大將에게 보내전달해드리라 하였는데 받아보셨는지요? 나머지는 다 말씀드리지 못하고 두서없는 글을 마칩니다. 임오년 섣달 초나흘 임경업 절을 올림.

惟乞 時加好言海隅終免於多口也 齋記 北歸前 可以副之 何相俟也 近數次看近思 不知處漸多 將待時英一來奉叩耳 頃送新書 於李大將 使之傳致 其果見領耶 餘不宣 狀末 壬午臘月初四日 林慶業 拜手(유걸 시가호언해우종면어다구야 재기 북귀전 가이부지 하상사야 근수차근사 부지처점다 장대시영일래봉고이 경송신서 어이대장 사지전치 기과견령야 여불선 장교 임오납월초사일 임경업 배수).

끝의 배수拜手는 배수拜首로 바로잡아야 한다. 초서의 운필상 수手 자는 수首와는 확연히 다르다. 문화재를 관리 보수하는 주무부서에서는 이를 하루 빨리 시정을 하길 바란다. 이게 적어도 수년 내지 수십 년은 이대로 방치되어 왔다고 봐야 할 것이다. 아울러 도내의 각처의 누대, 정자, 사찰, 주련柱聯에 걸린 글씨들도 일별一瞥해 볼 필요가 있음을 이 기회를 빌려 제안을 한다.

제봉題鳳 봉이 된 사람

코푸렁이가 나오는 매서운 겨울이다. 누군가의 집을 가기도 어설프다. 가끔 겨울나무 가장이 사이로 옴팡지게 쏟아지는 달빛을 쫓는 눈길이 자못 송곳눈이다. 요즘은 낙목한천落木寒天이라 옷자락을 모두 벗어버린 겨울의 서정이 호륵豪勒하고 매몰차서 볼때기를 후리는 바람이 여간 곤혹스럽지 않다. 오늘은 뜬금없이 어릴 때 동네 작은 연못에서 집에서 만든 스케이트를 타다가 동네 아이들과 연못가에 모닥불 피워놓고 손을 쬐며 각자 집에서 가져온 고구마를 날름거리는 잉걸불에 구워 먹던 기억이 난다. 고구마를 시린 손으로 호호 불어가며 먹고 나면 손과 얼굴은 온통 굴 왕신 뺨칠 정도로 검댕천지로 깔깔거리며 웃던 기억이 난다. 동네 아이들 거반은 이런 몰골이었다. 이런 터수에 남의 집을 가기도 그렇고 마냥 연못가에서 불땀을 쬐다 해동갑할 무렵에 집에 들어가곤 하였다. 손은 물론 안에 입은 내복의 소매까지 새까맣게 해서 들어가니 늘 어머니께 혼나기 일쑤였다.

　필자는 남의 집에 마실을 가면 오래 있지 못하였다. 지금도 그렇다. 어른들의 말씀 때문이었다. 어른들은 늘 "남의 집에 가서 오래 있으면 안 된다"라고 하는 당조짐[99]을 아끼지 않으셨기 때문이다. 필자는 이를 철칙같이 여겼다. 잠시 방안에 앉았다가 나와 아이들과 딱지치기, 구슬치기, 자치기 등을 하며 놀았다. 어린 마음에도 누구누구의 집은 가질 않았다. 이는 마음에 데면데면[100]한 데가 있었기 때문이었을 것이다. 가고 싶은 친구네 집만을 골라 갔던 것이다. 어린 마음에 그래도 내 집은 편했던 모양이다. 물론 나 자신이 수삽[101]하였던 성격 탓이었을 것이다. 우리 마을은 먼 결찌[102]가 아닌 몇 촌 이내의 집성촌集姓村이었는데도 말이다.

　죽림칠현竹林七賢으로 알려진 혜강嵇康, 223~263은 거문고를 잘 타고, 그림과 시문도 잘했다. 혜강은 유비를 섬기던 제갈량과 조조를 섬기던 사마중달이 서로 겨루고 있던 시대의 사람이다. 의협심도 남달랐던 인물이다. 이런 혜강을 자주 찾아갔

99　정신을 차리도록 단단히 단속하고 주의를 줌.
100　다른 사람을 대하는 태도가 친밀성이 없고 어색하다.
101　몸을 어찌해야 좋을지 모를 정도로 수줍고 부끄럽다.
102　친척.

던 인물이 하나 있었는데 그는 죽림칠현의 액내[103]가 아닌 여안呂安, ?~262이었다.

『세설신어世說新語』하권 상「간오簡傲」에 이런 대목이 보인다.

혜강과 여안은 서로 친해서 늘 한결같이 서로를 그리워하였다. 어느 날 여안이 머나먼 길을 수레를 타고 혜강의 집엘 갔는데 때마침 혜강은 외출을 하고 집에 없었다. 이때 혜강의 형인 혜희嵇喜가 대문 밖으로 나와 여안을 집안으로 맞이하려 하였으나 여안이 들어가지 않고 대문에 봉鳳자를 써 붙여놓고 가버렸다. 혜희는 여안이 써놓은 글자의 뜻을 알지 못하였다. 혜강이 집에 돌아와서 그 뜻을 알고 기뻐하였다. 그리고 형인 혜희에게 말하기를 "봉鳳은 그냥 평범한 새일 뿐입니다

嵇康與呂安善 每一相思 千里命駕 安後來 值康不在
喜出戶延之 不入 題門上作鳳字而去 喜不覺 猶以為欣
故作鳳字 凡鳥也(혜강여여안선 매일상사 천리명가 안후래 치강부재
회출호연지 불입 제문상작봉자이거 희불각 유이위흔 고작봉자 범조야).

이는 봉鳳자를 파자破字한 것이다. 봉자 안의 새 조鳥자를 빼어내면 남는 게 궤几자가 된다. 여기에 ﹨점 주를 넣으면 凡평범하다

103 일정한 인원수의 안.

가 된다. 이리 파자를 하면 범조凡鳥, 곧 '평범한 새'가 되는 것이다. 봉을 만나러 왔다가 평범한 새를 만났다고 한 여안의 기지와 위트가 재미있고 이를 알아본 혜강 역시 대단하다. 혜강의 형인 혜희를 만나러 온 게 아님을 넌지시 비추고 있다. 나는 그대혜희를 만나러 온 게 아니니 다음에 오겠다는 말이다.

제봉題鳳은 '사람을 보러 갔다가 만나지 못하고 돌아오다'라는 뜻을 지녔다. 곧 총선이 다가온다. 국민의 뜻을 맞추려고 곧 예비후보자들이 벌떼추니[104]처럼 짤짤거리며 다닐 것이다. 주인인 국민을 촌보리동지[105]처럼 여기는 후보자들이 있는 듯하다. 칠월 열쭝이[106]처럼 수다 떠는 인사들이 많다. 이 땅의 주인집을 드나들며 머슴처럼 행동하다가 당선이 되는 순간에는 과부댁 종놈 왕방울로 행세하는 게 총선 후보자들의 모습이다. 백성을 봉鳳으로 보질 말기 바랄 뿐이다. 아울러 선심성 공약, 실현 불가능한 정책 내지 말고 백성의 뜻과 현실에 맞는 공약을 내놓기를 바란다. 백성의 뜻에 맞지 않는 공약으로 봉鳳이 되지 않기를 바란다.

---

104 제멋대로 짤짤거리고 쏘다니는 계집아이.
105 어련무던하게 생긴 시골 사람.
106 녹음이 우거진 숲 속에서 한창 재잘거리는 어린 새에 빗대어 수다스러운 사람.

저끽폭포猪喫瀑布

　궁중에서 벼슬살이를 하던 어느 벼슬아치가 진양晉陽 고을로 나가 수령이 되었다. 이 수령은 가렴주구苛斂誅求가 자심하여 비록 산골의 과일이나 채소까지도 이문利文이 된다면 조금도 남겨 놓지 않고 싹쓸이를 하다시피 하였다. 그리하여 심지어는 절간의 중髡緇輩(곤치배)[107]들도 또한 그 피해를 입었다. 하루는 운문사雲門寺의 중 하나가 수령을 찾아가 뵈니 그 수령이란 작자가 말하기를 "네 절에 있는 폭포가 기막히게 좋더구나"하였다.

　폭포가 무슨 물건인지 모르는 중은 폭포마저도 세금으로 거두려고 하는가 두려워 대답하기를 "저의 절의 폭포는 금년에 돼지가 다 먹어버렸습니다!"今何爲猪喫盡금하위저끼진이라고 맞받아쳤다.

　강릉에 한송정寒松亭이란 정자가 있었는데 그 주위의 산수경치가 관동關東 지방에선 으뜸이었다. 부잣집 출신의 구경꾼들이 끊이지 않고 수레와 말을 몰아 사방에서 모여들었다. 고을 사람들은 그들을 접대하는 비용이 적지 않으므로 늘 푸념하기를 "저 한송정은 언제나 호랑이가 물어갈까"라고 하였다

107 곤치배(髡緇輩).

고 한다.

위의 두 가지 일을 가지고 어느 시인이 시를 짓기를,

瀑布當年猪喫盡^{폭포당년저끽진}

폭포는 어느 해엔가 돼지가 다 먹어버렸건만

寒松何日虎將歸^{한송하일호장귀}

한송정은 어느 때에 호랑이가 물어갈꼬.

위의 대목은 서거정徐居正, 1420~1488이 지은 『태평한화太平
閑話』「골계전滑稽傳」에 나오는 얘기다. 시의 첫 구절은 고관대
작高官大爵과 지방의 수령 및 아전들이 얼마나 심하게 백성의
등골을 빼먹었기에 이미 배부른 돼지가 폭포까지 다 삼켜버린
것일까? 돼지란 사물을 통하여 이미 배부른 이들이 백성의 피
고름을 쥐어짜는 상황을 묘사한 광경이다. 예나 지금이나 상
황은 별반 다르지 않다.

둘째 구절은 우는 아이도 울음을 멈추게 하는 호랑이를 시
켜서라도 한송정을 물어가게 하려는 사람들의 심리를 드러내
고 있다. 놀고먹는 부유층 사람들이 시골에까지 와서 음주가
무에 추태를 부린 모양이다. 이맛살을 찌푸리게 하는 장면이
안 보아도 연출이 된 듯하다.

시의 첫 구절은 지금의 상황을 엿보이게끔 하고 있다. 배부

른 돼지의 끝없는 탐욕을 보여주고 있다. 대기업의 골목 상권 진출, 국회의원의 특별회비 부정사용 등을 말해주는 듯하다. 국회의원의 특별회비는 영수증처리도 안하고 자녀들 유학비용, 부동산 거래 등 사비私費로 쓰이고 있다는 보도가 요즘 나온다. 이미 이전에 이러한 관행이 암암리에 자행되어 온 것이다. 그 만행이 이제 드러난 것이다. 선량選良들이 하는 짓거리이다. 선량이란 어질고 선하며 행동이 반듯하고 바른 이, 곧 현량방정賢良方正함을 말하고, 부모에게 효도를 하며 청렴하다는 뜻을 지닌 효렴孝廉한 사람을 말한다.

둘째 구절의 호랑이는 영험하고 위엄 있으며 사나운 호랑이가 부귀탐욕에 어두운 이들을 물어가라는 염원을 담고 있다. 백성들은 호랑이가 부귀탐욕에 눈이 어두운 이들을 물어갈까 하는 염원과 정말 그러한 일이 벌어지기를 갈망하는 것 같다.

권력층의 부패, 부정과 비리가 없어지지 않는 한 경제발전을 부르짖어 봤자 헛구호에 지나지 않는다. 부패한 권력층과 공직자가 없어야 이 나라는 바로서기를 할 수 있다. 부정과 비리 및 부패의 연결고리를 끊어내지 않는다면 경제, 아니 창조경제는 고사하고 당장의 호구지책糊口之策도 물거품이 되는 현실이 지금 눈앞에 펼쳐지고 있다. 이 나라의 공직자, 국회의원,

지방의회 의원들은 선심성 공약보다는 민의民意가 무엇인지를 잘 파악해야 할 것이다. 그 민의는 바로 '부정과 부패 및 비리의 근절'이다. 이게 되지 않으면 경제는 침몰하는 배와 같은 것이며 국가의 위기는 바람 앞의 촛불 이상이 될 것이 자명하다. "부정과 비리 및 부패 척결剔抉"을 선거공약으로 내세운 입후보자들을 한 번도 본 적이 없다.

문진問津

배움이란 어떤 것일까? 필자가 지난 초여름에 한국학중앙연구원의 장서각藏書閣을 열람하며 행초行草로 쓰인 아래

출처: 한국학중앙연구원

의 시문을 읽었다. 미진하나마 풀어본다.

徒御駸駸欲問津도어침침욕문진,

오로지 급히 말을 몰아 나루터를 묻고자 하였는데

清凉秀色望中神청량수색망중신

맑고 찬 빼어난 물빛을 바라보매 정신이 번쩍 드누나.

水從太白淵源久수종태백연원구

태백산을 거슬러 오른 물줄기 연원이 멀고

學到陶山性理眞학도도산성리진

퇴계의 성리_{性理}의 참 모습을 배우는데 이르렀네.

筆札尋常隨閣僚필찰심상수각료

조정의 대신_{大臣}들과 늘 편지를 나누고……,

이 시문의 첫 구절에 문진_{問津}이란 말이 있다. '나루터를 묻다'라는 뜻이다. 이 말은 『논어』 「미자_{微子}」 편에 보인다. "장저와 걸익이 김을 매며 밭을 갈고 있을 때 공자가 그 곁을 지나다가 자로를 시켜 나루터를 물어보게 하였다."長沮桀溺 耦而耕 孔子過之 使子路問津장저걸익 우이경 공자과지 사자로문진이라는 대목에서 비롯된 말이다. 문진은 곧 나루터를 건너기 전에 어느 방향으로 물을 건널 것인가를 물어보는 예비적인 행동이다. 공자가 자로를 시켜 나루터를 묻게 하였다는 것은 자로로 하여금 배움의 방향을 어디로 할 것인가를 넌지시 깨우치게 하는 모습을 보여주고 있다.

둘째 구절은 맑은 물을 통하여 인간의 맑디맑은 본성을 바라보고 있음을 암시하고 있다. 작자는 이 구절에서 인간 본연의 심성心性이 맑아야 함을 읽어내고 있다. 셋째 구절은 이 물줄기의 맑디맑음은 어디서 왔는가를 짚어주고 있다. 525여 킬로미터의 낙동강의 물줄기가 어디서 왔는가를 되짚어 학문의 근원과 본질을 캐려하고 있다. 도도히 흐르는 낙동강의 연원은 곧 태백산의 작은 샘물에서 비롯되었음을 말하고 있다. 무릇 학문은 본질을 찾아 그 이치를 깨달을 수 있어야 함을 말하고 있다.

넷째 구절에서 작자는 퇴계 이황李滉, 1501~1570의 인간 본연의 선한 마음을 탐구하는 성리性理를 배우게 되었음을 고백하고 있다. 성性이란 곧 '인간이 하늘로부터 받은 착한 심성'을 말한다. 동양철학에서 성을 실현하는 방법은 어짊仁을 실천하는 것이다. 어짊은 곧 남의 딱한 처지를 가엾게 여기고 남의 잘못을 가려주는, 측은지심惻隱之心이다. 측은지심의 발현은 곧 사람다운 누리를 이끌어가는 대모한 대목이다.

다섯째 구절에서 작자는 이러한 마음을 지니고 조정의 대신들과 안분지족安分之足의 심정으로 편지를 나눈다는 정회를 내비치고 있다. 이 시는 나머지 세 구절이 빠져있다. 한국학중앙연구원의 자료는 이것 밖에 없다. 나머지 시구詩句가 누락이 되어 더 볼 수 없음이 안타깝다. 빠진 뒷부분의 시문은 상상하건대 앞의 시구와 연결해보면 수양을 쌓고 난 뒤에 현실에 참여하려는 작자의 의중을 짚어볼 수 있겠다.

옛 선인들의 학문하는 자세는 위와 같았다. 퇴계 선생께서는 "독서의 비결은 반드시 성현의 언행을 마음으로 체득하고, 천리天理를 깊이 찾고 묵묵히 도를 실천하는 것이다."讀書之要 必以聖賢言行 體之心 而潛求默玩독서지요 필이성현언행 체지심 이잠구묵완이라고 하였다. 또 선생은 "지나치게 빨리 말을 하고 건성으로 외우는 것"을 싫어하셨는데 이는 지금의 우리들을 돌아보게끔 한다.

참, 말 많은 세상이다. 비리와 부정을 저지르고도 변명과 핑계를 일삼는 요즘의 일부 청와대와 교육부 공직 인사들은 '건성으로 배우는', 국민을 개돼지로 여기는 수양이 부족한 이들이다. "백성을 가까이 하되 깔보지 말라."民可近 不可下민가근 불가하라는 말이 있다. 『서경』에 보이는 대목이다. 필자는 이 말을 "백성을 깔보아 가까이 하지 말라"는 대목으로 풀어본다. 한마디로 배움이 없고 수양이 부족한 무지막지한 무뢰배들과 같은 공직자들이 설치는 세상이다. 배워도 제대로 배우지 못한 무식한 자들이 이 나라를 쥐락펴락하는 쓰레기 같은 세상이니 공자가 무덤에서 뛰쳐나와도 개혁은 이루어질 수 없는 백년하청百年河淸인 누리이다. 주입식 교육의 폐해가 고스란히 이 사회에 만연蔓延해 있다. 나루터를 묻는 이가 없고 좌표 잃은 선박을 이끌 인사는 없단 말인가?

반갱주낭飯坑酒囊

어느덧 술에 불콰해진 사내 낯짝처럼 단풍이 물들려는 풍엽제취楓葉齊醉의 계절이 무더웠던 여름을 제치고 성큼 다가온 것 같다. '풍엽제취'단풍이 술 취한 사내의 낯짝처럼 붉어진다는 말이다. 가을색이야 술 취한 사내 얼굴처럼 불콰해지면 어떤가?

오늘 아침 무료함을 달래려고 1000여 년 전에 지어진 『태평어람太平御覽』이란 원문 영인본 도서를 읽는다. 문득 뇌리를 후려치는 법문法文이 있는 게 아닌가! 이거 참 냉수욕을 하는 느낌이다. 쏴! 하는 느낌이다. 휑뎅그렁한[108] 가슴을 쓸어내리는 그 무엇이 있었다. 반갱주낭飯坑酒囊이란 말이 적혀 있었다.

---

108 물건이 거의 놓여 있지 않아 텅 빈 것같이 매우 허전하다.

"배는 밥을 채우는 구덩이가 되고, 창자는 술을 담는 부대가 된다"라는 말이다. 다시 말해 무위도식無爲徒食이란 말과 맥락을 같이 하는 글 귀였다. 무위도식, 하는 일 없이 한낱 밥만 축낸다는 말이다.

반갱주낭,이라? 먹고 마실 줄만 알고 도무지 일을 하지 않는 사람을 말하는 것이다. 이는 『천자문』에 보이는 탐독완시耽讀翫視의 주인공인 왕충王充, 27~97이 쓴 『논형論衡』 「별통別通」 편에 보인다. 『논형』을 쓴 왕충은 대단한 기억력의 소유자였다. 『후한서後漢書』 권 49 「왕충열전王充列傳」에 보면, 왕충은 어려서 부모를 여의고 고아가 되었는데 마을에서 그를 효자라고 칭찬하였으며, 반표班彪를 사사師事하였다고 한다. "왕충은 책을 널리 읽는 것을 좋아하였으며 글귀 맞추는 것을 지키지 않았다. 집이 가난하여 책을 살 수가 없었으므로 늘 낙양의 저자에 가서 파는 책을 읽었는데 한 번 보면 외워 단박에 읊었다"라고 한다.

왕충이 말하기를,

사람은 태어날 때 하늘로부터 오상五常 - 인의예지신(仁義禮智信)의 본성을 받게 되어 도를 닦고 배우기를 좋아하여 다른 사물과 분별이 된다. 그렇지만 오늘날은 그렇지 않다. 배불리 먹고 마시며, 쓸데없이 생각이 깊어지면 잠을 자고 싶어 하며, 배는 밥을 채우는 구덩이가 되고, 창자는 술을 담는 부대가 되니 이는 곧 짐승이다人生稟五常之性 好道樂學 故辨於物 今則不然 飽食快飮 盧深求臥 腹爲飯坑 腸爲酒囊 是則物也(인생품오상지성 호도낙학 고변어물 금즉불연 포식쾌음 려심구와 복위반갱 장위주낭 시즉물야).

덧붙여 왕충이 말하였다.

깃털이나 비늘이 없는 짐승은 모두 300종인데 그중 사람이 으뜸이다. 천지간의 착한 본성을 사람이 가장 귀한데, 사리를 분별하여 앎을 귀하게 여긴다. 오늘날은 지혜가 없고 어리석어서, 도를 즐겨 좋아하며 바라는 것이 없다면 300종의 깃털이나 비늘 없는 짐승과 무엇이 다르겠으며, 무엇이 존귀하다 할 수가 있겠는가?倮蟲三百 人爲之長 天地之性人爲貴 貴其識知也 今閉闇脂塞 無所好欲 與三百倮蟲何以異 而謂之爲長而貴之乎(나충삼백 인위지장 천지지성인위귀 귀기식지야 금폐암지색 무소호욕 여삼백나충하이이 이위지위장이귀지호).

무엇이 중한지 모르는 세태이다. 눈만 뜨면 돈 벌라고 아우성이다. 이게 사람의 세상인가, 짐승의 누리인가? 아주 유행가처럼 노래를 부르는 게 '돈 벌라는 곡성哭聲'이 이집 저집에서 들려온다. 인간 망쪼亡兆의 아우성이 여기저기서 들린다. 밥만 축내는 인사들이 많은 듯하다. 나라의 세금을 제 돈 쓰듯 선심성 공약을 내거는 국회의원들이 있다. 어제 뉴스를 보니 국회의원 봉급을 15퍼센트 줄인다고 한다. 한 달에 1,000만 원이 넘는 국회의원 봉급을 3분의 1로 줄이고 차제에 보좌관들도 대폭 줄였으면 한다. 이 나라의 길거리에는 가난에 허덕이는 사람들이 많다. 『맹자孟子』「양혜왕 상梁惠王 上」에 도유아표塗有餓莩라 하였다. 길거리에 굶어죽은 사람들이 널려 있는데 위정자는 무엇을 해야 하는 가를 직설적으로 말한 것이다. 배부른 자들이 더 챙기려한 것을 직설적으로 꼬집은 맹자의 인정仁政을 볼 수 있는 대목이다.

최순실 사태를 보며

이게 나라인가? 최순실 사태를 보며 필자는 입을 다물지 못하였다. 나라가 일정 개인이 쥐락펴락하는 전대미문前代未聞

의 상황을 맞았다. 이에 필자의 소회를 풀어보고자 한다.

이 가을 붉은 단풍잎이 진 자리에 눈물이 떨어진다. 상처를 받은 마음에 또 달리 생채기를 내고 있다. 올 가을은 무난히 지나나 했으나 마음을 짓누르는 무언가에 의한 중압감으로 다시금 가슴이 먹먹해지고 답답해진다. 진실이란 말 앞에 우리는 늘 부끄러움을 알 나이는 지났고, 아니 외려 진실이 파헤쳐져 발가벗겨진 우리의 자화상 앞에 숙연히 고개를 떨어트리고 있다. 이 땅의 진실은 그렇게 가을의 중턱을 지나 겨울 예감이 드는 이때에 더욱 그 모습이 낭창낭창하게 걸린 잎이 다진 나뭇가지처럼 더욱 선연히 드러나고 있는지 모른다.

진실을 은폐하려는 자와 진실을 드러내려는 이들 간에 알력 아닌 사력을 다하려는 조잡한 게임이 벌어지고 있다. 우리는 진실 앞에 얼마나 자신의 치부恥部를 드러낼 수 있는가? 오직 바른 생각과 깊은 통찰력만으로 거짓의 면모가 드러날 수 있다.

이 늦가을에 거짓에 상처 받은 영혼들은 과연 어떤 진실을 맞닥뜨릴지 의문이다. 거짓이 진실을 압살壓殺하는 무서운 이 시대에 과연 진실은 살아남을 수 있을까? 진실은 살아남아야 하고 늘 그렇듯 거짓을 누르며 이 땅의 상처 받은 영혼을 치유

해온 것이 역사의 진행 과정이며, 현재도 진행형이다.

    필자는 현재 돌아가는 시국을 보며 한 편의 한글 시와 또 한 편의 한시漢詩로 통회痛悔한 심사를 토로吐露하고자 한다.

「자아自我의 부재不在」

나를 잃었다.

까만 바다를 물결 따라 육신 하나 부침浮沈한다.

검푸른 파도가 검은 나를 삼킨다.

형! 난 그래도 검은 바다가 좋아

때 국물이 줄줄 흐르는 몸으로 검푸른 물결에 휘말렸다

그곳은 검은머리 처박고 검은 물에 떡을 감는 이들만 있었다.

때 국물을 말아먹은 커다란 목욕탕이었다.

코딱지 후벼 파고, 귀 후비고, 가래가 목구멍에 그르렁거리고,

눈꼽 닦지 않고, 내장에서 나온 분비물이 찔끔거리며

나오는 그런 구정물 같은 곳 말이야

형! 거기는 너무 깨끗해 좋다고 해

같이 살며 헤헤거리고 흐느적거리는

폐기물 집합소야

같이 살까, 형?

거기에 우리 보금자리도 있어

사람들이 좋다고 여기며 때를 미는 곳이야

세상의 모든 이바구가 나오지

침도 튀고 게거품도 있어, 형

개밥그릇도 있고 말이야

불알 달린 놈들 이바구하기 좋아, 형

거기는 아무나 갈 수 있어

그러니 천국 아니야?

근데 형, 거기는 이빨이 약하면 못가

이빨이 성해야 사는 곳이야

개 이빨은 안 돼

적어도 사자어금니 정도는 돼야 해

아니면 물려죽거든

사람의 이빨로는 질긴 고기 못 먹어, 형

주둥이는 늘 피칠갑을 하는 곳이야

주둥이에 빨간 칠을 하고 오두방정 떠는 곳이야

물리면 죽어

조심해!

두 발 달리고 검은머리인데 머릿속은 허옇게 샌 놈들이 있어

네 발 달린 놈도 있고 세 발 달린 놈도 있어

뭐 여우 호랑이 오소리 너구리 구렁이 사슴 개 살모사 등등

꼭 새벽녘 짙은 안개 속 같이 희붐해

아무 것도 안보여, 지랄이여

형, 여기가 꽃동산이야

여기 피는 꽃이 뭔지 알아?

지랄발광 꽃이야

형, 내일 얘기하자

내일 내가 올지 말지 몰라

발광發狂 모드를 꺼놓을게.

    참담한 현실 앞에 한시漢詩 한 편으로 이번 칼럼을 마무리
하고자 한다.

「증원수박근혜贈元首朴槿惠」

박근혜 대통령에게 드리는 글

儒懶家夷骨나라가이골

나약하고 게으른 집안 오랑캐의 뼛골이니

聃呻碾至微병신년지미

귀 닫고 끙끙거리는 돌절구 같은 지극히 미약한 존재

開年移措是개년이조시

새해 들어 국민은 올바르게 지내려 하고

改世氣靡希개세기미희

세상을 바로잡으려 하나 바른 세상 구할 수 없네.

민족의 뿌리인 백성을 음해하려는 모든 부정부패의 원흉들이 존재하는 한 우리는 고사枯死하여 재만 남는 헐벗은 민중이 될 것이다. 대통령은 탄핵이 아니라 자진해서 물러나야 할 것이다. 오늘 나는 지금을 민족의 절망이 종식을 고하며 새로운 출발을 하는 시점으로 여기며, 부정부패한 자들이 종식되어지고 압살壓殺당하는 날로 보고 있다. 민생은 죽었다. 권력의 시녀로 군림하는 자들이 활개 치는 한 나라 경제는 부정부패의 고리에 걸려 기우뚱하고 자빠질 것이 자명하다.

잠갑지승蘸甲之僧

이재理財에는 바사기 손방인 나다. 우듬지에 앉은 새처럼 위태위태한 고빗사위[109]만 겪는다. 든적스런[110] 데도 없고 야지랑스러운[111] 데도 없고, 더구나 오달진[112] 구석도 없는 맨재기[113]인 터수다. 애바르고[114] 발밭는[115] 데도 없으니 세상을 그저 흐르는 대로 바라보고 살 뿐이다. 가끔은 홀로 불뚱가지[116]를 내지만 사박스러운[117] 데도 없다. 언죽번죽 너울가지[118] 좋지도 못하고 재바르지[119]도 못하다. 칠월열쭝이처럼 수다 떨고 주책바가지는 아니다. 남의 일에 뭇방치기하는[120] 깜냥도 못되고 목낭청이[121]처럼 이래도 '예' 저래도 '예'하는 터수도 아니다. 그저 시골구석에 박혀 자회自晦나 하며 살아갈 뿐이다. 나를 감

---

109 중요한 고비 가운데서도 가장 아슬아슬한 순간.
110 치사하고 더러운 데가 있다.
111 얄밉도록 능청맞으면서도 천연스럽다.
112 허술한 데가 없이 매우 야무지고 실속이 있다.
113 융통성이 없는 사람.
114 재물과 이익을 재빠르게 좇아 덤벼드는 데 소질이 있다.
115 기회를 재빠르게 붙잡아 잘 이용하는 소질이 있다.
116 걸핏하면 얼굴이 불룩해지면서 함부로 말하며 화를 내는 성질.
117 보기에 독살스러우며 야멸친 데가 있다.
118 남과 쉽게 잘 사귀는 솜씨.
119 움직임이 조금 날래고 빠르다.
120 주책없이 남의 일에 함부로 간섭하다.
121 어름어름하면서 얼버무리는 말씨.

추고 세상에 드러내지 않을 뿐이다.

다만 바라는 것은 시문詩文을 같이 읽으며 산 진 거북이요 돌 진 가재가 되어 얘기꽃을 피울 벗바리 하나면 족하겠다.

몇 해 전 어느 날 우리 동네에 걸승乞僧 몇 명 들어왔다. 그것도 한겨울에. 좁아터진 곳에 많이도 기어들어 왔다. 찌그러진 양은 냄비를 손에 들고 배꼽부터 배배 뒤틀려 돌아간 설명한 회색의 나팔바지를 입고 퀭한 눈에 초점을 잃은 듯 함지박만한 입을 쩌억 벌리고 "거 밥 한 술 줍쇼! 한다. 제 밥그릇은 집에 놔두고 다른 찌그러진 동냥그릇 하나, 남의 집 개밥그릇을 훔쳐 왔는지 그럴싸하다. 겉으론 거지이나 배때기엔 지름이 자르르하다. 이 자들은 입으로 알아들을 수 없는 벙거지 시울 만지는 소리[122]를 한다. 동냥을 하여 양은 냄비에 밥이 수북하고 제 배때기에 가득차면 그만이다. 배때기에 들어간 곡식 낟알이 자위 돌[123] 무렵이면 이 거지들은 곁 방 년 코 구르듯 한다. 여기에 한 술 더 떠 과부댁 종놈 왕방울 행세하는 쇠양배양한[124] 거지들도 있으니 말이다.

---

122 모호하게 어물거려서 알 수 없는 말을 비유적으로 이르는 말.
123 먹은 음식이 삭기 시작하다.
124 철없이 함부로 날뛰는 경향이 있다.

몇 해 전에 터져 들썩하니 사회의 지탄을 받은 스님들의 도박, 음주에 대하여 필자의 소회를 아래와 같이 적었다. 2014년 1월 중순이었다. 이미 이전에 스님들의 일탈逸脫이 있었다. 불교를 비방하자는 뜻은 아니다. 일부 몰지각한 납자衲子들의 행태를 위와 같이 또 아래와 같이 꼬집었을 뿐이다.

蘸甲之僧 無以爲人也잠갑지승 무이위인야
술에 빠진 스님들 사람 노릇하기 글렀네.

類益沈酣於聲酒捕博也유익침감어성주포박야
이들은 주색과 도박에 아주 깊이 빠져들었네.

是紺宇與衲子之行也哉시감우여납자지행야재
절집과 스님네들의 행동이 이러한가!

道已廢盡也 無足道矣도이폐진야 무족도의
도학이 이미 없어졌으니 말해서 뭘 하겠는가.

堅志如鐵柱견지여철주
뜻을 쇠기둥과 같이 튼튼히 하고

果行如厲雷과행여여뢰
행동은 사나운 우레와 같이 과단성이 있어야 하네.

砥行之事 蓋有不暇念及諸지행지사 개유불가념급제

수신을 하는 일에는 생각할 겨를이 없나보다.

중들은 사바하 사람들을 보고 "불쌍한 중생"이라고 한다. '중생'이란 바로 사부대중(비구, 비구니, 우바이, 우바새)이다. 어찌 그런 망발을 하는가? 수양이 덜 된 중이 뇌까리는 말이 '중생'이다. 다산 정약용의 『아언각비雅言覺非』에 중을 이리 풀고 있다. 僧者 衆也 佛書例東語男僧曰衆 女僧曰僧(승자 중야 불서예동어남승왈중 여승왈승)이라 하였다. "승이란 중이다. 불서에 나열된 우리나라 말에 남자 중은 중이라 하고 여자 중은 승이라 한다." 다산의 말을 빌면 중은 '중(무리)'이다. 엄격히 말해 여승은 승僧이고 남자 중은 중衆이다. 그렇다면 중들도 사부대중인데 어찌 '불쌍한 중생'이라 말하는가? 중생은 『장자』의 「덕충부」에서 풀기를 "뭇 생명 있는 것은 반드시 죽는다. 죽으면 흙으로 돌아간다. 이를 일러 귀(鬼)라 한다(衆生必死 死必歸土 此之謂鬼중생필사 사필귀토 차지위귀)."라고 하였다. 귀鬼는 곧 귀歸와 의미가 통하여 육신이 땅으로 흩어지는 백魄을 말한다.

이 나라를 한마디로 일갈一喝하면 부패의 싹은 이미 터서 발화를 했고, 부패의 꽃이 떨어져 퇴적층에 쌓여 화석이 되어 간다는 것이다.

범어사 바위에 새겨진 시문을 풀며

2014년 10월 말 모 한국학 연구원의 연구원으로부터 탈초 脫草를 의뢰받은 사진 한 장은 참으로 묘한 여운을 주었다. 이 시문을 추정컨대 1734년 아니면 1794년 갑인년甲寅年에 바위에 새겨진 게 아닌가 한다. 이 시문의 말미에 갑인甲寅이란 간지를 보고 추정을 한 것이다. 먼저 시문의 내용을 살펴보고 아래와 같이 탈초, 번역을 하였다. 바위에 새겨진 초서草書 시문을 숨죽이고 보니 가슴이 쿵쾅거려왔다. 바위에 새긴 글씨이나 마치 화선지 위에 붓으로 방금 쓴 듯한 섬세하고도 미려美麗한 글씨가 동공을 잠식해 들어온 것이었다. 글씨를 쓴 사람이나 끌과 정으로 쪼아 바위에 글씨를 새긴 각자공刻字工이나 그 솜씨가 놀라웠다. 한 시간 정도 안광眼光이 지배紙背를 철徹하듯 바라보며 풀었다. 필자의 눈빛이 종이의 뒷면까지 꿰뚫을 정도로 보았다 함은 지나친 농담일까?

古與題名處고여제명처

옛적 이름 새긴 곳

蒼巖胖面歕창암반면의

고색창연한 바위 반쪽은 거우듬하네.

清客相對照청객상대조

고결한 선비들 이름 자 살펴보니

深谷憶沈碑심곡억침비

깊은 골짜기에 새긴 두예(杜預)의 공적 비 생각나네.

범어사 바위에 새겨진 시문

부산의 천년 고찰 범어사는 678년 의상대사가 세웠다고 한다. 이 시문이 새겨진 바위는 범어사의 산령각山靈閣 앞에 자리잡고 있다. 바위가 거의 집채만 하다. 새겨진 글씨를 판독判讀하다보니 마지막 구절의 첫 글자가 긴 세월에 떨어져나가 읽기가 매우 어려웠다. 결국 한시의 율격인 평측平仄을 따지고 글자의 운필運筆을 고심하여 세밀히 보며 풀었다.

이 시문의 첫 번째와 두 번째 구절은 시인이 주변 경관을 눈에 보이는 대로 읊은 것이다. 바위 주변의 풍경이 이끼가 끼고 각종 잡초가 우거졌던 모양이다. 그 가운데 고색창연한 바위가 우뚝 선 풍경이 그려진다. 셋째 구전에 보이는 청객淸客은 매화를 달리 부르는 말이다. 또 매화를 청우淸友라고도 부른다. 영혼이 맑은 선비를 청객 또는 청우라고 불렀던 것이다. 매화는 눈 속에서도 꽃을 피우기 때문에 설중군자雪中君子라고도 한다. 이 시문에서 청객은 곧 '영혼이 고결한 선비'로 보면 무리가 없을 것이다. 넷째 구절에 보이는 침비沈碑는 중국의 삼국시대의 위나라의 정치가이자 장군인 두예杜預, 222-284의 고사를 말한다. 두예는 후세에 이름을 남기기를 좋아해 늘 "높은 언덕이 골짜기가 되고, 깊은 골짜기는 언덕이 될 것이라"말하며 돌을 깎아 두 개의 비석을 만들어 공적을 새겼다. 비석 하나는 산 아래 물속에 세우고 하나는 산꼭대기 잿마루에 세우며 말하기를 "어찌 이후에 이 비석이 언덕과 골짜기에만 있을 런지 알 수 있으랴?"라고 하였다. 후에 침비는 두예의 공적을 기리는 의미로 쓰였다고 한다.

이름을 남기는 이는 청객淸客과 같은 맑고 고결한 심성이 있어야 할 것이다. 먼저 수신修身을 하여야 맑고 고결한 마음이 생겨난다. 수신의 첫걸음은 효孝이다. 효가 제대로 이루어져야 집안을 가지런히 할 수 있고, 나라를 다스릴 수 있다. 침비는 곧 자신의 공적이 후세에 드러나면 산꼭대기 잿마루에서 볼 수 있으나, 자신의 공적이 드러나지 않고 비난을 받으면 물속에 가라앉아 있을 것이란 두예의 생각을 엿볼 수 있는 대목이다. 섬뜩한 마음에 등때기를 후리는 죽비竹篦소리가 귓가에 들리는 듯하다.

맺는 말

　마뜩잖은 글을 썼다. 나의 겸손이라기보다는 오만에 가까운 낭설을 늘어놓은 듯하다. 이 누리의 모든 이들이 다 각기 다른 생활방식과 생활철학을 지니고 있다. 이 누리의 사람들은 거의 모두가 사회의 언저리에 사는 사람들이다. 필자 또한 목대를 틀어쥔 사람들과는 달리 동뜨게[1] 살지 않는 소시민적인 삶을 살고 있다. 우리 주위의 삶의 풍경은 서로 별다르지 않은 게 사실이다.

　『장자』의 「산목山木」편에 "속세에 살면 속세를 따르라"는 대목이 있다. 입기속 종기속入其俗 從其俗이라는 대목이다. 한데 어울려 잘 살라는 말이다. 너무 다른 사람들과 동뜬 삶을 살지 말라는 일침一針이다. 세상사 어디 그런가! 많이 지니면 지닌 대로 많이 알면 아는 대로 남을 누르려는 속성을 지닌 게 인간

---

1 보통과 다르거나 별나다.

의 일반적인 생각이다. 물론 그렇지 않은 사람들도 있다.

동양학을 읽다보면 인간의 심성心性을 바로잡는 대목이 문학, 역사, 철학 전반에 걸쳐 기술되고 나열되어 있다. 본성을 바루려는 선철先哲들의 고뇌에 찬 사색과 사유思惟의 편린片鱗들이 가멸차²도록 넘치고 있다. 동양학을 통해 본 이 누리의 섭리攝理를 어찌 필자가 가늠할 수 있겠는가! 다만 필자는「모듬살이 풍경」에서 선철들의 사유방식에 따라 이 누리를 가늠할 수 있는 잣대로 재어본 것뿐이다. 선철들의 사유방식이 이 누리에 얼마나 먹혀들까, 하는 의문을 지닌 채 필자는 칼럼을 집필하였다. 선철들의 고뇌에 찬 사유와 사색에 관해서는 필자의 미진한 도서를 읽는 독자 여러분께서 이를 곱씹어 삭이는 반추反芻의 몫이다.

향불을 사르는 마음으로 저 누리에 계신 아버님께 이 글을 올려 드린다. 아울러 불효자식이 어머님께도 드린다. 아울러 어문학사의 편집진 여러분과 대표님께 깊은 감사의 말씀을 드린다.

충주에서

不二堂 쓰다.

---

2 넉넉하고 풍족하다.

난장별곡 亂場別曲

사람의 무늬를 읽다

초판 1쇄 발행일 2018년 4월 12일

지은이 강상규
펴낸이 박영희
편집 김영림
디자인 조은숙
마케팅 김유미
인쇄·제본 태광 인쇄
펴낸곳 도서출판 어문학사
　　　서울특별시 도봉구 해등로357 나너울 카운터 1층
　　　대표전화: 02-998-0094 / 편집부1: 02-998-2267, 편집부2: 02-998-2269
　　　홈페이지: www.amhbook.com
　　　트위터: @with_amhbook
　　　페이스북: https://www.facebook.com/amhbook
　　　블로그: 네이버 http://blog.naver.com/amhbook
　　　　　　다음 http://blog.daum.net/amhbook
　　　e-mail: am@amhbook.com
　　　등록: 2004년 7월 26일 제2009-2호

ISBN 978-89-6184-468-0　　03810
정가 16,000원

이 도서의 국립중앙도서관 출판시도서목록(CIP)은 e-CIP홈페이지(http://www.nl.go.kr/ecip)와
국가자료공동목록시스템(http://www.nl.go.kr/kolisnet)에서 이용하실 수 있습니다.
(CIP제어번호: CIP 2018009854)